Cidades da planície

Cormac McCarthy

Cidades da planície

tradução
José Antonio Arantes

Alfaguara

Grafia atualizada segundo o Acordo Ortográfico da Língua Portuguesa de 1990, que entrou em vigor no Brasil em 2009.

Título original
Cities of the Plain

Capa
Christiano Menezes

Preparação
Miraci Tamara Castro

Revisão
Luciana Baraldi
Adriana Bairrada
Thiago Passos

Dados Internacionais de Catalogação na Publicação (CIP)
(Câmara Brasileira do Livro, SP, Brasil)

McCarthy, Cormac, 1933-2023
Cidades da planície / Cormac McCarthy; tradução José Antonio Arantes. — 1ª ed. — Rio de Janeiro : Alfaguara, 2024.

Título original: Cities of the Plain.
ISBN 978-85-5652-202-3

1. Ficção norte-americana I. Título.

23-168339 CDD-813

Índice para catálogo sistemático:
1. Ficção : Literatura norte-americana 813

Cibele Maria Dias — Bibliotecária — CRB-8/9427

EDITORA SCHWARCZ S.A.
Praça Floriano, 19, sala 3001 — Cinelândia
20031-050 — Rio de Janeiro — RJ
Telefone: (21) 3993-7510
www.companhiadasletras.com.br
www.blogdacompanhia.com.br
facebook.com/editora.alfaguara
instagram.com/editora_alfaguara
twitter.com/alfaguara_br

Cidades da planície

I

Pararam na entrada e bateram os pés para expulsar a água de chuva das botas e sacudiram os chapéus e secaram o rosto. Na rua a chuva sovava com estalo as poças de água fazendo os vermelhos e os verdes berrantes dos letreiros de néon se desgarrarem e fervilharem e a chuva dançava nas capotas de aço dos carros estacionados ao longo do meio-fio da calçada.

Droga, me sinto como que afogado, Billy disse. Sacudiu o chapéu ensopado que pingava. Cadê o nosso típico caubói americano?

Lá dentro.

Então vamos entrar. Ele vai acabar ficando com as gordinhas mais gostosas.

As prostitutas de roupão surrado olharam dos sofás surrados onde estavam sentadas. O lugar estava quase vazio. Eles tornaram a bater os pés e foram até o balcão do bar e se postaram e tornaram a pôr o chapéu e descansaram as botas na barra de metal acima do desaguadouro ladrilhado enquanto o barman servia os uísques. Na luz vermelho-sangue do bar e na fumaça que pairava ergueram os copos por um instante e fizeram um movimento de cabeça como que para saudar um quarto companheiro já morto e, inclinando os copos, tragaram as doses de uísque e tornaram a pôr os copos vazios sobre o balcão e enxugaram a boca com o dorso da mão. Com um sinal de cabeça Troy chamou a atenção do barman e fez um gesto circular com um dedo acima dos copos vazios. O barman assentiu com um movimento de cabeça.

John Grady, você parece um maldito rato de cais.

Me sinto um.

O barman serviu os uísques.

Nunca vi chover tanto. Querem cerveja para acompanhar? Manda três cervejas para nós.

Já escolheu uma das bonequinhas?

O rapaz meneou a cabeça.

De qual você gosta, Troy?

Sou que nem você. Vim aqui atrás de uma gordinha e é isso que eu vou levar. Te digo uma coisa, mano, quando a gente está interessado em uma gordinha não tem nenhuma outra que satisfaz.

Sei bem como é. E melhor escolher uma, John Grady.

O rapaz se voltou e olhou as prostitutas do outro lado do salão.

Que tal aquela grandona de pijama verde?

Não o empurre para cima da minha garota, disse Troy. Por sua causa uma briga vai começar não demora muito.

Vai lá. Ela está olhando para cá.

Todas elas estão olhando para cá.

Vai lá. Estou vendo que ela foi com a tua cara.

Ela ia fazer o John Grady voar pelo teto.

Não, o típico caubói americano ela não ia não. O caubói ia grudar feito carrapicho. Que tal aquela enrolada na cortina azul?

Não liga para ele, John Grady. Parece que a cara dela pegou fogo e apagaram com um ancinho. Pois eu digo que aquela loira lá no canto é mais o teu tipo.

Billy meneou a cabeça e pegou o copo de uísque. Elas não servem de argumento para o homem. Ele simplesmente não tem gosto para mulher e esse é um fato matemático.

Siga o tino do teu velho, disse Troy. Ele vai te sugerir alguma coisa de substância. O Parham ali de fato afirmou que um homem não deve marcar encontro com nada que ele não possa levantar. Disse que se pegasse fogo na casa como é que ia ser?

Ou no celeiro.

Ou no celeiro.

Se lembra de quando a gente trouxe o Clyde Stapp aqui?

Me lembro e ele era um homem de juízo. Escolheu uma garota com algum recheio.

Eles e o JC disfarçadamente enfiaram dois dólares na mão da velha para deixá-los voltar lá e ficar espiando. Iam tirar uma foto dele mas caíram na risada e estragaram tudo.

Falamos para o Clyde que ele parecia um macaco fodendo uma

bola de futebol. A gente achou que ia deixar ele uma fera. Que tal aquela de vermelho lá adiante?

Não liga para o que ele fala, John Grady.

Cada meio quilo um dólar. Ele não quer nem pensar nisso.

Vão lá vocês, disse John Grady.

Escolhe uma você.

Está bem.

Está vendo só, Troy? Você deixou o rapaz confuso.

O JC contou para todo mundo que o Clyde se apaixonou por uma garota e quis levá-la com ele mas eles só tinham o toca-discos e tiveram que encomendar o colchão. Então o Clyde já tinha posto a cabeça no lugar e se desapaixonado e o JC falou que não o levaria para nenhum puteiro mais. Falou que ele não tinha se comportado de maneira digna e responsável.

Vão lá vocês, disse John Grady.

Dos fundos ele podia ouvir a chuva matraquear em um telhado de metal. Pediu outra dose de uísque e ficou girando devagar o copo na madeira envernizada e observando o salão atrás de si através do espelho amarelecido no velho painel Brunswick do bar. Uma prostituta atravessou o salão e lhe agarrou o braço e lhe pediu para pagar uma bebida mas ele respondeu que só estava esperando os amigos. Pouco depois Troy voltou e se sentou no tamborete e pediu outro uísque. Ficou com as mãos cruzadas sobre o balcão diante de si como se estivesse em uma igreja. Tirou um cigarro do bolso da camisa.

Não sei, John Grady.

Não sabe o quê?

Não sei.

O barman serviu o uísque.

Serve outro para ele.

O barman serviu.

Outra prostituta se aproximara e agarrara o braço de John Grady. O pó de arroz no rosto trincado como goma.

Fala para ela que você está com gonorreia, disse Troy.

John Grady conversava com ela em espanhol. Ela lhe deu um puxão no braço.

Billy falou isso para uma aqui uma vez. Ela respondeu que não tinha importância porque ela também estava.

Acendeu um cigarro com um isqueiro Zippo da Terceira Infantaria e pôs o isqueiro em cima do maço de cigarros e soprou a fumaça para baixo ao longo da madeira envernizada e olhou para John Grady. A prostituta voltara para o sofá e John Grady estava observando alguma coisa pelo espelho no painel do bar. Troy se voltou e acompanhou o olhar dele. Uma garota de não mais do que dezessete anos de idade e talvez ainda mais nova estava sentada no braço do sofá com as mãos em concha no colo e os olhos fixos no chão. Remexia na barra do vestido berrante como se fosse uma colegial. Ela ergueu os olhos e olhou na direção deles. O longo cabelo preto caiu sobre o ombro e devagar ela o jogou para trás com o dorso da mão.

É bonitinha, não é?, comentou Troy.

John Grady concordou com um movimento de cabeça.

Vai lá e pega ela.

Não, tudo bem.

Vai lá, homem.

Aí vem ele.

Billy se aproximou do bar e ajustou o chapéu.

Quer que eu pegue ela?, perguntou Troy.

Posso pegar ela se eu quiser.

Outra vez, Billy disse. Voltou-se e passeou os olhos pelo salão.

Vai lá, disse Troy. A gente te espera, cara.

É para aquela garotinha que você está olhando? Aposto que ela não tem quinze anos.

Também aposto, disse Troy.

Pega aquela que eu peguei. Se não tem andadura de tarimba, então nunca montei.

O barman serviu os uísques.

Ela vai voltar lá sem rodeios.

Tudo bem.

Billy olhou para Troy. Voltou-se e pegou o copo, contemplou o líquido avermelhado que transbordava e o ergueu e bebeu e tirou o dinheiro do bolso da camisa e contraiu o queixo na direção do botequineiro atento.

Estão prontos?, perguntou.

Estamos.

Então vamos comer alguma coisa. Acho que a chuva está parando. Não ouço mais nada.

Subiram a Ignacio Mejía até a avenida Juárez. Uma água acinzentada escorria nas sarjetas e as luzes dos bares e cafés e das lojas de antiguidades se esvaíam lentamente na rua escura e molhada. Lojistas os chamavam e camelôs com joias e *serapes* avançavam e os rodeavam. Atravessaram a avenida Juárez e subiram a Mejía até o Napoleón e se sentaram a uma mesa ao lado da janela da frente. Um garçom uniformizado se aproximou e com uma escova limpou a toalha branca suja.

Caballeros, disse.

Comeram bife e beberam café e escutaram as histórias da guerra que Troy contou e fumaram e observaram os velhos táxis amarelos vadearem a água na rua. Subiram a avenida Juárez rumo à ponte.

Os bondes haviam parado de circular e nas ruas não havia comércio nem tráfego. Os trilhos que brilhavam na luz úmida das lâmpadas se estendiam na direção do portão sob a construção e seguiam até a ponte onde se encravavam como enormes tenazes cirúrgicas prendendo aqueles mundos díspares e frágeis e o manto de nuvens havia se deslocado das montanhas de Franklin e do sul e rumava para os vultos escuros das montanhas do México que se elevavam contra o céu estrelado. Eles atravessaram a ponte e passaram um por um pelos torniquetes, as abas dos chapéus ligeiramente levantadas, ligeiramente bêbados, e subiram El Paso Street na direção sul.

Ainda estava escuro quando John Grady o acordou. Tinha se levantado e se vestido e já tinha ido à cozinha e voltado e conversado com os cavalos e parara à entrada do cubículo de Billy com a cortina de lona puxada contra o batente da porta e uma caneca de café na mão. Ô vaqueiro, disse.

Billy resmungou.

Levanta. Você vai poder dormir no inverno.

Droga.

Levanta. Você está aí deitado já bem umas quatro horas.

Billy se soergueu e pousou os pés no chão e se sentou com a cabeça entre as mãos.

Não sei como pode ficar assim deitado.

Mas você é mesmo um filho da puta bem-disposto de manhã. Cadê o meu café?

Não te trouxe café nenhum. Levanta esse rabo daí. A boia está na mesa.

Billy esticou o braço e pegou o chapéu no cabide de parede acima da cama e o pôs e o ajustou. Está bom, disse. Me levanto.

John Grady atravessou a estrebaria para retornar à casa. Os cavalos nas baias rincharam para ele quando passou. Sei que horas são, ele lhes disse. No fundo do celeiro uma corda de amarrar fardos pendia do paiol no alto e ele tomou o resto de café e jogou fora a borra do fundo da caneca e deu um pulo e esbordoou a corda fazendo-a balançar e saiu.

Estavam comendo à mesa quando Billy abriu a porta e entrou. Socorro apareceu e pegou o prato de biscoitos e os levou até o forno e os despejou em uma caçarola e colocou a caçarola na estufa e tirou biscoitos quentes da estufa e os colocou no prato e levou o prato de volta para a mesa. Na mesa havia uma tigela de ovos mexidos e outra de cereais e havia um prato de linguiças e uma molheira com molho e tigelas de compota e *pico de gallo* e manteiga e mel. Billy lavou o rosto na pia e Socorro lhe entregou a toalha e ele enxugou o rosto e depositou a toalha no balcão e foi para a mesa e ergueu a perna por cima do espaldar da cadeira vazia e se sentou e esticou o braço para pegar os ovos. Oren lançou-lhe um olhar por cima do jornal e continuou a ler.

Billy pegou os ovos com a colher e pôs a tigela sobre a mesa e pegou a linguiça. Bom dia Oren, disse. Bom dia JC.

JC ergueu os olhos do prato. Imagino que você também andou lutando com aquele urso a noite inteira.

Lutando com aquele urso, Billy repetiu. Esticou o braço e pegou um biscoito e tornou a ajeitar o pano sobre o prato e esticou o braço para pegar a manteiga.

Deixa ver esses olhos de novo, disse JC.

Não tem nada errado com os meus olhos. Me passa a salsa.

Espalhou com a colher o molho quente sobre os ovos. Combater o fogo com o fogo. Não é isso mesmo, John Grady?

Um velho entrara na cozinha com os suspensórios caídos. Usava uma camisa de modelo antiquado, do tipo de abotoar colarinho postiço, aberta no pescoço e sem o colarinho. Tinha acabado de fazer a barba e havia creme de barbear no pescoço e no lóbulo de uma orelha. John Grady afastou a cadeira onde estava sentado.

Aqui, senhor Johnson, disse. Senta aqui. Já acabei.

Levantou-se segurando o prato para colocá-lo na pia mas o velho fez um gesto com a mão para que se sentasse e foi na direção do fogão. Senta, disse, senta. Só vou tomar um pouco de café.

Socorro tirou uma caneca de porcelana branca do gancho embaixo da prateleira do armário e a encheu e a segurou pelo corpo e estendeu o lado da asa para o velho e ele a pegou pela asa e agradeceu com um movimento de cabeça e atravessou de volta para a cozinha. Deteve-se junto da mesa e tirou da tigela duas colheradas cheias de açúcar e as pôs no café e se retirou levando consigo a colher. John Grady colocou a caneca e o prato no aparador e pegou a merendeira do balcão e saiu.

O que é que ele tem?, perguntou JC.

Nada, Billy respondeu.

Me refiro ao John Grady.

Eu sei que se refere a ele.

Oren dobrou o jornal e o largou na mesa. Não comecem, disse. Troy, está pronto?

Estou.

Afastaram da mesa as cadeiras e se levantaram e saíram. Billy ficou palitando os dentes. Olhou para JC. O que vai fazer esta manhã?

Vou na cidade com o velho.

Concordou com a cabeça. No pátio o motor do caminhão roncou. Bom, disse. Está bastante claro para enxergar, acho.

Levantou-se e atravessou a cozinha e pegou a merendeira de cima do balcão e saiu. JC esticou o braço sobre a mesa e pegou o jornal.

John Grady estava sentado atrás do volante do caminhão, que esquentava. Billy entrou e colocou a merendeira no piso e fechou a porta e olhou para ele.

Bom, disse. Está preparado para um dia de trabalho pela féria de um dia?

John Grady engrenou a marcha e eles arrancaram estrada abaixo.

Do amanhecer ao anoitecer por um santo dólar, Billy disse. Gosto dessa vida. Gosta dessa vida, mano? Gosto dessa vida. Gosta dessa vida, não gosta? Porque, puxa, como gosto. Simplesmente gosto.

Enfiou a mão no bolso da camisa e tirou um cigarro do maço e o acendeu com o isqueiro e ficou fumando enquanto rodavam pelo caminho através das longas sombras matinais da cerca e dos postes e dos carvalhos. O sol no vidro do para-brisa era de uma brancura de cegar. As reses paradas ao longo da cerca mugiam após a passagem do caminhão e Billy as observava. Vacas, disse.

No meio do dia descansaram em uma colina coberta de grama na cadeia de montanhas de terra vermelha a uns quinze quilômetros ao sul da casa da fazenda. Billy se deitou com a cabeça apoiada na jaqueta enrolada e o chapéu sobre os olhos. Entrevia com os olhos semicerrados os promontórios dos Guadalupes a cento e vinte quilômetros a oeste. Me aborrece vir para cá, disse. Essa porcaria de chão não sustenta nem um mourão de cerca.

John Grady estava sentado com as pernas cruzadas mastigando um talo de capim. A trinta quilômetros ao sul uma faixa viva de verde se estendia pelo vale do Rio Grande. No primeiro plano campos cinzentos cercados. Poeira cinzenta atrás de um trator e uma capinadeira nos sulcos cinzentos de um algodoeiro no outono.

O senhor Johnson diz que o Exército mandou gente aqui com ordens para investigar sete estados no Sudoeste e encontrar a terra mais desolada possível e fazer um relatório. E a fazenda do Mac ficava bem no meio dessa terra.

Billy olhou para John Grady e tornou a olhar para as montanhas.

Acha que é verdade?, perguntou John Grady.

Ora, quem sabe.

O JC diz que o velho está ficando cada vez mais doido.

Bom, mesmo doido ele entendia mais as coisas que o JC lúcido, então como é que é com o JC?

Sei lá eu.

Não tem nada errado com ele. Ele só é velho, só isso.

O JC diz que ele bate pino desde que a filha morreu.

Bom. Por que não ia bater? Para ele só existia ela neste mundo.

É.

Acho que a gente devia perguntar para o Delbert. Saber qual é a opinião do Delbert.

O Delbert não é trouxa como parece.

Espero em Deus que não. De qualquer jeito o velho sempre foi bem esquisito e ainda é. Este lugar não é mais o mesmo. Nunca vai ser. Vai ver todo mundo endoidou um pouco. Aposto que se todo mundo endoidasse junto ninguém ia notar, que é que você acha?

John Grady se curvou e cuspiu por entre os dentes e enfiou o capim de volta na boca. Você gostava dela, não gostava?

Demais. Nunca ninguém foi tão bom comigo como ela foi.

Um coiote saiu do matagal e trotou ao longo da crista de um monte a uns trezentos metros a leste. Olha só aquele filho da puta, Billy disse.

Deixe eu pegar a espingarda.

Até você se levantar ele já vai ter escapado.

O coiote se afastou trotando ao longo do cume e parou e olhou para trás e depois desceu pelo cume e se meteu de novo no matagal.

Que é que você acha que ele está fazendo por aqui em plena luz do dia?

Vai ver quer saber a mesma coisa de você.

Acha que viu a gente?

Bom, eu não vi ele indo antes na direção dos arbustos de nopal lá adiante, de modo que imagino que ele não é cego de tudo.

John Grady observou esperando o coiote reaparecer mas o coiote não reapareceu.

Coisa engraçada, Billy disse, que eu é que estava pensando em desistir na época que ela caiu doente. Eu estava pronto para ir andando. Depois que ela morreu eu não tinha lá muitos motivos para ficar mas acabei ficando mesmo assim.

Acho que você imaginou que o Mac precisava de você.

Bobagem.

Quantos anos ela tinha?

Não sei. Trinta e lá vai pedrada. Quarenta talvez. Mas ninguém diria.

Acha que ele está se recuperando?

O Mac?

É.

Não. Ninguém se recupera da perda de uma mulher como aquela. Não está se recuperando de nada. Não vai nunca.

Sentou-se e pôs o chapéu e o ajustou na cabeça. Está pronto, mano?

Estou.

Levantou-se meio desajeitado e se abaixou e pegou a merendeira e limpou os fundilhos da calça com uma mão e depois se curvou e pegou a jaqueta. Olhou para John Grady.

Uma vez um boiadeiro já de idade me disse que nunca conheceu uma mulher criada em casa que tivesse alguma serventia. Mulher aprende por esforço próprio. O velho Johnson foi vaqueiro a vida toda e nada mais e você sabe o quanto isso vale a pena. O Mac conheceu ela em uma janta na igreja em Las Cruces quando ela estava com dezessete anos e essa era a qualidade dela. Ele não vai se recuperar não. Não agora, não tão cedo, não nunca.

Estava escuro quando voltaram. Billy fechou a janela do caminhão e se pôs a olhar na direção da casa. Me sinto feito dinheiro surrado, disse.

Não quer deixar as coisas no caminhão?

Vamos levar a cruzeta para dentro. Pode chover. Pode. E aquela caixa de grampos. Vão enferrujar.

Eu pego.

Tirou as coisas da carroçaria do caminhão. As luzes da estrebaria se acenderam. Billy estava lá de pé agitando a mão no ar.

Toda vez que ponho a mão nesse filho da puta eu levo um choque.

São os pregos das botas.

Então por que não dá choque nos meus pés?

Não sei.

Pendurou a cruzeta em um prego e assentou a caixa de grampos em um suporte de armação perto da entrada. Os cavalos rincharam nas baias.

Ele caminhou até o fundo da estrebaria e na última baia golpeou a porta com a palma da mão. Houve uma instantânea explosão contra as pranchas no lado de dentro. A poeira subiu se agitando na luz. Ele olhou para Billy e abriu um sorriso. Atiça ele, Billy disse. Vai meter a pata e arrebentar essa filha da puta.

Joaquín deu um passo atrás com as duas mãos apoiadas na prancha sobre a qual estava debruçado e abaixou a cabeça como se tivesse visto algo terrível no curral. Mas estava dando um passo atrás apenas para cuspir, do seu jeito lento e contemplativo, e depois deu um passo à frente e tornou a olhar por entre as pranchas. *Caballo*, disse. A sombra do cavalo que trotava passou pelas pranchas e por seu rosto e seguiu adiante. Ele meneou a cabeça.

Caminharam até onde algumas pranchas grossas e largas estavam bem pregadas e se agarraram ao topo do curral e treparam e se sentaram com os tacões encaixados na parte de baixo da prancha e fumaram e observaram John Grady treinar o potro.

Mas afinal o que é que ele quer com esse corujento filho da puta?

Billy meneou a cabeça. Vai ver é como o Mac diz. Todo homem acaba se metendo com o cavalo que merece.

O que é aquele troço na cabeça dele?

Se chama cabresto de cabeção.

E por que não um simples barbicacho?

Pergunta para o vaqueiro.

Troy se curvou e cuspiu. Olhou para Joaquín. *Qué piensas*?, perguntou.

Joaquín deu de ombros. Observou o cavalo andar em círculos no curral retesando a rédea.

Esse cavalo foi amansado cone um bocado, disse Troy.

É.

Acho que ele quer esgotar o animal e começar tudo outra vez.

Bom, Billy disse, desconfio que seja lá o que ele quer fazer vai acabar conseguindo.

Observaram o cavalo andar em círculos.

Não está treinando ele para o circo, está?

Não. O circo foi ontem de noite quando ele montou o bicho.

Quantas vezes desfilou ele?

Quatro.

Quantas vezes montou ele?
Você sabe quantas.
Ele se acha um tipo de especialista em cavalo mimado?
Vamos indo, Billy disse. É bem capaz dele passear com esse filho da puta a tarde inteira.
Foram-se na direção da casa.
Pergunte para o Joaquín, Billy disse.
Me perguntar o quê?
Se o vaqueiro conhece cavalo.
O vaqueiro diz que não conhece nada.
Sei.
Diz que só gosta deles e se empenha nisso.
O que é que você acha?, Billy perguntou.
Joaquín meneou a cabeça.
O Joaquín acha que os métodos dele não são ortodoxos.
O Mac também.
Joaquín não respondeu antes de chegarem à cancela. Então parou e olhou de volta para o curral. Finalmente falou que não fazia muita diferença se as pessoas gostavam ou não de cavalos se os cavalos não gostavam das pessoas. Falou que os melhores amestradores que ele conheceu eram aqueles de quem os cavalos não conseguiam ficar longe. Falou que os cavalos seguiam Billy Sánchez até a meiágua e lá ficavam à espera dele.

Quando voltou da cidade John Grady não estava no celeiro e quando foi para casa jantar também não estava lá. Troy estava sentado à mesa palitando os dentes. Sentou-se com o prato e pegou o sal e a pimenta. Cadê todo mundo?, perguntou.
O Oren acabou de ir embora. O JC saiu com a garota dele. O John Grady eu acho que está deitado.
Não está não.
Bom então vai ver foi para algum lugar pensar na vida.
O que aconteceu?
Aquele cavalo caiu em cima dele. Parece que quebrou o pé.
Ele está bem?

Acho que está. Levaram ele no médico, ele praguejando e fulo da vida. O médico enfaixou o pé e deu umas muletas e mandou ele não fazer esforço.

Está de muletas?

Está. Tem que estar.

Tudo isso aconteceu de tarde?

Foi. Esteve bem animado por aqui durante algum tempo.

O Joaquín veio buscar o Oren e desceu lá e disse para ele parar e ele não deu atenção. O Oren falou que achava que ia precisar dar umas chicotadas nele. Mancando de um lado para o outro atrás do maldito cavalo querendo montar de novo. No fim conseguiu fazer ele tirar a bota. O Oren disse que se demorasse mais uns dois minutos ia ter que cortar fora.

Billy concordou com a cabeça e mordeu um biscoito, pensativo.

Ele estava disposto a brigar com o Oren?

Estava.

Billy mastigou. Meneou a cabeça.

O pé está muito ruim?

Torceu o tornozelo.

O que o Mac falou?

Nada. Foi ele que levou o Grady no médico.

Imagino que ele não pode fazer nada errado quando se trata do Mac.

Acertou.

Billy tornou a menear a cabeça. Pegou a salsa. Perco tudo quanto é espetáculo que vem para a cidade, disse. Mas com isso ele aos poucos vai perder a reputação de guardião, não vai não?

Não sei se vai ou não. O Joaquín diz que ele se pôs no estribo e cavalgou o filho da puta como uma árvore.

Para quê?

Não sei. Acho que ele simplesmente não gosta de desistir de um cavalo.

Fazia talvez uma hora que tinha adormecido quando o tumulto na escuridão da estrebaria do celeiro o acordou. Ficou deitado escutando por um minuto e depois se levantou e estendeu a mão para puxar a corrente do interruptor e a puxou para acender a lâmpada no alto e pôs o chapéu e andou até a porta e afastou a cortina e olhou para fora. O cavalo passou arquejando a menos de meio metro de seu rosto e seguiu pinoteando pela estrebaria e se virou e ficou arfando e pateando na escuridão.

Droga, disse. Mano?

John Grady passou mancando.

Mas que diabo você está fazendo?

Ele se afastou da área iluminada mancando. Billy entrou na estrebaria.

Você é um tremendo de um idiota, não é não? O que é que há de errado com você afinal?

O cavalo começou a correr outra vez. Ele o ouviu e sabia que estava vindo mas não fez nada além de passar para o lado de dentro da porta antes de o cavalo explodir no espaço iluminado pela única lâmpada no cubículo, correndo com a boca aberta e os olhos feito ovos na cabeça.

Maldição, disse ele. Pegou a calça pendurada na barra de ferro do beliche, vestiu-a e ajustou o chapéu e tornou a sair.

O cavalo tornou a correr pela estrebaria. Ele se comprimiu contra a porta da baia vizinha a seu cubículo. O cavalo passou como se o celeiro estivesse em chamas e de novo coiceou a porta no fundo da estrebaria e se virou e se pôs a guinchar.

Será que não pode deixar esse filho da puta em paz? O que é que deu em você?

John Grady passou mancando de novo sob a luz poeirenta arrastando um laço e foi para o outro lado.

Você não consegue nem laçar esse filho da puta, Billy alertou.

O cavalo veio avançando pesadamente para o fundo da estrebaria. Estava selado e os estribos se batiam por todos os lados. Um deles deve ter se enganchado em uma prancha do fundo onde o cavalo se virava sob as fracas estrias da luz da lâmpada do pátio porque houve um estalo de madeira partida e um estrépito na escuridão e depois o cavalo se firmou nas patas dianteiras e coiceou as pranchas do fundo do celeiro. Um minuto depois as luzes da casa se acenderam. A poeira do celeiro flutuava feito fumaça.

Pronto, Billy exclamou. A casa inteira agora está de pé.

O vulto escuro do cavalo se agitava na luz obstruída. Inclinava o longo pescoço e urrava. A porta do fundo do celeiro se abriu.

John Grady passou com a corda de novo, mancando.

Alguém ligou o interruptor. Oren estava lá de pé agitando as mãos no ar. Maldição, disse. Por que ninguém controla essa coisa?

O cavalo transtornado lampejava os olhos para ele a uma distância de três metros. Ele olhou para o cavalo e para John Grady em pé no meio da estrebaria com o laço de corda.

Que inferno é esse?, perguntou.

Vai, Billy disse. Diz alguma coisa para ele. Eu mesmo não sei responder por ele.

O cavalo se virou e trotou por metade da estrebaria e parou e ficou.

Prende esse maldito cavalo, Oren disse.

Me dá a corda, Billy disse.

John Grady voltou os olhos para ele. Pensa que não consigo pegar ele?

Então vai. Pega ele. Tomara que o filho da puta te atropele.

Que um de vocês pegue ele, disse Oren, e vamos parar com essa maluquice.

A porta se abriu atrás de Oren e o senhor Johnson apareceu de chapéu e botas e pijama. Fecha a porta, senhor Johnson, disse Oren. Entra se quiser.

John Grady jogou o laço sobre o pescoço do cavalo e puxou-o pela corda e foi estreitando o laço e se apoderou das rédeas que se arrastavam no chão e depressa tirou a corda.

Não monta esse cavalo, disse Oren.

O cavalo é meu.

Bom, então diz isso para o Mac. Ele vai chegar daqui a pouco.

Vamos, mano, Billy disse. Guarda esse maldito cavalo como ele pediu.

John Grady olhou para ele e ele olhou para Oren e depois se virou e conduziu o cavalo de volta pela estrebaria e o guardou na baia.

Tanta burrice junta, disse Oren. Vamos, senhor Johnson. Maldição.

O velho se virou e saiu e Oren seguiu atrás e fechou a porta. Quando John Grady saiu mancando da baia carregava a sela pelo arção, os estribos se arrastando no chão batido. Atravessou a cavalariça na direção da selaria. Billy se encostou contra o batente, observando-o. Quando saiu da selaria passou por Billy sem olhá-lo.

Você é mesmo uma figura, Billy disse. Sabia?

John Grady se virou para a frente da porta de seu cubículo e olhou para Billy e para o corredor do celeiro iluminado e cuspiu calmamente no chão e tornou a olhar para Billy. Não era da tua conta, disse. Era?

Billy meneou a cabeça. Nem pensar, disse.

Nas montanhas viram cervos sob a luz dos faróis dianteiros e sob a luz dos faróis dianteiros os cervos eram pálidos como fantasmas e como estes insondáveis. Voltaram os olhos vermelhos na direção daquele sol inesperado e andaram de lado e se agruparam e saltaram a vala da estrada isoladamente e aos pares. Uma pequena corça deu um passo em falso no asfalto e se debateu desesperada e desmoronou sobre o traseiro e tornou a se levantar e desapareceu com os outros chaparral adentro adiante da beira da estrada. Troy ergueu o uísque na altura das luzes do painel para verificar a quantidade de líquido na garrafa e desenroscou a tampa e bebeu e tornou a enroscar a tampa e passou a garrafa para Billy. Parece que por aqui não falta cervo para caçar.

Billy desenroscou a tampa da garrafa e bebeu e se pôs a observar a faixa branca se estender na estrada escura. Não tenho dúvida que esta é uma terra boa.

Você não quer abandonar o Mac.

Não sei. Não sem ter motivo.

Fiel ao pessoal.

Não é só isso. Tem uma hora que a gente precisa achar um lugar. Poxa, estou com vinte e oito anos.

Não parece.

Não?

Parece quarenta e oito. Me passa o uísque.

Billy espiou o deserto remoto. Os cabos de eletricidade abaulados corriam contra a noite.

Eles não ligam da gente beber?

Ela não gosta muito. Mas o que é que ela pode fazer? De qualquer maneira, não é que a gente vai chegar lá de quatro.

Seu irmão bebe?

Troy fez um solene sim com a cabeça. Mais depressa do que um barrigudinho é capaz de mergulhar.

Billy bebeu e passou a garrafa.

O que é que o rapaz ia fazer?, Troy perguntou.

Não sei.

Vocês se desentenderam?

Não. Ele é um bom sujeito. Ele só disse que precisava fazer uma coisa.

Sem dúvida que ele sabe montar um cavalo. É o que acho.

É, sabe.

É danado de esperto.

É um bom sujeito. Só que tem lá as ideias dele sobre as coisas.

Aquele cavalo que ele aprecia tanto não passa de um criminoso, se quer saber.

Billy concordou com a cabeça. É.

Então o que é que ele quer com ele?

Acho que é isso que ele quer com ele.

Ainda acha que vai ficar vadiando com ele como um cachorro?

É. Acho.

Tenho que ver para crer.

Quer apostar dinheiro?

Com uma batida, Troy tirou um cigarro do maço em cima do painel e o pôs na boca e pressionou o acendedor. Não quero o teu dinheiro.

Ora, não precisa ter medo de tomar o meu dinheiro.

Deixa para lá. Ele não vai gostar das muletas.

Nem um pouco.

Quanto tempo vai ter que usar?

Não sei. Umas duas semanas. O médico falou para ele que torcer pode ser pior que quebrar.

Aposto que não vai usar nem uma semana.

Também aposto que não.

Uma lebre parou no meio da estrada. Os olhos vermelhos brilharam.

Sai daí, sua burra, Billy disse.

Ouviu-se uma batida leve embaixo do caminhão. Troy tirou o acendedor do painel e acendeu o cigarro e repôs o acendedor no painel.

Quando saí do exército fui para Amarillo com o Gene Edmonds para o rodeio e a feira de gado. Ele tinha arranjado data e tudo o mais para nós. A gente devia apanhar eles na casa às dez da manhã e passava da meia-noite quando a gente saiu de El Paso. O Gene tinha um Olds 88 novo em folha e ele me jogou as chaves e me falou para dirigir. Assim que a gente entrou na rodovia 80 ele olhou para mim, mandou meter o pé. Aquela coisa simplesmente ficou esperta. Pressionei até uns oitenta, oitenta e cinco. Ainda sobrava quase um metro de pedal. Ele tornou a olhar para mim. Eu perguntei: que velocidade você quer? Ele respondeu qualquer uma que te deixe à vontade. Caramba. E o que fiz foi rodar o carro a uns cento e dez e lá fomos nós. Estrada velha, comprida e plana. Tinha quase mil quilômetros pela frente.

Bom, a estrada estava cheia de lebres. Paravam no meio e ficavam paralisadas de medo debaixo da luz dos faróis. Plofe. Plofe. Olhei para o Gene e perguntei: o que fazer com essas lebres? Ele me olhou e perguntou: lebres? Quero dizer, se tinha alguém que se preocupava posso te dizer tranquilamente que não era o Gene de jeito nenhum. Não estava nem aí se o preço do xarope subisse para trinta centavos a colherada.

Entramos em um posto no Texas quando começava a amanhecer. Parei perto das bombas e desliguei o motor e ficamos lá e tinha um carro do outro lado das bombas e o sujeito que trabalhava lá estava enchendo o tanque e limpando o para-brisa. Tinha uma mulher sentada no carro. O motorista tinha ido mijar ou sei lá o quê. De qualquer maneira, a gente estava de frente para esse carro e lá estou eu calmamente com a cabeça encostada no banco esperando o sujeito e nem pensando na mulher apesar de que podia ver ela. Só sentada lá, como que olhando em volta. Bom, daí ela se endireitou no banco e começou a berrar conto se tivesse sendo assassinada. Quero dizer, só um berro. Me endireitei, sem saber o que tinha acontecido. Ela estava olhando para nós e pensei que o Gene tinha feito alguma coisa. Se exibido ou sei lá. A gente nunca sabia o que ele ia fazer. Olhei para o Gene mas ele também não sabia que diabo estava acontecendo. Bom, aí o sujeito sai do banheiro e posso dizer que ele também era um grande filho da puta. Saí e contornei o carro. Achei que estava endoidando. O Oldsmobile tinha na frente uma grade oval tão grande que parecia uma baita duma escavadeira e quando dei a volta até a frente do carro ela estava simplesmente cheia de cabeça de lebre. E digo que tinha umas cem socadas nela e no para-choque e tudo coberto de sangue e de tripas e acho que as lebres viraram a cabeça um pouco de lado bem na hora do baque porque tavam todas espiando para fora, os olhos olhando espantados. Os dentes de viés. Um sorriso arreganhado. Te conto como foi. Eu mesmo quase soltei um berro. Tinha notado que o carro esquentava demais mas achei que era por causa da velocidade. O sujeito quis discutir com a gente por causa disso. Eu disse: Droga, cara. Lebres. Sabe como é? Porcaria. Gene desceu e começou um bate-boca com ele e eu disse para ele voltar para dentro do carro e calar a boca. O sujeito foi falar para a mulher ficar quieta e parar de choramingar e tudo o mais mas eu não consegui fazer o sujeito apaziguar. Me deu vontade de meter a mão no filho da puta e acabar com aquela história.

Billy ficou olhando a noite passar como uma bobina. O chaparral na beira da estrada, o algodoado preto e chapado das montanhas recortado no céu do deserto estourando de estrelas acima deles. Troy fumava. Pegou o uísque e desenroscou a tampa e ficou segurando a garrafa.

Desembarquei em San Diego. Peguei o primeiro ônibus. Eu e um outro sujeito, enchemos a cara no ônibus e quase fomos postos para fora. Desci em Tucson e entrei em uma loja e comprei um par de botas Judson e um terno. Não sei para que fui comprar o terno. Achei que a gente devia ter um. Tomei um outro ônibus e vim para El Paso e naquela noite fui para Alamogordo e peguei os meus cavalos. Perambulei por esse país todo. Trabalhei no Colorado. Trabalhei no nordeste do Texas. Fui parar na cadeia em uma velha cidade que era uma titica de nada e que nem vou te dizer como se chama. Mas no estado do Texas. Estado do Texas. Não tinha aprontado nada. Só estava no lugar errado na hora errada. Antes não tivesse saído nunca de lá.

Briguei com um mexicano e quase matei ele. Fiquei na cadeia nove meses. Não escrevia para a família por nada. Quando me soltaram e fui procurar os meus cavalos eles tinham sido vendidos para cobrir os custos da ração. Um deles não me importava mas o outro sim porque eu tinha ele fazia muito tempo. Ninguém parecia saber nada disso. Eu tinha certeza que se punha a mão no sujeito ia direto para o xadrez de novo. Perguntei para todo mundo. Até que me contaram que venderam o meu cavalo fora do estado. Achavam que o comprador era do Alabama ou sei lá eu de que droga de lugar. Eu tinha o cavalo desde os treze anos de idade.

Perdi no México um cavalo que eu era muito apegado, Billy disse. Tinha ele desde os nove anos.

É muito fácil.

O quê, perder um cavalo?

Troy ergueu a garrafa e bebeu e a abaixou e tornou a enroscar a tampa e com o dorso da mão enxugou a boca e colocou a garrafa no banco. Não, respondeu. Se apegar a alguém.

Meia hora depois saíram da estrada e passaram com estrondo sobre as traves do mata-burro e subiram a estrada de terra de um quilômetro e meio até a casa da fazenda. A luz da varanda estava acesa e três cães apareceram e correram latindo atrás do caminhão. Elton saiu e parou na varanda de chapéu na cabeça e com as mãos enfiadas nos bolsos traseiros.

Comeram na mesa comprida da cozinha, passando tigelas de canjica e quiabo e uma enorme travessa com bifes fritos e biscoitos.

Está muito gostoso, dona, Billy disse.

A mulher de Elton olhou para ele. Não se importa de não me chamar de dona, se importa?

Não, dona.

Me faz sentir velha.

Sim, dona.

Ele não consegue, Troy disse.

Não se preocupe, disse a mulher.

Você nunca me perdoou assim com tanta facilidade.

Perdão fácil é uma coisa que você nunca precisou, a mulher retrucou.

Vou tentar não dizer, Billy falou.

Uma menina de sete anos de idade estava sentada à mesa e ela os observava com os olhos arregalados. Eles comeram. Passado um tempo ela perguntou: Qual é o problema?

Qual é o problema do quê?

De dizer dona.

Elton ergueu o olhar. Não tem problema nenhum, amor. É que a tua mãe faz o tipo da mulher moderna.

O que é esse tipo da mulher moderna?

Come, disse a mulher. Se dependesse do teu pai a roda ainda não tinha sido inventada.

Sentaram-se na varanda em velhas cadeiras com assento de palhinha e Elton colocou os três copos entre os pés no chão de tábua e desenroscou a tampa da garrafa e serviu três doses e tornou a enroscar a tampa e pôs a garrafa no chão e passou os copos e se recostou na cadeira de balanço. *Salud*, disse.

Tinha desligado a luz da varanda e todos estavam sentados à luz suave que vinha da janela. Ergueu o copo na luz e olhou através dele como um farmacêutico. Vocês não vão adivinhar quem foi que voltou para o Bell, disse.

Nem diga o nome dela.

Pois você adivinhou.

Quem mais podia ser?

Elton ficou recostado se balançando na cadeira. Os cães estavam no pátio ao pé da escada olhando para ele.

Poxa, disse Troy. O velho dela finalmente fez ela correr?

Não sei. Parece que ela está de visita. Mas pelo jeito está sendo uma visita demorada.

É.

Se nisso tiver algum consolo.

Tem consolo não.

Elton concordou com a cabeça. Você está certo, disse. Tem não.

Billy bebericou o uísque e fitou as formas das montanhas. Havia estrelas cadentes em toda parte.

Rachel topou com ela em Alpine, disse Elton. A belezoca só deu um sorriso e desviou o rosto, como se manteiga não derretesse na boca.

Troy se inclinara para a frente com os cotovelos apoiados nos joelhos, o copo nas mãos diante dele. Elton se balançava.

Se lembra que a gente costumava ir para o Bloy atrás das moças? Foi lá que a gente encontrou ela. Uma assembleia de fiéis. Isso faz pensar na vontade de Deus. Ele convidou ela para sair e ela respondeu que não saía com homem que bebia. Ele olhou bem nos olhos dela e falou que não bebia. Ela quase caiu para trás. Acho que ficou chocada de encontrar um sujeito ainda mais mentiroso que ela. Mas ele falou a pura verdade. Claro que ela não fez fé nele. Disse que tinha certeza que ele bebia. Disse que todo mundo no município de Jeff Davis sabia que ele bebia e bebia muito e era um tremendo garanhão. Ele não piscou. Falou que costumava sim mas que tinha largado. Ela perguntou quando tinha largado e ele respondeu acabei de largar. E ela saiu com ele. E pelo que sei ele nunca mais bebeu. Até que ela deixou ele, claro. Aí então ele teve muito o que pôr em dia. Os estragos da bebida alcoólica. O álcool não é nada. Mas a partir daquele dia ele mudou.

Ela ainda está bonita?

Não sei. Não vi ela. A Rachel falou que sim. O Satanás tem o poder de tomar formas agradáveis. Aqueles grandes olhos azuis. Tinha mais jeito para virar a cabeça de um homem do que a avó do diabo. Não sei onde é que elas aprendem isso. Diacho, ela só tinha dezessete anos.

Elas nascem com isso, disse Troy. Não precisam aprender.

Deve ser.

Parece que o que elas não aprendem é não cair em cima do primeiro coitado só para se divertir.

Billy bebeu um gole do uísque.

Me dá o teu copo, disse Elton.

Colocou-o no chão entre os pés e serviu uísque e tampou a garrafa e esticou o braço e passou o copo.

Obrigado, Billy disse.

Lutou na guerra?, Elton perguntou.

Não. Fui dispensado.

Elton concordou com a cabeça.

Tentei me alistar três vezes mas não me aceitaram.

Sei que tentou. Eu queria ser mandado para o estrangeiro mas passei a guerra inteira no acampamento de Pendleton. O Johnny lutou em todas as partes do Pacífico. Companhias inteiras de soldados tombaram na frente dele. Ele nunca sofreu um arranhão. Acho que isso incomodou ele.

Troy passou o copo e Elton o pegou e o colocou no chão e serviu e o passou de volta. Em seguida se serviu. Recostou-se. O que é que está olhando?, perguntou para o cão. O cão desviou o olhar.

O que me incomoda e por isso evito falar é que a gente teve uma briga feia naquela manhã e eu nunca tive a oportunidade de fazer as pazes. Eu disse na cara dele que ele era um grandíssimo idiota — e era mesmo — e que a pior coisa que ele podia fazer era deixar o rapaz se meter com ela. O que era verdade. Na época eu sabia tudo sobre ela. A gente gosta de chegar às vias de fato. Eu nunca te contei isso. Foi ruim. Desde então ele já não era a mesma pessoa cheia de vida. Eu não devia ter me intrometido. Não tem como trocar ideia com alguém no estado que ele estava. Nem vale a pena tentar.

Troy o observou. Você me contou, disse.

É. Acho que sim. Já não sonho mais com ele. Sonhava sempre. Conversava com ele.

Achava que você ia deixar essa história pra lá.

Pois é. Mas pelo jeito essa ainda é a única história que existe. Não é?

Levantou-se pesadamente da cadeira com a garrafa e o copo na mão. Vamos até o celeiro. Vou mostrar o potro que a égua do Jones pariu, vocês nem imaginam. Tragam os copos. A garrafa está comigo.

Cavalgaram a manhã inteira pelos campos abertos de juníperos, seguindo as cristas cascalhosas. Uma tempestade se formava sobre Sierra Viejas a oeste e sobre a vasta planície que se estendia para o sul dos Guadalupes e contornava a cordilheira de Cuesta del Burro e avançava até Presidio e a fronteira. Ao meio-dia pararam próximo à nascente do riacho e se sentaram entre as folhas amarelas e observaram-nas se agitarem e serem carregadas em uma lagoa enquanto comiam o lanche que Rachel lhes preparara.

Olha só isso aqui, disse Troy.

O que é?

Uma toalha de mesa.

Caramba.

Encheu as duas canecas de café de uma garrafa térmica. Os sanduíches de peru que comeram estavam embrulhados em um pano.

O que é que tem na outra garrafa térmica?

Sopa.

Sopa?

Sopa.

Caramba.

Comeram.

Quanto tempo faz que ele é administrador nestas bandas?

Uns dois anos.

Billy concordou com a cabeça. Ele não te ofereceu emprego antes?

Ofereceu. Falei que não me importava de trabalhar com ele mas que não tinha certeza se me importava de trabalhar para ele.

O que é que te fez mudar de ideia?

Não mudei. Só estou pensando a respeito.

Comeram. Troy indicou com a cabeça os campos ao longe. Dizem que tinha um sujeito branco emboscado a cada quilômetro nessas paragens.

Billy observou com atenção o terreno. Pelo jeito aprenderam a não pôr mais os pés aqui.

Quando acabaram de comer Troy serviu o resto de café nas canecas e enroscou a tampa da garrafa térmica e a assentou ao lado da sopa e dos panos do sanduíche e da toalha de mesa ainda dobrada para ser guardada no alforje. Ficaram tomando café. Os cavalos parados lado a lado a jusante do riacho bebiam e erguiam a cabeça. Folhas molhadas grudadas nas narinas.

O Elton tem lá a opinião dele sobre o que aconteceu, disse Troy. Se o Johnny não tivesse encontrado aquela moça teria encontrado outra coisa. Não ouvia ninguém. Elton diz que ele mudou. Ele nunca mudou. Era quatro anos mais velho que eu. Não muitos anos de diferença. Mas fez coisas que nunca fiz. Ainda bem que não. As pessoas viviam dizendo que ele era cabeça-dura, mas não era só isso. Brigou com o papai uma vez quando ainda não tinha nem quinze anos de idade. Briga de soco. Forçou o velho a brigar com ele. Disse na cara dele que respeitava ele e tudo o mais mas que não ia engolir o que ele tinha falado. O velho tinha chamado a atenção dele sei lá por quê. Eu chorava feito bebê. Ele não chorava. Caía e se levantava. O nariz quebrado e tudo o mais. O velho não se cansava de dizer para ele continuar no chão. Diacho, o velho chorava. Espero nunca mais ver uma cena como aquela. Hoje penso nisso e me dá engulho. E não tinha nada que um mortal podia fazer para acabar com aquilo.

E depois?

No fim o velho acabou indo embora. Tinha sido derrotado e sabia disso. O Johnny lá em pé. Mal parando em pé. Chamando ele para voltar. O velho nem sequer se virou. Foi direto para casa.

Troy olhou o fundo da caneca. Jogou a borra entre as folhas.

Não era só ela. Tem um tipo de homem que quando não consegue o que quer não aceita a primeira coisa melhor que aparece mas a pior que pode encontrar. Elton acha que ele era desse tipo e vai ver era mesmo. Mas acho que amava a moça. Acho que sabia quem ela era e não ligava. Acho que estava cego a ponto de não se enxergar. Acho que estava simplesmente perdido. Este mundo não foi feito para ele. Tinha superado ele antes mesmo de começar a andar. Casar. Diacho. Ele não suportava nem mesmo usar sapatos com cordão.

Mas você gostava dele.

O olhar de Troy se perdeu entre as árvores. Bom, disse. Não sei se gostar é a palavra. Não consigo falar disso. Quis ser igual a ele. Mas não era. Tentei.

Era o predileto do teu pai, acredito.

Ah sim. Não era um problema para ninguém. Estava claro. Aceito. Diacho. Não era nem mesmo uma competição. Está pronto?

Estou.

Levantou-se. Encaixou a palma da mão no flanco das costas e estirou o corpo. Olhou para Billy. Eu adorava ele, disse. Elton também. Não tinha como não. Era só isso.

Pôs os panos dobrados embaixo do braço junto com as garrafas térmicas. Nem chegaram a ver do que era a sopa. Ele se voltou e olhou para Billy. O que acha deste lugar?

Gosto daqui.

Eu também. Sempre gostei.

Então vai vir para ficar?

Não.

Anoitecia quando chegaram a Fort Davis. Curiangos sobrevoavam em círculos a antiga praça de armas quando passaram e o céu sobre as montanhas atrás deles era da cor vermelho-sangue. Elton estava esperando com o caminhão e o reboque para cavalos na frente do Hotel Limpia. Desencilharam os cavalos no estacionamento de cascalho e puseram as selas na carroçaria do caminhão e limparam os cavalos e os fizeram subir no reboque e foram para o hotel e atravessaram o saguão na direção do bar.

Gostou do cavalinho?, perguntou Elton.

Gostei muito, Billy respondeu. A gente se deu bem.

Sentaram-se e examinaram o cardápio. O que é que vocês vão comer?, perguntou Elton.

Terminaram por volta das dez horas. Elton ficou no pátio com as mãos enfiadas nos bolsos traseiros da calça. Ainda estava lá, uma simples silhueta contra a luz da varanda, quando eles fizeram a curva na extremidade da estrada e seguiram na direção da rodovia.

Billy dirigia. Lançou um olhar para Troy. Vai ficar acordado, não vai?

Vou. Estou acordado.

Já decidiu?

Já, penso que sim.

A gente tem que ir para algum lugar.

É. Eu sei.

Você não me perguntou o que eu acho.

Bom. Você só vem pra cá se eu vier e eu não vou. Então para quê que eu tenho que perguntar?

Billy não respondeu.

Pouco depois Troy disse: Diacho, eu sabia que não ia voltar pra cá.

É.

A gente volta e tudo o que a gente queria que fosse diferente ainda está igual e tudo o que a gente queria que fosse igual está diferente.

Entendo o que você quer dizer.

Principalmente se a gente é o caçula. Você não era o caçula na tua família, era?

Não. Eu era o mais velho.

Ninguém quer ser o caçula. Posso te falar. Não tem vantagem nenhuma nisso.

Prosseguiram entre as montanhas. Pouco mais de um quilômetro e meio depois do entroncamento com a estrada 166 havia um caminhão de mexicanos estacionado no capinzal. Estavam quase no meio da estrada agitando os chapéus. Billy diminuiu a velocidade.

Que diabo, disse Troy.

Billy passou por eles. Olhou no espelho retrovisor mas nada viu além da escuridão da estrada e a profundeza da noite erma. Parou o caminhão devagar.

Droga, Parham!, exclamou Troy.

Sei. Não posso evitar.

Você está preparando uma que só com muita sorte a gente chega lá com a luz do dia.

Eu sei.

Engatou a marcha à ré e começou a voltar lentamente pela estrada, orientando-se pela faixa branca que via correr à frente do caminhão. Quando o outro caminhão se tornou visível ao lado deles ele pôde ver que o pneu direito da frente estava murcho.

Juntaram-se em torno da cabina. *Punchada,* disseram. *Tenemos una llanta punchada.*

Puedo verlo, Billy disse. Estacionou no acostamento e desceu. Troy acendeu um cigarro e meneou a cabeça.

Precisavam de um macaco. Tinham um pneu sobressalente? *Sí. Por supuesto.*

Ele tirou o macaco da carroçaria e eles o carregaram até o caminhão e começaram a levantar a frente. Tinham dois pneus sobressalentes e nenhum deles se enchia de ar. Puseram a culpa na velha bomba. Por fim levantaram a frente do caminhão e olharam para Billy.

Ele tirou as ferramentas da carroçaria e deu a volta e pegou embaixo do banco os petrechos para recapar e uma lanterna. Carregaram os pneus sobressalentes até a estrada e lá os puseram e subiram sobre eles para soltar o rebordo e depois o homem que tinha pegado as ferramentas de Billy se adiantou e com uma alavanca se pôs a soltar o pneu do aro enquanto os outros observavam. A câmara de ar que ele retirou de dentro do pneu era de borracha vermelha e estava coberta de remendos. Ele a depositou no asfalto e Billy a examinou passeando a luz da lanterna. *Hay parches sobre los parches*, disse.

Es verdad, o homem disse.

La otra?

Está peor.

Um dos homens mais jovens manejou a bomba de ar e a câmara se inchou devagar na estrada e começou a chiar. Ele se ajoelhou e encostou o ouvido junto aos vários pontos de escape de ar. Billy abriu rapidamente a tampa da lata de recapagem e com o polegar contou quantos remendos poderia fazer com ela. Troy tinha descido do caminhão e dado a volta e parado e fumava tranquilamente enquanto olhava o pneu e a câmara de ar e os mexicanos.

Os mexicanos rolaram o pneu furado para o lado do caminhão e Billy o iluminou. Havia um enorme buraco irregular na lateral. Parecia ter sido mastigado por buldogues. Troy cuspiu calmamente na estrada. Os mexicanos jogaram o pneu dentro da carroçaria do caminhão.

Billy tirou o toco de giz do estojo de petrechos para recapagem e fez um círculo em torno dos furos na câmara de ar e eles desprenderam a haste da válvula e se sentaram na câmara e depois pisaram nela até a achatarem. Em seguida se sentaram na estrada com a faixa branca sob os cotovelos e a vistosa noite erma no céu, as miríades de constelações se movendo sobre o negrume com a sutileza da vida marinha, e trabalharam naquela forma vermelho-opaca de borracha apoiada no colo, agachados como marinheiros ou remendeiros de rede. Rasparam a borracha com o pequeno raspador na tampa de lata do estojo e assentaram os remendos e neles puseram fogo um por um com um fósforo até todos se derreterem e endurecerem. Quando tornaram a encher a cântara de ar se sentaram na estrada em meio à calma escuridão do deserto e aguçaram os ouvidos.

Oye algo?, perguntou Billy.

Nada.

Ficaram a ouvir.

Ele desprendeu a haste da válvula mais uma vez e quando a câmara de ar se esvaziou o homem a introduziu ao longo do pneu e a ajustou nas bordas do aro e fixou a válvula e o rapaz se aproximou com a bomba e começou a encher o pneu. Bombeou por um bom tempo. Quando o rebordo do pneu de repente surgiu sobre o aro ele parou e os outros desenroscaram da válvula o tubo da bomba e o homem tirou da boca a haste da válvula e a enroscou na válvula que chiava e depois eles recuaram e olharam para Billy. Ele cuspiu e se virou e foi até o caminhão buscar o calibrador.

Troy estava dormindo no banco da frente. Billy tirou o calibrador do porta-luvas e retornou e eles calibraram o pneu e depois o rolaram até o caminhão e o encaixaram no eixo da roda e atarraxaram as porcas com uma chave feita com um soquete soldado na extremidade de um pedaço de barra de ferro pesada. Em seguida abaixaram o macaco e o retiraram de baixo do caminhão e o entregaram para Billy.

Ele pegou o macaco e as ferramentas e pôs o estojo de recapagem e o calibrador no bolso da camisa e a lanterna no bolso traseiro da calça de brim. Depois todos se apertaram as mãos.

Adónde van?, perguntou Billy.

O homem deu de ombros. Respondeu que estavam indo para Sanderson, no Texas. Virou-se e lançou o olhar na direção das escuras extensões de terra a leste. Os mais jovens estavam parados em volta.

Hay trabajo allá?

Deu de ombros novamente. *Espero que sí,* respondeu. Olhou para Billy. *Es vaquero?*

Sí. Vaquero.

O homem concordou com a cabeça. Era um país de *vaqueros* e as outras tribulações dos homens eram alheias a ele e isso era tudo o que se tinha a dizer. Apertaram-se as mãos mais uma vez e os mexicanos treparam no caminhão, que trepidou e tossiu e arrancou e em marcha lenta estrondeou estrada adentro. Os homens e os rapazes na carroçaria permaneceram em pé e acenaram com as mãos. Ele podia vê-los acima da escura capota da cabina, contra o profundo cobalto queimado do firmamento. Um curto-circuito na única lanterna traseira a fazia acender e apagar como um sinal até que o caminhão completou a curva e desaparececeu.

Ele guardou o macaco e as ferramentas no caminhão e abriu a porta e cutucou Troy com o cotovelo para acordá-lo.

Vamos embora, caubói.

Troy se sentou e fitou a estrada vazia. Olhou para trás.

Cadê eles?

Já foram.

Que horas são?

Não tenho ideia.

Satisfeito de ser um samaritano?

Satisfeito.

Curvou-se e abriu o porta-luvas e guardou o estojo de recapagem e o calibrador e a lanterna e fechou a porta e ligou o motor.

Para onde estão indo?, perguntou Troy.

Sanderson.

Sanderson?

É.

De onde estão vindo?

Não sei. Não falaram.

Aposto que nem estão indo para Sanderson, disse Troy.

Para onde acha que estão indo?

Ah, sei lá.

Por que iam mentir que estão indo para Sanderson, no Texas?

Não sei.

Prosseguiram. Ao fazerem uma curva ao lado de um barranco íngreme à direita da estrada houve um súbito clarão e um forte e sonoro baque. O caminhão guinou, os pneus gemendo. Quando enfim pararam estavam metade fora da estrada, metade dentro da vala.

Que diabo!, exclamou Troy. Que diabo!

Uma coruja enorme jazia em forma de cruz no para-brisa ao lado da direção. O laminado do vidro se abaulou levemente para dentro para abrigá-la e as asas estavam estiradas e a ave jazia nos anéis e raios concêntricos do vidro danificado como uma imensa mariposa em uma teia de aranha.

Billy desligou o motor. Ficaram olhando para a ave. Um dos pés estremeceu e formou uma garra e pouco a pouco se aquietou de novo e a coruja moveu a cabeça levemente como para vê-los melhor e depois morreu.

Troy abriu a porta e desceu. Billy ficou olhando para a coruja. Depois desligou os faróis e também desceu.

A coruja estava toda mole e fofa. A cabeça caída e virada. Era macia e quente ao tato e dava a impressão de estar solta dentro da plumagem. Ele a pegou e a carregou até a cerca e a pendurou nos arames e voltou. Sentou-se no caminhão e acendeu os faróis para verificar se teria condição de dirigir com o vidro naquele estado ou se deveria quebrá-lo completamente. Havia uma parte intacta no canto direito inferior e ele achou que conseguiria enxergar abaixando-se e olhando através dali. Troy tinha se afastado um pouco da estrada e estava urinando.

Ligou o motor e deu marcha à ré em direção à estrada. Troy se afastara ainda mais e se sentara no capim à margem da estrada. Billy dirigiu adiante e abriu a janela e olhou para ele.

O que é que foi?, perguntou.

Nada, respondeu Troy.

Está pronto para partir?

Estou.

Levantou-se e deu a volta pela frente do caminhão e subiu. Billy lançou um olhar para ele.

Tudo bem com você?

Sim. Tudo bem.

Foi só uma coruja.

Eu sei. Não é isso.

O que é então?

Troy não respondeu.

Billy empurrou a alavanca do câmbio no chão e engatou a primeira marcha e soltou a embreagem. Seguiram pela estrada. Ele enxergava perfeitamente. Podia se inclinar e ver através do para-brisa no outro lado da barra de divisão. Tudo bem?, perguntou. O que que é?

Pela janela Troy ficou olhando a escuridão passar. Tudo. Essa droga toda. Diacho. Não liga para mim. Para começar eu não devia ter tomado uísque.

Prosseguiram rumo a Van Horn e pararam para pôr gasolina e tomar café e então a região em que Troy fora criado e à qual ele pensou que poderia retornar e na qual o irmão falecido estava enterrado ficara totalmente para trás e eram duas horas da madrugada.

O Mac vai ficar uma fera quando ver o caminhão.

Billy concordou com a cabeça. Eu podia dar um pulo até a cidade e consertar de manhãzinha.

Quanto acha que vai custar?

Não tenho ideia.

Quer rachar meio a meio?

Seria bom.

Então tá.

Tem certeza que você está bem?

Tenho. Estou bem. É que eu fico pensando nas coisas, só isso.

É.

Mas não resolve nada, né?

Não.

Ficaram bebendo café. Troy tirou um cigarro do maço com uma batida e o acendeu e pôs o maço e o isqueiro Zippo sobre a mesa. Por que que você parou lá na estrada?

Porque parei, ué.

Você falou que não dava para evitar.

É.

O que que é? Coisa de religião?

Não. Não é nada disso não. É que o pior dia da minha vida foi uma vez quando eu tinha dezessete anos e eu e o meu mano estávamos fugindo e ele foi ferido e tinha um caminhão cheio de mexicanos mais ou menos igual àqueles lá que apareceram não sei de onde e salvaram a nossa pele. Eu nem tinha certeza que o caminhão velho deles podia ir mais depressa que um cavalo, mas foi. Eles não tinham por que parar para nós. Mas pararam. Nem acho que chegou a passar pela cabeça deles não parar. Só isso.

Troy ficou olhando pela janela. Bom, disse. Taí um bom motivo.

Bom. De qualquer jeito era só desse motivo que eu precisava. Pronto?

Sim. Bebeu a última gota na caneca. Pronto.

Pagou os dois centavos na cancela e passou pelo molinete e começou a atravessar a ponte. Nas margens do rio sob a ponte meninos erguiam baldes de lata pregados na ponta de um pau e pediam dinheiro. Ele atravessou a ponte e adentrou um mar de mascates que lhe empurravam joias baratas, artigos de couro, mantas. Seguiram-no uma boa distância e foram substituídos por outros em um revezamento de mascateagem por toda a avenida Juárez e pela Ignacio Mejía acima até Santos Degollado, onde os mascates foram se dispersando ao vê-lo ir embora.

Ele se postou na extremidade do balcão e pediu um uísque e apoiou o pé na barra de metal e olhou para as prostitutas no outro lado do salão.

Dónde están sus compañeros?, o barman perguntou.

Ele ergueu o copo de uísque e o girou na mão. *En el campo,* respondeu. Bebeu.

Ficou ali de pé durante duas horas. As prostitutas atravessaram o salão uma por uma para convidá-lo e uma por uma voltaram. Ele não perguntou por ela. Quando se foi tinha tomado cinco uísques e os pagou com um dólar e deixou mais um dólar de gorjeta para o barman. Atravessou a avenida Juárez e claudicando subiu a Mejía até o Napoleón e se sentou a uma mesa na frente do bar e pediu um bife. Ali ficou e bebeu café enquanto esperava e observou o movimento na rua. Um homem apareceu na porta e quis vender-lhe cigarros. Um homem quis vender-lhe uma Virgem Maria feita de celuloide pintado. Um homem com um estranho aparelho cheio de mostradores e alavancas lhe perguntou se desejava se eletrocutar. Passado um tempo o bife foi servido.

Retornou na noite seguinte. Havia uma meia dúzia de soldados do Fort Bliss, recrutas jovens, de cabeça raspada. Olharam para ele com olhos ébrios, olharam para as botas dele. Ele se postou no balcão e bebeu três uísques devagar. Ela não apareceu.

Subiu a avenida Juárez passando entre os mascates e os cafetões. Viu um rapaz vendendo tatus empalhados. Viu um turista bêbado andando com dificuldade na calçada carregando um conjunto completo de arnês. Viu uma moça bonita vomitar na rua. Cães se voltaram ao ouvir o ruído e correram na direção dela.

Subiu Tlaxcala e Mariscal e entrou em um e em outro estabelecimento do tipo e se sentou ao balcão. As prostitutas se aproximaram e lhe puxaram o braço. Disse que estava esperando alguém. Pouco depois saiu e refez o caminho na direção da ponte.

Prometera a Mac que não montaria o cavalo de novo antes de o tornozelo melhorar. No domingo depois do café da manhã cuidou do animal no curral e de tarde encilhou Bird e cavalgou até as Jarillas. No alto de um alcantil deteve o cavalo e estudou a região. As planícies salinas inundadas cintilando ao sol da tarde a mais de cem quilômetros a leste. Além, o pico de El Capitan. Todas as montanhas altas do Novo México empalidecendo mais além das planícies vermelhas, os antigos arbustos de creosoto. Na luz que incidia a prumo as sombras encadeadas das cercas lembravam trilhos correndo pelo campo e pombos passavam rumo ao açude nas terras de McNew. Não via gado em parte alguma naquele cerrado marcado com pegadas de reses. Pombos arrulhavam em toda parte e não ventava.

Quando voltou para casa era noite e quando terminou de desencilhar o cavalo e guardá-lo e foi para a cozinha Socorro tinha já recolhido tudo e estava lavando os pratos. Serviu-se de uma caneca de café e se sentou e ela lhe levou o jantar e enquanto estava comendo Mac apareceu e parou no limiar da porta do corredor e acendeu um charuto.

Está pronto?, perguntou.

Sim senhor.

Não tem pressa. Não tem pressa.

Voltou pelo corredor. Socorro tirou a caçarola da estufa e a levou e colocou no prato as últimas colheradas do *caldillo*. Levou-lhe mais café e serviu uma caneca para Mac e a deixou fumegando na ponta da mesa. Quando acabou de comer ele se levantou e levou o prato e a caneca até a pia e serviu mais café e depois foi até o velho armário de cerejeira que há oitenta anos viera de Kentucky em um carroção e abriu a porta e tirou o jogo de xadrez que estava entre os velhos periódicos de pecuária e os livros-razão semiencadernados e os diários de contas de couro e as velhas caixas verdes Remington de cartuchos de caça e cápsulas de cartucho de espingarda. Na prateleira de cima uma caixa de madeira entalhada guardando pesos de balança de latão. Uma pasta de couro com instrumentos para desenho. Uma carruagem de vidro que há muito tempo guardara confeitos de Natal. Ele fechou a porta e levou o tabuleiro e a caixa de madeira até a mesa e abriu o tabuleiro e abriu a tampa corrediça da caixa e entornou as peças, nogueira entalhada, azevinho entalhado, e as ordenou. Depois ficou bebendo café.

Mac entrou e puxou a cadeira em frente e se sentou e puxou para si o pesado cinzeiro de vidro que estava entre os frascos de ketchup e molho de pimenta e pôs o charuto no cinzeiro e bebeu um gole de café. Acenou com a cabeça na direção da mão esquerda de John Grady. John Grady abriu a mão, arrumou os peões no tabuleiro.

Sou as brancas outra vez, disse Mac.

Sim senhor.

Ele moveu o peão para a frente.

JC entrou e pegou uma caneca de café da estufa e foi até a mesa e parou.

Senta, disse Mac. Você vai atrapalhar a ordem.

Tudo bem. Não vou ficar.

Melhor sentar, disse John Grady. Ele precisa de toda a concentração.

E isso mesmo, disse Mac.

JC se sentou. Mac observou com muita atenção o tabuleiro. JC olhou de relance a pilha de peças brancas junto do cotovelo de John Grady.

Filho, acho bom dar uma folga para o velho. É capaz que você seja substituído por um sujeito que seja melhor vaqueiro e pior jogador de xadrez.

Mac estendeu a mão e moveu o bispo restante. John Grady moveu o cavalo. Mac pegou o charuto e com calma ficou soltando baforadas.

Moveu a rainha. John Grady moveu o outro cavalo e se recostou. Xeque, disse.

Mac se pôs a estudar o tabuleiro. Droga, disse. Pouco depois ergueu o olhar. Voltou-se para JC. Quer jogar com ele?

Não senhor. Depois dessa não ponho fé em mim.

Sei como é. Ele me deu uma surra como se eu fosse mula de aluguel.

Olhou para o relógio de parede e tornou a pegar o charuto e o pôs entre os dentes. Jogo mais uma contigo, disse.

Sim senhor, disse John Grady.

Socorro tirou o avental e o pendurou e parou à porta.

Boa noite, disse.

Boa noite, Socorro.

JC se ergueu da cadeira. Querem mais café?

Jogaram. Quando John Grady pegou a rainha preta, JC afastou a cadeira e se levantou.

Bem que tentei te avisar, filho. Vem aí um inverno frio.

Ele atravessou a cozinha e depositou a caneca na pia e se dirigiu para a porta.

Boa noite, disse.

Mac ficou estudando o tabuleiro em silêncio. O charuto apagado no cinzeiro.

Boa noite, respondeu John Grady.

Abriu a porta e saiu. A porta de tela bateu ao se fechar. O relógio tiquetaqueava. Mac se recostou. Pegou o toco de charuto e em seguida o pôs de volta no cinzeiro. Acho que vou perder, disse.

Ainda pode ganhar.

Mac olhou para ele. Conversa fiada, retrucou.

John Grady deu de ombros. Mac olhou para o relógio. Olhou para John Grady. Depois se inclinou para a frente e com cuidado girou o tabuleiro. John Grady moveu o peão preto de Mac que restava.

Mac franziu os lábios. Estudou o tabuleiro. Fez uma jogada.

Cinco jogadas depois John Grady deu xeque-mate ao rei branco. Mac balançou a cabeça. Vamos dormir, disse.

Sim senhor.

Começou a recolher as peças. Mac afastou a cadeira e pegou as canecas.

Que hora o Troy e o Billy falaram que iam voltar?

Acho que não falaram não.

Por que que você não foi com eles?

Achei melhor ficar.

Mac levou as canecas até a pia. Te chamaram para ir?

Sim senhor. Não preciso ir para tudo que é lugar que eles vão.

Fechou a tampa corrediça da caixa e dobrou o tabuleiro e se levantou.

Troy está planejando ir para lá trabalhar com o irmão?

Não sei não senhor.

Atravessou o cômodo e repôs o jogo de xadrez no armário e fechou a porta e pegou o chapéu.

Não sabe ou não quer contar?

Não sei. Se não quisesse contar eu falava que não.

Sei que falava.

Sim senhor.

Sim.

Tenho dó do Delbert.

Tem dó por quê?

Bom. É como se eu tivesse roubado o emprego dele.

Roubar não roubou. Ele ia embora de qualquer jeito.

Sim senhor.

Sou eu que administro isso aqui. Certo?

Sim senhor. Boa noite senhor.

Acende a luz lá do celeiro.

Posso enxergar bem.

Vai enxergar melhor com a luz acesa.

Sim senhor. É que incomoda os cavalos.

Incomoda os cavalos?

Sim senhor.

Pôs o chapéu e abriu a porta. Mac o observou atravessar o pátio. Depois apagou a luz da cozinha e se voltou e atravessou o cômodo e seguiu pelo corredor. Incomoda os cavalos, disse. Ora essa.

Quando se levantou de manhã e foi ao cubículo de Billy para acordá-lo Billy irão estava lá. A cama estava desfeita e ele passou mancando pelas baias e olhou na direção da cozinha no outro lado do pátio. Depois deu a volta até a lateral do celeiro onde o caminhão estava estacionado. Billy estava sentado no banco debruçado sobre o volante tirando os parafusos da armação de metal que prendia o para-brisa e jogando-os dentro do cinzeiro.

Dia, caubói, disse.

Dia. Que aconteceu com o para-brisa?

Coruja.

Coruja?

Coruja.

Tirou os últimos parafusos e forcejou e alçou a armação e com a extremidade da chave de fenda começou a soltar as bordas do vidro encaixado na moldura de borracha.

Dá a volta e empurra esse troço pelo lado de fora. Espera aí. Tem umas luvas aqui.

John Grady calçou as luvas e deu a volta mancando e empurrou as bordas do vidro enquanto Billy empurrava com o cabo da chave de fenda. Removeram o vidro da moldura de borracha na parte inferior e em um dos lados e depois Billy pediu as luvas e arrancou a peça inteira e a ergueu sobre o volante e a deitou no piso do caminhão no lado do banco de passageiro.

Como é que você fez, dirigiu com a cabeça fora da janela?

Não. Me sentei mais ou menos no meio e olhei pela parte do vidro que está boa.

Empurrou o limpador do para-brisa que estava de través sobre o painel de instrumentos.

Pensei que você ainda não tinha chegado.

A gente chegou umas cinco horas. O que é que você andou fazendo?

Quase nada.

Não ficou domando no celeiro enquanto eu estava fora, ficou?

Nã.

Como está o pé?

Está bom.

Billy girou o limpador para cima sobre a mola e com a chave de fenda tirou o braço do limpador do cilindro e o pôs em cima do banco.

Vai arranjar um vidro novo?

Vou pedir para o Joaquín trazer um quando ele for lá. Quero evitar que o velho veja.

Que diabo, qualquer um pode atropelar uma coruja.

Eu sei. Mas ninguém atropelou.

John Grady estava debruçado sobre a janela aberta da porta do caminhão. Virou-se e cuspiu e se debruçou um pouco mais. Bom, disse. Não entendi o que você falou.

Billy pôs a chave de fenda sobre o banco. Eu também não, retrucou. Nem sei por que falei. Vamos lá para dentro ver se ela já preparou o café. Eu era capaz de comer a galhada de um alce.

Quando se sentaram Oren afastou os olhos do jornal e perscrutou John Grady por cima do aro dos óculos. Como está o pé?, perguntou.

Está bom.

Não duvido.

Está bastante bom para montar um cavalo. É isso que você quer saber, não é não?

Pode apoiar ele em um estribo?

Não precisa.

Oren voltou ao jornal. Comeram. Pouco depois ele afastou o jornal de lado é tirou os óculos e os pôs na mesa.

Tem um sujeito que está mandando para cá uma potranca de dois anos que ele quer dar para a mulher. Quanto a isso fui discreto. Ele não sabe nada sobre o cavalo senão a raça. Ou sobre qualquer outro cavalo que você pode imaginar.

Ela é domada?

A mulher ou a potranca?

Aposto dez contra um que nenhuma delas é, disse JC. No escuro.

Não sei, disse Oren. Domada um pouco ou mais ou menos. Ele quer entregar ela daqui duas semanas. Eu disse que ia treinar o tanto que ela for capaz de aprender nesse espaço de tempo e parece que isso deixou ele contente.

Está bom.

Billy, vocês vão trabalhar com a gente esta semana?

Penso que sim.

Que hora que o homem disse que iam chegar?, perguntou John Grady.

Disse que depois do café da manhã. Está preparado?

Nasci preparado.

Bom, o dia corre, disse Oren. Guardou os óculos no bolso da camisa e afastou a cadeira.

Por volta das oito e meia entraram no pátio com uma camionete que trazia um reboque novo. John Grady foi ao encontro deles. O reboque era pintado de preto e na lateral, com cor dourada, o nome de uma fazenda que ficava em algum lugar no Novo México do qual ele nunca ouvira falar. Os dois homens que destrancavam e arriavam o portão da camionete o cumprimentaram com um sinal de cabeça e o mais alto dos dois correu os olhos rapidamente pelo pátio e depois fizeram a potranca descer pela rampa.

Cadê o Oren?, o homem alto perguntou.

John Grady observou a potranca. Ela demonstrava um nervosismo normal para uma égua nova descarregada em um terreno desconhecido. Deu a volta mancando para vê-la do outro lado. O olhar dela o seguiu.

Passeia ela.

Quê?

Passeia ela.

O Oren está?

Não senhor. Não está. Eu sou o amestrador. Passeia ela um pouco para eu dar uma olhada.

O homem não se moveu por alguns instantes. Depois passou a corda de freio para o outro homem. Louis, passeia ela um pouco por ali. Olhou para John Grady. John Grady observava a potranca. Quando é que ele está de volta?

Só de noitinha.

Observaram a pequena potranca andar de um lado para o outro.

Você é mesmo o amestrador?

Sim senhor.

O que é que está procurando?

John Grady examinou a potranca e olhou para o homem. Esse cavalo é manco, disse.

Manco?

Sim senhor.

Merda!, o homem exclamou.

O homem que passeava o cavalo olhou para trás por cima do ombro.

Louis, ouviu isso?, o homem gritou para ele.

Sim. Ouvi. Vai querer meter uma bala nela?

Por que é que você acha que a égua é manca?, o homem perguntou.

Bom, senhor. A questão não é o que eu acho. Ela é manca da perna esquerda da frente. Deixa eu examinar.

Louis, traz ela aqui.

Acha que ela consegue andar essa distância?

Não sei.

Ele levou a potranca para perto e John Grady caminhou até ela e apoiou o ombro contra ela e se curvou e lhe ergueu a perna dianteira entre os joelhos e examinou o casco. Correu o dedão em torno das ranilhas e examinou a parede do casco. Debruçou-se sobre o animal para lhe sentir a respiração e falou com ela e tirou o lenço do bolso traseiro da calça e cuspiu nele e começou a limpar a parede do casco.

Quem botou isso aqui?, perguntou.

Botou o quê?

Esse curativo. Ergueu o lenço para lhes mostrar a mancha que estava no casco.

Não sei, o homem respondeu.

John Grady pegou o canivete e o abriu e correu a ponta pela parede lateral do casco. O homem chegou mais perto para observá-lo. Ergueu a lâmina do canivete. Está vendo?, perguntou.

Estou.

Tem uma racha nesse casco e alguém encheu ela com cera e depois pôs esse curativo por cima.

Levantou-se e assentou no chão a pata da potranca e lhe alisou a espádua e os três ficaram olhando para a potranca. O homem alto enfiou as mãos nos bolsos traseiros da calça. Virou-se e cuspiu. Bom, disse.

O homem que controlava a potranca chutou o chão com a biqueira da bota e desviou o olhar.

O velho vai ficar puto quando souber.

Onde é que compraram ela?

O homem tirou uma mão do bolso traseiro e ajeitou o chapéu. Olhou para John Grady e tornou a olhar para a potranca. Posso deixar ela com você?, perguntou.

Não senhor.

Ora, deixa ela ficar aqui até o Oren voltar e aí eu e ele vamos conversar sobre o caso.

Não posso fazer isso.

Por que não?

Porque não posso.

Quer que eu ponha ela de volta na camionete e leve embora.

John Grady não retrucou. Tampouco tirou os olhos de cima do homem.

Você pode tomar uma decisão melhor que essa, disse o homem.

Acho que não.

Olhou para o homem que controlava a potranca. O homem olhou na direção da casa e tornou a olhar para John Grady. Em seguida enfiou a mão no bolso da calça e puxou a carteira e a abriu e tirou uma nota de dez dólares e dobrou a nota e guardou a carteira e estendeu a nota para o rapaz. Toma, disse. Guarda no bolso e não conta para ninguém quem te deu.

Não posso aceitar.

Pega.

Não senhor.

O rosto do homem murchou. Ele ficou parado com a nota estendida. Depois a enfiou no bolso da camisa.

Não é arrancar a pele.

John Grady não retrucou. O homem se virou e cuspiu de novo.

Não tive nada a ver com essa medicação, se é o que está pensando.

Não disse que teve.

Mesmo assim não quer me ajudar a sair dessa encrenca, quer?

Não, desse jeito não.

O homem ficou olhando para John Grady. Cuspiu mais uma vez. Olhou para o outro homem e correu o olhar pelo pátio.

Vamos embora, Carl, disse o outro homem. Diacho.

Conduziram a potranca pelo pátio na direção da camionete e do reboque. John Grady os observou. Fizeram a potranca subir e ergueram a grade e fecharam e trancaram a porta. O homem alto caminhou para o lado da camionete. Ô rapaz, chamou.

Sim senhor.

Vá para o inferno.

John Grady não retrucou.

Me ouviu?

Sim senhor. Ouvi.

Em seguida entraram na camionete e deram a volta e atravessaram o pátio e tomaram o caminho.

Soltou as rédeas do cavalo no pátio em frente à porta da cozinha e entrou. Socorro não estava na cozinha e ele a chamou e aguardou e depois voltou para fora. Enquanto montava o cavalo ela saiu à porta. Protegeu os olhos contra o sol com as mãos. *Bueno,* disse.

A qué hora regresa el señor Mac?

No sé.

Ele concordou com a cabeça. Ela o observou. Perguntou-lhe quando estaria de volta e ele respondeu que ao anoitecer.

Espérate, ela disse.

Está bien.

No. Espérate.

Ela entrou. Ele ficou sobre o cavalo. O cavalo pateou o chão seco e sacudiu a cabeça. Calma, ele disse. Já vamos indo.

Quando tornou a sair ela lhe disse que tinha embrulhado o lanche em um pano e o entregou parada na frente do estribo. Ele agradeceu e se virou para trás e o guardou no bolso da jaqueta e concordou e fez o cavalo avançar. Ela o observou cavalgar até a porteira e se curvar e puxar o trinco e montado abrir a porteira e passar e voltear o cavalo e montado fechar a porteira e depois descer a estrada a meio trote com o sol da manhã batendo nas costas, o chapéu jogado para trás. Sentado a prumo na sela. O pé enfaixado e sem bota em um lado, o estribo vazio. As vacas e os bezerros seguindo ao longo da cerca e mugindo à passagem dele.

Cavalgou o dia inteiro entre as reses quase selvagens no pasto de Bransford e um vento frio soprava das montanhas do Novo México. As reses fugiam trotando à frente dele ou corriam com a cauda tesa nas planícies cascalhosas entre os arbustos de creosoto e ele as examinava para a apartação. Tanto treinava o cavalo quanto fazia a vaquejada e o cavalinho ruço que ele cavalgava sentia por vacas o desprezo inerente ao cavalo atalhador e as arrebanhava ao longo da cerca e as mordia. John Grady lhe deu liberdade de ação e ele apartou um enorme bezerro de um ano e John Grady laçou o bezerro e o puxou mas ele resistiu. O cavalinho se deteve com as pernas separadas retesando a corda enquanto o bezerro se retorcia na extremidade da corda.

O que quer fazer agora?, perguntou ao cavalo.

O cavalo se voltou e recuou. O bezerro dava fortes arrancos.

Acho que você pensa que eu vou apear e atacar de flanco esse baita filho da puta e eu com uma perna só.

Esperou o bezerro se curvetear em um espaço aberto entre os arbustos de creosoto e então fez o cavalo avançar a galope. Passou a corda frouxa por cima da cabeça do cavalo e surpreendeu o bezerro pelo lado esquerdo. O bezerro seguiu a trote. A corda deslizou do pescoço ao longo do chão e fez uma curva atrás das pernas e subiu pelo lado direito seguindo o curso do cavalo. John Grady controlou a laçada e depois se ergueu sobre um estribo e desembaraçou a outra perna da corda que se arrastava. Ao se esticar a corda puxou para trás a cabeça do bezerro em um movimento brusco e por baixo as pernas traseiras. O traseiro do bezerro girou no ar e ele se espatifou no chão no meio de uma nuvem de poeira e lá ficou.

John Grady já tinha apeado e foi até onde o bezerro jazia mancando e esticando e se pôs de joelhos sobre a cabeça do bezerro antes que ele pudesse se recobrar e lhe agarrou a perna traseira e arrancou a correia da cinta e a cingiu e esperou o bezerro parar de se debater. Depois se curvou e ergueu a perna do animal para ver bem de perto a inchação na parte interna que fazia o bezerro correr de forma estranha e que o motivou a apartá-lo e laçá-lo.

Havia um cavaco encravado na pele. Ele tentou tirá-lo com os dedos mas era uma lasca quase embutida. Tateou ao longo da estilha e com o dedão a empurrou por dentro tentando levá-la para a frente. Conseguiu expor uma parte dela e por fim se abaixou e a prendeu entre os dentes e a arrancou. Um soro aguado escorreu. Ele levou o cavaco ao nariz e o cheirou e depois o jogou fora e retornou ao lugar em que estava o cavalo para pegar o frasco de Peerless e a gaze. Quando o libertou, o bezerro correu mancando mais do que antes, porém ele achou que ficaria bom.

Comeu o lanche ao meio-dia em um afloramento de rocha magmática com uma vista para a planície aluvial a norte e a oeste. Havia pictogramas antigos entre as pedras, incisões de animais e luas e homens e hieróglifos cujos significados nenhum homem jamais saberia. As pedras estavam quentes ao sol e ele se sentou protegido do vento observando a terra silenciosa e desabitada. Nada se mexia. Passado um tempo dobrou o pano que envolvera o lanche e se levantou e desceu e partiu com o cavalo.

Ainda estava limpando o animal suado à luz que vinha da estrebaria do celeiro quando Billy se aproximou palitando os dentes e se pôs a observá-lo.

Onde esteve?

Cedar Springs.

Ficou lá o dia inteiro?

Fiquei.

O dono daquela potranca apareceu aqui.

Achei que ia.

Não estava irritado nem nada.

Não tinha por quê.

Perguntou para o Mac se você podia cuidar de uns cavalos para ele.

Sei.

Continuou a escovar o cavalo. Billy o observou. Ela mandou dizer que vai jogar tudo no lixo se você não vier.

Vou lá daqui a pouco.

Tá bom.

O que achou daquele lugar lá?

Achei que é um lugar bem bonito.

É?

Não vou para lugar nenhum. O Troy também não.

John Grady correu a escova pelo lombo do cavalo. O cavalo se arrepiou. Nós todos vamos ter que ir para algum lugar quando o exército tomar estas terras.

É, eu sei.

O Troy não está indo embora?

Billy fitou a ponta do palito de dentes e tornou a pô-lo na boca. A sombra de um morcego que viera caçar à luz do celeiro passou sobre o cavalo, sobre John Grady.

Acho que ele só quis ver o irmão.

John Grady concordou com a cabeça. Apoiou-se no cavalo com os dois antebraços e tirou da escova os pelos soltos e os observou cair.

Quando entrou na cozinha Oren ainda estava à mesa. Oren desviou os olhos do jornal e depois continuou a ler. John Grady caminhou até a pia e lavou as mãos e Socorro abriu a porta da estufa na parte de cima do forno e tirou um prato.

Ele se sentou para jantar enquanto lia as notícias da última página do jornal de Oren no outro lado da mesa.

O que é plebiscito?, perguntou Oren.

Você me pegou.

Pouco depois Oren disse: Não fique lendo o jornal.

Quê?

Eu disse para não ficar lendo o jornal.

Tá bom.

Ele dobrou o jornal e o afastou deslizando sobre a mesa e ergueu a caneca de café e bebeu.

Como é que você sabia que eu estava lendo o jornal?

Eu senti.

O que é que você tem?

Nada. E que me enerva, só isso. E um mau hábito das pessoas. Se quer ler o jornal dos outros tem que pedir licença.

Tá bom.

O dono da potranca que você enjeitou apareceu aqui querendo contratar os teus serviços.

Já tenho trabalho.

Acho que ele só queria que você fosse com ele até Fabens dar uma olhada em um cavalo.

John Grady concordou com a cabeça. Não é isso que ele quer.

Oren o observou. Foi o que o Mac falou.

Ou então não é só isso que ele quer.

Oren acendeu um cigarro e tornou a pôr o maço na mesa. John Grady comia.

O que é que o Mac falou?

Falou que vai te contar.

Bom. Já me contaram.

Mas que coisa, vai lá ver o homem. Você podia fazer uns negócios com cavalo no fim de semana. Ganhar algum dinheiro.

Acho que eu não sei trabalhar para mais de um homem por vez.

Oren fumou. Observou o rapaz.

Fui para Cedar Springs. Trabalham que nem escravos por lá.

Não perguntei.

Sei disso. Fui com aquele cavalinho ruço do Watson.

Como é que ele se comportou?

Achei que foi muito bem mesmo. Não se exibiu nem nada. Já era um bom cavalo antes mesmo de eu selar ele.

Você podia ter comprado esse cavalo.

Eu sei.

O que é que te desgostou nele?

Não desgostei de nada nele.

Agora não compra mais.

Nã.

Acabou de comer e limpou o prato com o último pedaço de *tortilla* e o comeu e afastou o prato e bebeu o café e pôs a caneca na mesa e olhou para Oren.

É um cavalo bom para tudo. Não é perfeito mas acho que vai ser cavalo de vaquejada.

Fico feliz de ouvir isso. Claro que você prefere um que se curva como serra de fita e corre de cabeça contra a parede do celeiro.

John Grady sorriu. O cavalo dos meus sonhos, disse. Não é bem assim.

Como é então?

Não sei. Acho que é só uma coisa que a gente gosta. Ou não gosta. A gente pode anotar na ponta do lápis todas as coisas boas de um cavalo e ainda assim não dá para saber se a gente gosta dele ou não gosta.

E se a gente anotar todas as coisas ruins?

Não sei. Digo que nessa altura você provavelmente já tirou uma conclusão.

Acha que tem cavalo tão mimado a ponto da gente não poder fazer nada com ele?

Acho que sim. Mas acho que não tantos quanto você imagina.

Talvez não. Você acha que um cavalo entende o que um homem fala?

Você quer dizer as palavras?

Não sei. Se entende o que um homem fala.

John Grady olhou pela janela. Havia gotas de água na vidraça. Dois morcegos voejavam na luz do celeiro. Não, respondeu. Acho que ele entende o significado do que a gente fala.

Observou os morcegos. Olhou para Oren.

O que eu acho de um cavalo é que ele na maioria das vezes se preocupa com o que não sabe. Ele gosta de enxergar a gente. Se não pode, gosta de ouvir a gente. Talvez pense que quando a gente está falando não vai fazer alguma outra coisa que ele não sabe.

Acha que um cavalo pensa?

Claro. Você não?

Acho sim. Tem gente que diz que não.

Bom. Tem gente que erra.

Acha que pode saber o que um cavalo pensa?

Acho que posso saber o que ele planeja fazer.

Geralmente.

John Grady sorriu. É, disse. Geralmente.

O Mac sempre afirmou que um cavalo sabe a diferença entre o certo e o errado.

O Mac está certo.

Oren fumou. Bom, disse. Sempre achei isso um pouco demais para eu engolir.

Acho que se ele não soubesse a gente não podia nem treinar ele.

Não acha que é só conseguir ele fazer o que a gente quer?

Acho que a gente pode treinar um galo para fazer o que a gente quer. Mas ele não vai ser teu. Tem uma maneira de treinar um cavalo que vira ele. Do jeito dele. Um bom cavalo faz uma ideia das coisas por ele mesmo. A gente enxerga o que se passa no coração dele. Não faz uma coisa quando a gente está observando ele e uma outra quando a gente não está. Tem inteireza. Quando um cavalo chega a isso você dificilmente consegue que ele faça alguma coisa que ele sabe que é errada. Ele resiste. E se a gente maltrata ele é o mesmo que matar ele. Um cavalo bom tem justiça no coração. Vi com os meus próprios olhos.

Você tem uma consideração por cavalos bem maior do que eu, disse Oren.

Na verdade não tenho tanta consideração assim. Quando garoto eu achava que sabia tudo o que tinha para saber sobre um cavalo. No que diz respeito a cavalos fui ficando cada vez mais ignorante.

Oren sorriu.

Se um homem entendesse mesmo os cavalos, disse John Grady. Se um homem entendesse mesmo os cavalos era capaz de treinar um só de olhar para ele. Não tinha mistério. Estou muito longe de trabalhar com um com trela. Mas também estou bem longe do que é possível.

Esticou as pernas. Apoiou o pé torcido sobre a bota.

Em uma coisa você está certo, disse. Na maioria das vezes são estragados antes de trazerem eles pra cá. São estragados na primeira sela. Mesmo antes disso. Os melhores cavalos são os que ficam soltos como garotos. Ou mesmo um cavalo bravo no campo que nunca viu um homem. Não tem nada para desaprender.

Acho que não é nada fácil convencer alguém a concordar com essa tua última opinião.

Eu sei.

Alguma vez amansou um cavalo bravo?

Sim. Mas nunca dá para treinar ele de fato.

Por que não?

As pessoas não querem que sejam treinados. Querem só que sejam amansados. A gente tem que treinar o dono.

Oren se inclinou e apagou o cigarro. Sei, disse.

John Grady ficou olhando a fumaça entrando no quebra-luz acima da mesa. Talvez não seja verdade o que eu falei do cavalo que nunca viu um ser humano. Eles precisam ver gente. Precisam só ver por perto. Talvez só precisem pensar que as pessoas são árvores até o amestrador chegar.

Ainda havia luz fora, uma luz cinzenta com a chuva caindo de novo nas ruas e os mascates comprimidos nas entradas das portas olhando inexpressivamente a chuva. Ele sacudiu a água das botas e entrou e atravessou o salão na direção do balcão e tirou o chapéu e o pôs em cima do tamborete. Não havia nenhum outro freguês. Duas prostitutas reclinadas em um sofá o observaram sem muito interesse. O barman serviu o uísque.

Descreveu a moça para o barman mas ele se limitou a dar de ombros e balançar a cabeça.

Eres muy joven.

Deu de ombros de novo. Limpou o balcão e se recostou e tirou um cigarro do bolso da camisa e o acendeu. John Grady pediu com um gesto um outro uísque e foi pondo as moedas uma a uma sobre o balcão. Levou o chapéu e o copo até o sofá e fez perguntas às prostitutas mas estas apenas lhe deram puxões na roupa e lhe pediram para pagar um drinque. Ele examinou o rosto delas. Como seria cada um daqueles rostos por baixo da maquiagem empastada e do ruge, da pintura preta e gordurosa delineando os olhos escuros de índias. Pareciam alheias e tristes. Como dementes vestidas para sair. Ele olhou para o cervo de néon na parede atrás delas e as berrantes tapeçarias de pelúcia, de ouropel e trançado. Ouvia a chuva no telhado nos fundos e a gota d'água minúscula que caía com insistência do teto para as poças no tapete vermelho-sangue. Bebeu o uísque até a última gota e assentou o copo na mesa baixa e pôs o chapéu. Inclinou a cabeça em um cumprimento e tocou a aba do chapéu para se retirar.

Joven, disse a mais velha.

Sí.

Ela olhou disfarçadamente em volta mas não havia ninguém que a pudesse ouvir.

Ya no está, disse.

Ele perguntou aonde ela teria ido mas as prostitutas não sabiam. Perguntou se ela voltaria, mas achavam que não.

Tornou a tocar a aba do chapéu. *Gracias,* disse.

Ándale, disseram as prostitutas.

Na esquina um motorista de táxi corpulento que trajava um terno azul de sarja lustrosa o chamou com um grito. Segurava um guarda-chuva antigo, raro de se ver na região. Um dos gomos entre as varetas tinha sido substituído por uma folha de celofane azul e debaixo dela o rosto do motorista era azul. Perguntou a John Grady se queria ir ver as moças e ele respondeu que queria.

O carro seguiu pelas ruas esburacadas e alagadas. O motorista estava ligeiramente ébrio e fazia comentários francos sobre os pedestres que atravessavam à frente deles ou se postavam nas entradas das construções. Comentou sobre os aspectos da personalidade deduzíveis da aparência. Comentou sobre os cães que atravessavam. Discorreu sobre o que os cães pensam e sobre aonde poderiam ir e por quê.

Sentaram-se no bar de um bordel nas cercanias da cidade e o motorista chamou a atenção para as virtudes das várias prostitutas que se encontravam no salão. Disse que com frequência o homem que buscava uma noite de prazer aceitava a primeira oferta mas que o homem prudente seria mais seletivo. Que não se iludiria com as aparências. Disse que era melhor agir com liberdade quando se tratava de prostitutas. Disse que em uma sociedade saudável a escolha deveria ser sempre a prerrogativa do comprador. Voltou-se para fitar o rapaz com olhos sonhadores.

De acuerdo?, perguntou.

Claro que sí, respondeu John Grady.

Beberam de um só gole e saíram. Lá fora era noite e as luzes coloridas nas ruas não tinham brilho e realçavam o chuvisco suavemente. Sentaram-se ao balcão de um estabelecimento chamado Red Cock. O motorista saudou com o copo no ar e bebeu. Observaram as prostitutas.

Posso te levar para outros lugares, disse o motorista. Vai ver ela foi para casa.

Vai ver.

Vai ver está casada. Às vezes essas moças casam.

Vi ela por aqui faz duas semanas.

O motorista ponderou. Fumou. John Grady terminou o drinque e se levantou. *Vamos a regresar a La Venada,* disse.

Na Calle de Santos Degollado sentou-se ao balcão e esperou. Pouco tempo depois o motorista voltou e se inclinou e sussurrou no ouvido dele e olhou ao redor com cautela estudada. Você tem que conversar com o Manolo. Só o Manolo pode dar essa informação para a gente.

Cadê ele?

Te levo até ele. Te levo. É um arranjo. Tem que pagar.

John Grady enfiou a mão no bolso para tirar a carteira. O motorista lhe segurou o braço. Olhou na direção do barman. *Afuera,* disse. *No podemos hacerlo aquí.*

Na rua John Grady tornou a enfiar a mão no bolso para tirar a carteira mas o motorista lhe disse para esperar. Olhou em volta teatralmente. *Es peligroso,* sussurrou.

Entraram no táxi.

Cadê ele?, perguntou John Grady.

Vamos encontrar ele agora. Te levo.

Ligou o motor e eles desceram a rua e viraram à direita. Seguiram por meio quarteirão e tornaram a virar e entraram em um beco e pararam. O motorista desligou o motor e apagou os faróis. Ficaram imóveis na escuridão. Ouviam um rádio ao longe. Ouviam a água da chuva pingar dos *canales* nas poças do beco. Pouco depois um homem apareceu e abriu a porta traseira do táxi e entrou.

A luz no teto do táxi estava apagada e John Grady não conseguia enxergar o rosto do homem. Ele fumava um cigarro e fechava a mão em copa ao tragar tal como faziam os camponeses. John Grady sentia o cheiro da colônia que ele usava.

Bueno, o homem falou.

Pague ele agora, disse o motorista. Ele vai te contar onde é que a moça está.

Quanto é que é?

Me pague cinquenta dólares, o homem falou.

Cinquenta dólares?

Não houve resposta.

Não tenho cinquenta dólares.

O homem ficou em silêncio por um momento. Depois abriu a porta e saiu.

Peraí, disse John Grady.

O homem se deteve no beco, a mão na porta. John Grady conseguiu vê-lo. Usava um terno preto e uma gravata preta. Tinha um rosto pequeno em forma de cunha.

Conhece essa moça?, perguntou John Grady.

Claro que conheço essa moça. Estou perdendo o meu tempo.

Como é que ela é?

Tem dezesseis anos. É a epilética. Só tem uma. Já tem duas semanas que foi embora. Estou perdendo o meu tempo. Você não tem dinheiro e eu estou perdendo o meu tempo.

Arranjo o dinheiro. Trago amanhã de noite.

O homem olhou para o motorista.

Vou para o Venada. Levo o dinheiro no Venada.

O homem desviou o rosto de leve e cuspiu e o virou de volta. Não pode ir para o Venada. Para tratar disso. Qual é o teu problema? Quanto é que você tem?

John Grady puxou a carteira. Trinta e tanto, disse. Contou as notas com o polegar. Trinta e seis dólares.

O homem estendeu a mão. Dá aqui.

John Grady lhe entregou o dinheiro. O homem meteu o maço de notas no bolso da camisa sem sequer olhar. O White Lake, disse. Em seguida fechou a porta e se foi. Não conseguiam nem ouvir os passos se afastarem no beco. O motorista se voltou para ele.

Quer ir para o White Lake?

Fiquei sem dinheiro nenhum.

O motorista tamborilou os dedos no encosto do banco. Não tem dinheiro nenhum?

Não.

O motorista meneou a cabeça. Dinheiro nenhum, disse. Então tá. Quer voltar para o Avenida?

Não tenho como te pagar.

Tudo bem.

Ligou o motor e deu marcha à ré no beco na direção da rua. Me paga na próxima vez. Está bem?

Está.

Então tá.

Ao passar pelo cubículo de Billy viu a luz acesa e parou e afastou a lona e espiou dentro. Billy estava deitado na cama. Abaixou o livro que estava lendo e olhou por cima dele e então o pôs de lado.

O que é que está lendo?

Destry. Onde você andou?

Já foi em um lugar chamado White Lake?

Já. Uma vez.

É muito caro?

Bem caro. Por quê?

Só estava pensando. Até amanhã.

Soltou a lona e se voltou e seguiu na direção de seu cubículo.

Melhor não chegar perto do White Lake, mano, Billy alertou em voz alta.

John Grady abriu a cortina e tateou à procura da corrente da luz.

Não é lugar para caubói.

Encontrou a corrente e a puxou para acender a luz.

Está me ouvindo?

Depois do café da manhã seguiu mancando pelo corredor de chapéu na mão. Senhor Mac?, chamou.

McGovern atendeu à porta do escritório. Tinha uns papéis na mão e outros metidos embaixo do braço. Entra, filho, disse.

John Grady ficou parado à porta. Mac foi se sentar à escrivaninha. Entra, disse. O que é que você precisa que eu não tenho?

Afastou os olhos dos papéis. John Grady continuou parado à entrada.

Será que eu podia ter um adiantamento do salário do mês que vem?

Mac puxou a carteira. Quanto é que precisa?

Bom. Cem dólares se der.

Mac olhou para ele. Posso te dar se quiser, disse. Como é que vai fazer no mês que vem?

Dou um jeito.

Abriu a carteira e contou cinco notas de vinte. Bom, disse. Acho que você está bastante crescido para cuidar das tuas coisas. Não tenho nada com isso, tenho?

É que eu preciso para uma coisa.

Tudo bem.

Juntou as notas e se curvou e as depositou sobre o tampo da escrivaninha. John Grady entrou e as pegou e dobrou e enfiou no bolso da camisa.

Obrigado, disse.
De nada. Como vai o pé?
Está melhorando.
Notei que ainda não está se apoiando nele.
Não está mal.
Ainda pensa lidar com aquele cavalo?
Sim senhor. Penso.
Como é que você sabia que a pata da potranca do Wolfenbarger não estava boa?
Eu vi.
Ela não mancava.
Não senhor. Foi a orelha dela.
A orelha dela?
Sim senhor. Cada vez que a pata tocava no chão uma orelha se mexia um pouquinho. Só fiquei de olho nela.
Mais ou menos como o faro de quem joga pôquer.
Sim senhor. Mais ou menos.
Mas você não quis treinar os cavalos do velho.
Não senhor. Ele é amigo do senhor?
Conheço ele. Por quê?
Nada.
O que é que você ia dizer?
Nada não.
Pode dizer. Diz.
Bom. Eu ia dizer que achei que eu não ia ser de serventia para ele trabalhando meio período.
Tinha então de ser tempo integral?
Não disse isso.
Mac balançou a cabeça. Vai tomando o teu rumo.
Sim senhor.
Não disse isso para ele, disse?
Não senhor. Não conversei com ele.
Bom. É uma pena.
Sim senhor.
Pôs o chapéu e se voltou mas parou de novo no limiar da porta.
Obrigado senhor.

Vai. O dinheiro é teu.

Ao chegar naquela tarde Socorro tinha já deixado a cozinha e não havia ninguém sentado à mesa a não ser o velho. Fumava um cigarro de enrolar e ouvia o radiojornal. John Grady pegou o prato e o café e os colocou na mesa e puxou uma cadeira e se sentou.

Boa noite senhor Johnson, disse.

Boa noite, filho.

Quais são as notícias?

O homem balançou a cabeça. Debruçou-se sobre a mesa na direção do peitoril da janela onde estava o rádio e o desligou. Não tem mais notícia, respondeu. Guerras e boatos de guerras. Não sei por que fico ouvindo. É um mau hábito que eu queria perder mas acho que só piora.

John Grady espalhou uma colherada de *pico de gallo* sobre o arroz e as *flautas* e enrolou uma *tortilla* e começou a comer. O velho o observava. Fez um gesto apontando para as botas do rapaz.

Parece que você andou por um lugar muito barrento hoje.

Sim senhor. Andei. Bastante.

Esse barro velho oleoso é bem difícil de limpar. O Oliver Lee sempre dizia que veio para cá porque as terras eram tão ruins que ninguém mais queria e ele podia viver em paz. Claro que se enganou. Pelo menos quanto a viver em paz.

Sim senhor. Imagino que sim.

Como está o pé?

Está bom.

O velho sorriu. Tragou o cigarro e bateu a cinza no cinzeiro na mesa.

Não se iluda com as chuvas que caíram. Esse lugar vai secar e sumir soprado pelo vento.

Como sabe?

É assim.

Mais café?

Não, obrigado.

O rapaz se levantou e foi até a estufa e encheu a caneca e voltou.

Essas terras estão com os dias contados, disse o velho. As pessoas têm memória curta. Bem que iam ficar contentes de deixar o exército tomar elas antes de se acabarem.

O rapaz comeu. Quanto o senhor acha que o exército vai tomar?

O velho tragou o cigarro e o apagou pensativamente. Acho que vão tomar toda a bacia de Tularosa. É o meu palpite. Podem simplesmente tomar?

Sim. Podem tomar. As pessoas vão se chatear e reclamar. Mas não têm escolha. Têm que se contentar com sair delas.

O que acha que o senhor Prather vai fazer?

John Prather vai fazer aquilo que disser.

O senhor Mac disse ter falado para eles que só vai sair daqui em um caixão.

Então é assim que vai sair. Pode assinar embaixo.

John Grady limpou o prato de comida e se recostou segurando a caneca de café. Tem uma coisa que eu não devia perguntar, disse.

Pergunte.

Não tem como responder.

Sei disso.

Quem o senhor acha que matou o coronel Fountain?

O velho balançou a cabeça. Ficou em silêncio por um longo tempo.

Eu não devia ter perguntado.

Não. Nenhum problema. Você sabe que o nome da filha dele era Maggie também. Foi ela que falou para o Fountain levar o menino com ele. Disse que ninguém ia se importar com um menino de oito anos de idade. Mas estava errada, não estava?

Sim senhor.

Uma porção de gente pensa que o Oliver Lee matou ele. Eu conhecia o Oliver muito bem. Era da mesma idade. Pai de quatro filhos. Eu simplesmente não acredito.

Não acha que era capaz?

Digo ainda mais. Digo que não matou.

Ou fez acontecer?

Bom. Isso é uma outra questão. Digo que ele nunca derramou uma lágrima por causa disso. Por causa do coronel, pelo menos.

Não quer mais café mesmo?

Não filho, obrigado. Ia me deixar acordado a noite inteira.

Acha que ainda estão enterrados em algum lugar por lá?

Não. Acho não.

O que acha que aconteceu?

Sempre achei que levaram os corpos para o México. Tinham a escolha de enterrar eles em algum lugar depois do desfiladeiro onde podiam ser descobertos ou então seguir mais uns quarenta e cinco quilômetros até onde podiam jogar eles da beira do mundo e penso que foi isso mesmo que fizeram.

John Grady concordou com a cabeça. Tomou um gole do café. Já se meteu em um tiroteio?

Já. Uma vez. Tinha idade suficiente para saber das coisas.

Onde foi?

Na beira do rio a leste de Clint. Foi em mil novecentos e dezessete, pouco antes do meu irmão morrer e a gente estava no outro lado do rio esperando escurecer para trazer de volta uns cavalos roubados que a gente recuperou e a gente soube que estavam de tocaia. A gente esperou e esperou e logo depois a lua apareceu — só um pedaço dela, nem mesmo um quarto. Apareceu atrás da gente e dava para ver ela refletida no para-brisa do carro deles entre as árvores ao longo das quebradas do rio. O Wendell Williams olhou para mim e falou: tem duas luas no céu. Não me lembro de ver isso antes na vida. E eu falei: é, e uma delas está ao contrário. E atiramos neles com a nossa espingarda.

Responderam com fogo?

Claro que sim. A gente ficou lá deitado e disparou uma caixa de balas cada um e depois debandaram.

Algum ferido?

Que eu saiba não. A gente acertou o carro umas duas vezes. Espatifou o para-brisa.

Trouxeram os cavalos de volta?

Trouxemos.

Quantas cabeças?

Algumas. Umas setenta.

Mas isso é um monte de cavalo.

Era um monte de cavalo. Pagaram um dinheirão para a gente também. Mas não valia a pena ser baleado.

Não senhor. Penso que não.

Mexe muito com a cabeça de um homem.

O que, senhor?

Ser baleado. Ficar emporcalhado de terra. Folhas cortadas. Muda a perspectiva de um homem. Alguns podem até desejar isso. Eu nunca.

Não lutou na revolução?

Não.

Mas esteve lá.

Estive. Tentando sair do inferno. Estive lá tempo demais. Fiquei entusiasmado quando começou. A gente acordava em uma cidadezinha em uma manhã de domingo e eles saíam para a rua atirando uns nos outros. Não dava para entender o que estava acontecendo. A gente bem que preferia nunca ter de pôr a cara. Vi coisas horríveis naquele lugar. Sonhei com elas anos e anos.

Inclinou-se e apoiou os cotovelos na mesa e tirou papel e fumo do bolso da camisa e enrolou outro cigarro e o acendeu. Olhava a mesa. Falou por um longo tempo. Nomeou as cidades e as vilas. Os *pueblos* de barro. As execuções contra muros de barro borrados de sangue novo por cima do sangue velho e preto e a argila fina pulverizada caindo dos buracos de balas no muro depois de os homens tombarem e a fumaça das espingardas que o vento dissipava devagar e os cadáveres amontoados nas ruas ou empilhados nas carretas de rodas de madeira que rolavam sobre as pedras do pavimento ou sobre as estradas de terra até as covas anônimas. Milhares de homens foram para a guerra vestindo o único terno que possuíam. Ternos com que tinham se casado e com que seriam enterrados. Punham-se nas ruas de paletó e gravata e chapéu atrás de carros virados e fardos disparando as espingardas como contabilistas coléricos. E as peças pequenas de artilharia sobre rodas que a cada carga caíam para trás na rua e tinham de ser resgatadas e o interminável cavalgar rumo à morte levando bandeiras ou estandartes ou as tapeçarias em forma de tenda pintadas com retratos da Virgem Maria carregados em varas até a batalha como se a própria mãe de Deus fosse a criadora de toda aquela calamidade e violência e loucura.

O relógio de carrilhão no corredor badalou as dez horas.

Acho que é melhor eu ir para cama, disse o velho.

Sim senhor.

Levantou-se. Não gosto muito, disse. Mas não tem como não.

Boa noite, senhor.

Boa noite.

O motorista de táxi o acompanhou passando pelo portão de ferro batido no alto muro de tijolos e caminhando na direção da entrada. Como se a escuridão que cercava os arredores da cidade fosse um perigo. Ou as planícies desertas nos longes. Puxou um cordão de sino em uma alcova na arcada e recuou cantarolando. Olhou para John Grady.

Se quiser eu espero.

Não. Não precisa.

A porta se abriu. Uma recepcionista de vestido de noite lhes sorriu e recuou e manteve a porta aberta. John Grady entrou e tirou o chapéu e a mulher falou com o motorista e depois fechou a porta e se voltou. A mulher estendeu a mão e John Grady enfiou a mão no bolso da frente da calça. Ela sorriu.

O chapéu, disse.

Ele lhe entregou o chapéu e ela lhe indicou o salão e ele se voltou e se adiantou, alisando o cabelo com a palma da mão.

Havia um bar à direita, dois degraus acima, e ele os subiu e passou por trás dos tamboretes onde homens bebiam e conversavam. O balcão era de mogno e fracamente iluminado e os barmen usavam jaqueta curta e gravata-borboleta cor de vinho tinto. No salão as prostitutas se reclinavam em sofás de damasco vermelho e brocado dourado. Vestiam *négligés* ou batas formais que iam até os pés e vestidos forrados de cetim branco ou veludo púrpuro com aberturas nas coxas e usavam sapatos transparentes ou dourados e se sentavam em poses estudadas fazendo biquinho com os lábios vermelhos na penumbra. Um lustre de vidro lapidado pendia do teto e um trio de cordas tocava em um palco à direita.

Ele caminhou até a extremidade do balcão. Quando descansou a mão sobre a barra de metal do anteparo o barman havia já se adiantado colocando um guardanapo.

Boa noite, senhor, disse.

Boa noite. Um Old Grandad e água.

Sim senhor.

O barman se afastou. John Grady apoiou a bota na barra de latão polido e observou as prostitutas pelo espelho na parede em frente. A maioria dos homens sentados ao balcão eram mexicanos bem-vestidos, alguns norte-americanos trajando camisas de um tecido exageradamente fino com estampas de flores. Uma mulher alta trajando um vestido diáfano atravessou o salão como o espectro de uma prostituta. Uma barata que vinha zanzando pelo balcão atrás das garrafas subiu pelo espelho e ao deparar consigo mesma se imobilizou.

Ele pediu mais um drinque. O barman serviu. Quando olhou de novo pelo espelho ela estava sentada sozinha em um sofá de veludo escuro com o vestido ajustado dos lados e as mãos descansando no colo. Ele estendeu a mão para pegar o chapéu, sem tirar os olhos dela. Chamou o barman.

La cuenta por favor.

Baixou o olhar. Lembrou-se de que tinha deixado o chapéu com a recepcionista à porta. Puxou a carteira e deslizou uma nota de cinco dólares no mogno do balcão e dobrou as outras notas e as pôs no bolso da camisa. O barman trouxe o troco e ele lhe estendeu um dólar e se virou e olhou para o lugar em que ela estava no outro lado do salão. Ela parecia pequena e perdida. Estava de olhos fechados e ele se deu conta de que ouvia a música. Entornou a dose de uísque no copo de água e pôs o copo de uísque sobre o balaio e pegou o drinque e atravessou o salão.

Sua sombra fraca sob as luzes da grande tiara de vidro acima deles deve tê-la despertado dos devaneios. Ela ergueu os olhos para ele e sorriu levemente com os lábios pintados de menina. Ele quase teve o impulso de tocar a aba do chapéu.

Oi, disse. Se incomoda se eu me sento?

Ela se reacomodou e arruinou a saia para deixar mais espaço a seu lado no sofá. Um garçom surgiu das sombras em torno das paredes e colocou dois guardanapos na mesa de vidro baixa diante deles e se postou.

Me traz um Old Grandad e um copo de água. E mais um do que ela está tomando.

O garçom assentiu e se foi. John Grady olhou para a moça. Ela se inclinou para a frente e tornou a ajeitar a saia.

Lo siento, disse. *Pero no hablo inglés.*

Está bien. Podemos hablar español.

Ah, fez ela. *Qué bueno.*

Qué es su nombre?

Magdalena. Y usted?

Ele não respondeu. *Magdalena*, repetiu.

Ela baixou o olhar. Como se o som do próprio nome a perturbasse.

Es su nombre de pila?, ele perguntou.

Sí. Por supuesto.

No es su nombre... su nombre profesional.

Ela levou a mão à boca. *Oh*, exclamou. *No. Es mi nombre propio.*

Ele a observou. Disse-lhe que a tinha visto no La Venada mas a moça apenas fez que sim com a cabeça e não pareceu surpresa. O garçom trouxe as bebidas e ele pagou e deu um dólar de gorjeta para o homem. Ela não tocou no drinque nem na hora nem mais tarde. Falava tão baixo que ele precisava se inclinar para entender as palavras. Ela disse que as outras mulheres estavam olhando e que não era nada. Era só que ela era nova no lugar. Ele concordou com a cabeça. *No importa,* disse.

Ela perguntou por que ele não conversara com ela no La Venada. Ele respondeu que era porque estava com amigos. Ela lhe perguntou se tinha uma namorada no La Venada mas ele respondeu que não.

No me recuerda?, perguntou ele.

Ela fez que não com a cabeça. Ergueu os olhos. Silenciaram.

Cuántos años tiene?, perguntou ele.

Bastantes.

Ele disse que não tinha problema se ela não quisesse dizer mas a moça não respondeu. Sorriu ansiosamente. Tocou a manga da camisa dele. *Fue mentira,* falou. *Lo que decía.*

Cómo?

Disse que era mentira que não se lembrava dele. Disse que ele estava de pé junto ao balcão e achou que iria conversar com ela mas ele não foi e quando ela olhou de novo ele tinha ido embora.

Verdad?

Sí.

Ele disse que na verdade ela não tinha mentido. Disse que tinha apenas meneado a cabeça negativamente, mas a moça fez que não com a cabeça mais uma vez e disse que essa era a pior mentira de todas. Perguntou-lhe por que tinha ido ao White Lake sozinho e ele olhou para os drinques intatos na mesa diante deles e refletiu sobre isso e sobre mentiras e se voltou e olhou para ela.

Porque la andaba buscando, disse. *Ya tengo tiempo buscándola.*

Ela não respondeu.

Y cómo es que me recuerda?

Ela virou o rosto um pouco de lado, quase sussurrou. *También yo*, disse.

Mande?

Ela se voltou e olhou para ele. *También yo.*

No quarto ela se virou e fechou a porta. Ele nem mesmo conseguia se lembrar de como chegaram ali. Lembrava-se da mão da moça na dele, miúda e fria, tão estranha ao tato. A luz prismática do lustre que corria em um rio sobre os ombros nus da moça ao passarem. Ele quase tropeçando atrás feito um menino.

Ela caminhou até a cabeceira da cama e acendeu duas velas e depois apagou a luz. Ele ficou parado no quarto com os braços caídos ao longo do corpo. Ela levou as mãos à nuca e desprendeu o fecho do vestido e levou as mãos às costas e deslizou o zipe para baixo. Ele começou a desabotoar a camisa. O quarto era pequeno e a cama ocupava quase todo o espaço. Era uma cama de quatro colunas com um dossel e cortinas de organza cor de vinho e o brilho das velas penetrava a trama do tecido e incidia sobre os travesseiros uma luz avinhada.

Soou uma leve batida à porta.

Tenemos que pagar, ela disse.

Ele tirou do bolso as notas dobradas. *Para la noche,* disse.

Es muy caro.

Cuánto? Estava contando as notas. Tinha oitenta e dois dólares. Estendeu as notas para ela. Ela olhou para o dinheiro e olhou para ele. A batida soou de novo.

Dame cincuenta, ela disse.

Es bastante?

Sí, sí. Pegou o dinheiro e abriu a porta e a manteve entreaberta e sussurrou para o homem no lado de fora. Era alto e magro e fumava um cigarro em uma piteira prateada e usava camisa de seda preta.

Olhou para o cliente por um breve momento através da porta entreaberta e contou o dinheiro e assentiu com a cabeça e se afastou e ela fechou a porta. As costas nuas que o vestido aberto deixava entrever eram pálidas à luz das velas. O cabelo preto cintilava. Ela se virou e despiu os braços e segurou a frente do vestido. Saiu do amontoado de tecido e colocou o vestido de través em uma cadeira e foi para trás das cortinas transparentes como gaze e puxou as cobertas e depois soltou dos ombros as alças da combinação e a deixou cair e subiu nua na cama e puxou a coberta de seda até o queixo e se virou de lado e apoiou a cabeça no braço e se pôs a observá-lo.

Ele tirou a camisa e com os olhos procurou um lugar para colocá-la.

Sobre la silla, ela murmurou.

Deixou a camisa cair em dobras sobre a cadeira e se sentou e arrancou as botas e pôs as meias no canhão das botas e deixou-as em um canto e se levantou e desafivelou o cinto da calça. Atravessou nu o quarto e ela estendeu o braço e afastou-lhe a coberta colorida e ele entrou e deitou a cabeça no travesseiro e olhou o dossel de dobras delicadas no alto. Virou-se e olhou para ela. Ela não tirara os olhos de cima dele. Ele ergueu um braço e ela encostou contra ele o corpo nu e macio e frio. Ele colheu os cabelos pretos nas mãos e os espalhou sobre o peito como uma bênção.

Es casado?, ela perguntou.

No.

Perguntou por que queria saber. Ela ficou em silêncio por um momento. Depois disse que seria um pecado ainda maior se ele fosse casado. Ele refletiu sobre isso. Perguntou se esse era mesmo o motivo para ela querer saber, porém ela respondeu que ele queria saber demais. Em seguida se inclinou e o beijou. Na aurora ele a abraçava enquanto ela dormia e não sentia necessidade alguma de lhe perguntar o que quer que fosse.

Ela acordou quando ele estava se vestindo. Ele calçou as botas e caminhou até a cabeceira da cama e se sentou e lhe tocou o rosto com a mão e lhe alisou o cabelo. Ela se virou sonolenta e olhou para ele. As velas haviam queimado até o fim e os restos do pavio jaziam negros nas formas concheadas de parafina.

Tienes que irte?

Sí.

Vas a regresar?

Sí.

Ela investigou os olhos dele para ver se falava a verdade. Ele se inclinou e a beijou.

Vete con Dios, ela sussurrou.

Y tú.

Ela o abraçou e o apertou contra os seios e depois o soltou e ele se levantou e caminhou até a porta. Voltou-se e ficou olhando para ela.

Diz meu nome, falou.

Ela esticou o braço e apartou a cortina do dossel. *Mande?*

Di mi nombre.

Ela ficou segurando a cortina. *Tu nombre es Juan,* falou.

Sim, ele disse. Depois fechou a porta e seguiu pelo corredor.

O salão estava vazio. Cheirava a ranço de fumaça e fermento doce e rosa lilás murcha e perfumes das prostitutas ausentes. Ninguém no bar. Sob a luz cinzenta havia manchas no tapete, pontos esgarçados nos braços dos sofás, queimados de cigarro. Ele levantou o trinco da meia-porta pintada e entrou no pequeno vestiário e pegou o chapéu. Depois abriu a porta da frente e saiu no frio da manhã.

Uma paisagem de barracos baixos feitos de estanho e tábuas de caixote nos arredores da cidade. Terra árida e terrenos de cascalho e mais além as planícies de salva e creosoto. Galos cantavam e o ar cheirava a carvão em brasa. Orientou-se pela luz cinzenta no leste e rumou para a cidade. As luzes ainda ardiam longe na manhã fria sob o manto escuro das montanhas naquele isolamento comum às cidades do deserto. Um homem descia a estrada conduzindo um burro sobrecarregado com uma pilha de lenha. Os sinos das igrejas começavam a soar na distância. O homem lhe esboçou um sorriso dissimulado. Como se partilhassem um segredo entre os dois. Um que dizia respeito à idade e à juventude e a suas reivindicações e à justiça dessas reivindicações. E das reivindicações feitas aos dois. O mundo passado, o mundo vindouro. A transitoriedade comum aos dois. Sobretudo um saber do âmago que a beleza e a perda são uma coisa só.

A velha criada de um olho só foi a primeira a atendê-la, trotando estoicamente pelo corredor com os chinelos arrebentados e abrindo a porta e encontrando-a curvada na cama e a esbravejar como se tomada por um íncubo. A velha carregava as chaves presas com uma correia a um pedaço de cabo de vassoura e em um movimento rápido enrolou o toco do cabo no lençol e o enfiou à força entre os dentes da moça. A moça se arqueou retesa e a criada trepou na cama e a dominou. Uma segunda mulher aparecera à porta com um copo de água mas a criada a mandou ir embora com um meneio de cabeça.

Es como una mujer diabólica, disse a mulher.

Vete, gritou a criada. *No es diabólica. Vete.*

Mas as prostitutas haviam se juntado à porta e começaram a entrar no quarto com creme no rosto e papelotes no cabelo e vestidas com diferentes roupas de dormir e se reuniam em altos brados em volta da cama e uma delas avançou com uma estatueta da Virgem Maria e a ergueu acima da cama e uma outra pegou uma mão da moça e começou a amarrá-la na coluna da cama com a faixa do roupão. A boca da moça estava ensanguentada e algumas prostitutas se adiantaram e mergulharam lenços no sangue como para estancá-lo mas guardaram o lenço na roupa para levá-lo com elas e a boca da moça continuou a sangrar. Esticaram-lhe o outro braço e também o amarraram e algumas delas cantavam e algumas se benziam e a moça se encurvou e se debateu e depois se retesou revirando os olhos. As prostitutas trouxeram dos quartos santinhos e relicários votivos dourados e de gesso pintado e algumas acendiam velas quando o dono do estabelecimento apareceu à porta em mangas de camisa.

Eduardo! Eduardo!, gritaram elas. Ele entrou no quarto a passos largos, afastando-as do caminho. Lançou ao chão imagens e velas e agarrou a velha criada pelo braço e a empurrou para trás com violência.

Basta!, gritou. *Basta!*

As prostitutas se acotovelaram choramingando, segurando os roupões contra os peitos protuberantes. Recuaram para a porta. Apenas a criada ficou onde estava.

Por qué estás esperando?, perguntou ele entre os dentes.

A criada piscou o olho solitário. Sem se mexer.

De algum lugar da roupa ele sacou um canivete italiano com cabo de ônix preto e suportes dourados e se debruçou e cortou as faixas que prendiam os pulsos da moça e puxou as cobertas e com elas lhe cobriu o corpo nu e resguardou a lâmina da navalha tão silenciosamente quanto a disparou.

No la moleste, disse a criada entre os dentes. *No la moleste.*

Cállate.

Golpéame se tienes que golpear a alguien.

Ele se voltou e agarrou a criada pelos cabelos e a forçou até a porta e a empurrou para o corredor junto com as prostitutas e fechou a porta. Trancaria a porta, porém todas as portas só podiam ser trancadas por fora. Mesmo assim a velha não voltou a entrar mas ficou do outro lado a gritar que a moça precisava de suas chaves. Ele se pôs a observar a moça. O toco de cabo de vassoura caíra da boca e jazia nos lençóis sujos de sangue. Ele o pegou e foi até a porta e a abriu. A velha recuou e ergueu um braço mas ele apenas atirou as chaves que tilintaram no corredor e em seguida tornou a bater a porta.

Ela respirava serenamente. Havia um pano na cama e ele o recolheu e o estendeu por um momento como se fosse se debruçar para limpar o sangue da boca mas então também o jogou de lado e se voltou e de novo olhou para a confusão do quarto e praguejou em voz baixa para si mesmo e saiu e fechou a porta atrás de si.

Ward tirou o garanhão da baia e o conduziu ao longo da cocheira. O garanhão parou tremendo no meio da cocheira e deu passadas curtas como se o chão não fosse firme sob as patas. Ward se aproximou do garanhão e falou com ele e o garanhão arremessou a cabeça para cima e para baixo em uma espécie de concordância frenética. Os dois tinham passado pela mesma experiência antes mas o garanhão não estava menos inquieto com aquilo e Ward não estava menos paciente. Ele conduziu o cavalo que empinava ao longo das baias onde os outros cavalos andavam em círculos e viravam os olhos.

John Grady estava laçando a égua e quando o garanhão entrou no cercado ela tentou empinar. Ela se debateu na extremidade da corda e levantou uma pata traseira e tentou empinar de novo.

Taí uma égua decente de se ver, disse Ward.

Sim senhor.

Que aconteceu com o olho dela?

O sujeito que era dono dela arrancou com uma vara.

Ward conduziu o garanhão de olhos arregalados ao redor do cercado. Arrancou com uma vara, repetiu.

Sim senhor.

Não dava para pôr de volta, dava?

Não senhor.

Quieto, disse Ward. Fique quieto. Taí uma égua bonita.

Sim senhor, retrucou John Grady. Ela é.

Ele fez o garanhão seguir adiante aos arrancos. A pequena égua revirava o olho bom até este ficar tão branco quanto o olho cego. JC e um outro homem entraram no cercado e fecharam a porteira. Ward se virou e olhou para as paredes do cercado atrás deles.

Não vou dizer procês outra vez, gritou. Vão para casa como eu tinha mandado.

Duas adolescentes apareceram e começaram a atravessar o pátio na direção da casa.

Cadê o Oren?, perguntou Ward.

John Grady voltou com a égua irrequieta. Estava totalmente debruçado sobre ela evitando que lhe pisasse nos pés.

Precisou ir para Alamogordo.

Segura ela agora, disse Ward. Segura ela.

O garanhão empinou, o enorme falo oscilando.

Segura ela, repetiu Ward.

Estou segurando.

Ele sabe como é.

A égua corcovou e coiceou. Na terceira tentativa o garanhão a montou, agarrando-se a ela e batendo as patas traseiras, as enormes coxas trepidando e as veias se dilatando. John Grady controlava toda essa força com uma corda retorcida como um menino que controlasse com um cordão uma quimera ofegosa e relutante saída das trevas para o espantado mundo da luz sob a invocação de uma bruxaria. Segurou a corda com uma mão e encostou o rosto contra o pescoço suarento da égua. Ouvia os foles lentos dos pulmões e sentia o bombear do sangue. Ouvia o pulsar lento e surdo do coração como um motor nas entranhas de um navio.

JC e ele colocaram a égua no reboque. Acha que engravidou?, perguntou JC.

Não sei.

Ele dobrou ela, não dobrou?

Ergueram a comporta do reboque e passaram o trinco dos dois lados. John Grady se virou e encostou no reboque e enxugou o rosto com o lenço e puxou o chapéu para trás.

O Mac conseguiu vender o potro.

Espero que não tenha gasto o dinheiro.

Quê?

Ela pariu duas vezes antes e não foi dele.

O garanhão do Ward?

Não.

Aposto meu dinheiro no garanhão do Ward.

O Mac também.

A gente acabou?

Acabou. Quer dar um pulo na *cantina?*

Está pagando?

Que coisa, sô, disse JC. Eu só estava pensando que você ia poder me dar uma força no jogo de marelas. Dar uma oportunidade de a gente melhorar a nossa situação financeira.

Da última vez que fiz isso a gente acabou em uma situação que não foi financeira.

Entraram no caminhão.

Está sem dinheiro mesmo?, perguntou JC.

Nem um tostão.

Começaram a descer devagar o caminho. O reboque de cavalos matraqueava atrás. Troy contava os trocados na mão.

O que tenho dá para duas cervejas cada um, disse.

Está bom.

Estou preparado para gastar um dólar e trinta e cinco centavos.

Vamos nessa.

Observou Billy cavalgar ao longo da linha da cerca vindo de onde esta se elevava contra as dunas vermelhas. Ele passou e depois deteve o cavalo e examinou o terreno varrido pelos ventos e se voltou e olhou para John Grady. Curvou-se e cuspiu.

Terra agreste, disse.

Terra agreste.

Costumava crescer capim até a altura do estribo de um cavalo.

Ouvi falar. Nunca mais viu aquela gente?

Não. Fizeram um inferno disso daqui e se foram. Selvagem como cervo. Um homem precisa de três cavalos para trabalhar um dia aqui.

Por que não vamos até Bell Springs Draw?

Você não esteve lá na semana passada?

Não.

Tá bom.

Atravessaram a planície vermelha de creosoto e tomaram o caminho do arroio seco sobre os seixos de rocha vermelha.

John Grady Cole era um sujeito duro na queda, Billy cantou.

A trilha atravessava o rochedo e seguia um leito de rio seco e cascalhoso. A terra era como talco vermelho.

Com pele de gamo na pança e um traseiro de borracha.

Uma hora depois descansaram os cavalos junto a uma nascente. As reses tinham estado ali. Havia pegadas úmidas na extremidade sul da *ciénega* e na tripla que levava à baixada sul do espinhaço.

Tem pelo menos dois bezerros novos com esse bando, Billy disse.

John Grady não respondeu. Os cavalos levantaram a boca gotejante da água, primeiro um, depois o outro, e bufaram e se curvaram e tornaram a beber. As folhas secas agarradas aos choupos retorcidos e pálidos farfalhavam ao vento. Assentada em um terreno plano acima da nascente estava uma pequena casa de adobe em ruínas havia muitos anos. Billy tirou o maço de cigarros do bolso da camisa e com uma batida fez um cigarro saltar para fora e arqueou os ombros e o acendeu.

Eu vivia pensando em ter um pedaço de terra em uma colina que nem essa. Criar umas reses. Abater para ter a própria carne. Coisas assim.

Um dia vai ter.

Duvido.

Nunca se sabe.

Uma vez passei o inverno acampado no Novo México. Depois de um certo tempo a gente acaba se enchendo da gente mesmo. Não faço aquilo de novo se puder. Quase congelei naquela porcaria de barraco. O vento levava o chapéu mesmo dentro dele.

Tragou. Os cavalos ergueram a cabeça e olharam em volta. John Grady puxou o látego na correia e tornou a amarrá-lo. Você acha que gostaria de viver nos velhos tempos?, perguntou.

Não. Achava quando era menino. Eu vivia pensando que criar um bando de vaca esquelética em algum recanto era o mais perto que um sujeito pode chegar do paraíso. Agora já não acho que é assim.

Acha que naquele tempo eram de uma raça mais robusta?

Mais robusta ou mais abestalhada?

As folhas secas farfalharam. A noite estava baixando e Billy abotoou o jaleco para se proteger do frio.

Eu era capaz de viver aqui, disse John Grady.

Novo e ignorante como é bem que era capaz.

Acho que ia gostar.

Te digo o que é que eu gosto.

O quê?

Quando a gente liga o interruptor e a luz acende.

É.

Quando penso no que eu queria quando era garoto e no que eu quero agora não é a mesma coisa. Acho que o que eu queria não era o que eu queria. Está pronto?

Estou. Estou sim. O que é que você quer agora?

Billy falou com o cavalo e o fez dar a volta puxando a rédea. Parou e se virou para olhar o casebre de adobe e o azul e as terras que esfriavam abaixo deles. Porcaria, disse. Não sei o que eu quero. Nunca soube.

Cavalgaram de volta no anoitecer. As sombras escuras das reses se movimentavam tacitamente à frente deles.

Esse é o restinho daquele bando, Billy disse.

É.

Seguiram adiante.

Quando a gente é garoto tem essas ideias de como as coisas vão ser, Billy disse. Aí a gente fica um pouco mais velho e muda alguma dessas ideias. Acho que a gente revigora só de tentar diminuir a dor. De qualquer modo essas terras não são as mesmas. Nem o que tem nelas é o mesmo. A guerra mudou tudo. Acho que as pessoas ainda nem sabem disso.

O céu a oeste escurecia. Um vento frio soprava. Eles podiam ver a aura das luzes que emanavam da cidade a sessenta quilômetros de distância.

Você precisa usar mais roupa do que isso, Billy disse.

Estou bem. Como é que a guerra mudou tudo?

Simplesmente mudou. Não é mais a mesma coisa. Nunca vai ser.

Eduardo estava parado à porta dos fundos fumando uma de suas cigarrilhas e vendo a chuva. Havia um depósito de ferro laminado atrás do prédio e nada mais para se ver exceto a chuva e as poças de água negras no beco onde a chuva caía e a luz fraca da lâmpada amarela enroscada no bocal acima da porta dos fundos. O ar estava gelado. A fumaça vagueava na luz. Uma menina que mancava de uma perna atrofiada passou pelo corredor carregando uma trouxa enorme de roupa de cama suja. Depois de um tempo ele fechou a porta e caminhou pelo corredor de volta ao escritório.

Quando Tiburcio bateu à porta ele nem sequer se virou de frente. *Adelante,* disse. Tiburcio entrou. Ele ficou sentado à escrivaninha e contou o dinheiro. A escrivaninha era de vidro polido e de madeira de árvore frutífera e havia um sofá de couro branco encostado contra uma parede e uma mesa de centro de vidro e aço cromado e havia um barzinho contra a outra parede com quatro tamboretes de couro branco. O tapete no soalho era de uma cor creme viva. O *alcahuete* contava o dinheiro e continuava aguardando. Eduardo se virou e olhou para ele. O *alcahuete* abriu um sorriso discreto sob o bigode. O cabelo preto gorduroso brilhava na luz fraca. A camisa preta irradiava um brilho acetinado causado pelas pressões de um ferro de passar quente demais.

Eduardo prendeu a cigarrilha entre os dentes e se aproximou da escrivaninha. Ficou olhando para baixo. Com uma mão delgada adornada com anéis abriu em leque as notas sobre o vidro e tirou a cigarrilha dos dentes e ergueu os olhos.

El mismo muchacho?

El mismo.

Franziu os beiços, concordou com a cabeça. *Bueno,* disse. *Ándale.*

Quando Tiburcio se foi ele abriu com chave a gaveta da escrivaninha e tirou uma carteira de couro comprida à qual estava presa uma corrente e pôs as notas na carteira e guardou-a de novo na gaveta e tornou a trancá-la. Abriu o livro de contabilidade e registrou algo e o fechou. Depois foi até a porta e se pôs a fumar tranquilamente e a observar o corredor. Enlaçou as mãos nas costas na altura dos rins em uma postura que talvez admirasse ou sobre a qual tivesse lido, mas uma postura natural de algum outro país, não do dele.

O mês de novembro passou e ele a viu apenas mais uma vez. O *alcahuete* chegou à porta e bateu e se foi e ela lhe disse que ele tinha que ir embora. Ele segurou-lhe as mãos nas dele, os dois sentados como manequins e inteiramente vestidos no centro da cama de dossel. Inclinava-se e falava com ela com muita rapidez e muita ansiedade mas a moça só dizia que era perigoso demais e depois o *alcahuete* tornou a bater à porta e não se foi.

Prométeme, disse ele. *Prométeme.*

O alcahuete bateu com o dorso da mão cerrada. Ela lhe apertou as mãos, os olhos arregalados.

Debes salir, sussurrou.

Prométeme.

Sí. Sí. Lo prometo.

Quando ele atravessou o salão estava quase vazio. O pianista cego que substituía o trio de cordas nas altas horas da noite estava sentado no banco mas não tocava. A filha caçula estava ao lado dele. No piano havia um livro que ela lia para ele enquanto ele tocava. John Grady atravessou o salão e pegou o último dólar que tinha e o deixou cair dentro do copo em cima do piano. O *maestro* sorriu e se curvou ligeiramente em uma mesura. *Gracias*, disse.

Como estás, perguntou John Grady.

O velho tornou a sorrir. Meu jovem amigo, disse. Como vai? Vai bem?

Vou, obrigado. E o senhor?

Ele deu de ombros. Os ombros magros se ergueram sob o tecido negro e desbotado do paletó e baixaram de novo. Vou bem, respondeu. Vou bem.

Terminou por hoje?

Não. Vamos jantar.

Já está muito tarde.

Ah sim. Faz-se tarde.

O cego falava um inglês antigo, um idioma de um outro lugar e de um outro tempo. Procurou se equilibrar e se levantou e se virou todo enrijecido.

Você nos acompanha?

Não senhor, obrigado. Tenho que ir indo.

E como está progredindo a sua corte?

Não soube ao certo o que o homem queria dizer. Matutou. A moça, disse.

O homem inclinou a cabeça em uma afirmativa.

Não sei, John Grady replicou. Está indo bem, acho. Assim espero.

É uma coisa incerta, disse o velho. Persista. A persistência é tudo.

Sim senhor.

A moça tinha pegado o chapéu do pai de cima do piano e o segurava. Ela lhe tomou a mão mas ele não mostrou qualquer intenção de se retirar dali. Voltou o rosto para o salão vazio exceto por duas prostitutas e um bêbado no bar. Somos amigos, disse.

Sim senhor, John Grady retrucou. Não sabia ao certo a quem o velho se referia.

Posso falar em confiança?

Pode.

Creio que ela é adequada. Levou aos lábios um delicado dedo amarelado.

Obrigado senhor. Compreendo.

Naturalmente. Estendeu uma mão com a palma voltada para cima e a moça assentou nela a aba do chapéu e ele pegou o chapéu com as duas mãos e se virou e o pôs na cabeça e olhou para o alto.

O senhor acha que ela é uma boa pessoa?, John Grady perguntou.

Que coisa, fez o cego. Que coisa.

Eu acho que ela é.

Que coisa, repetiu o cego.

John Grady sorriu. Não quero atrapalhar o jantar de vocês. Despediu-se da moça com um sinal de cabeça e se virou para ir embora.

A situação dela, o cego disse. Está a par da situação dela?

Ele se voltou. Senhor?, perguntou.

Pouco se sabe. E há muito de superstição. Aqui as pessoas se dividem em dois lados. Uns adotam um ponto de vista positivo e outros não. Sabe como é? Mas é como eu entendo. No meu entender ela é no máximo uma visitante. No máximo. Ela não faz parte daqui. Não é como a gente.

Sim senhor. Sei que ela não faz parte desse lugar.

Não, corrigiu o cego. Não quero dizer essa casa. Quero dizer daqui. Como a gente.

Ele caminhou de volta pelas ruas. Carregando consigo as palavras do cego quanto a suas expectativas como se fossem um contrato com o mundo por vir. Apesar do frio os *juárenses* estavam postados às portas abertas e fumavam ou chamavam uns aos outros. Ao longo das ruas arenosas sem asfalto vendedores noturnos rodavam as carretas ou conduziam os pequenos burros à frente deles. Bradavam *leeen-ya*. Bradavam *quero-seeen-a*. Percorrendo as ruas escuras e bradando como velhos pretendentes em busca de donzelas que havia muito não estavam mais ao alcance deles.

II

Esperou, porém ela não apareceu. Ficou à janela com a cortina de renda puída arrepanhada na mão e acompanhou o movimento na rua. Qualquer um que olhasse para cima e o visse atrás das falsas vidraças de vidro empoeirado poderia contar sua história. Entardecia serenamente. Do outro lado da rua um lojista fechou e trancou o gradeado de ferro da loja de ferragem. Um táxi parou na frente do hotel e ele encostou o rosto contra a vidraça fria mas não pôde ver se alguém descia. Virou-se e foi até a porta e a abriu e caminhou até o parapeito do poço da escada de onde podia enxergar o saguão. Ninguém entrou. Quando retornou à janela o táxi havia partido. Sentou-se na cama. As sombras se alongavam. Pouco depois o quarto estava às escuras e o néon verde do hotel se acendeu no lado de fora da janela e pouco depois ele se levantou e pegou o chapéu de cima da cômoda e saiu. Voltou-se à porta e olhou para dentro do quarto e então fechou a porta atrás de si. Se tivesse se demorado mais teria passado pela criada La Tuerta na escadaria decrépita e não no saguão, ele um hóspede qualquer, ela uma velha qualquer de olho anuviado chegando da rua com dificuldade. Ele saiu no frio do anoitecer e ela subiu com esforço os degraus da escada e bateu à porta e aguardou e tornou a bater. Uma porta adiante no corredor se abriu e um homem espiou para fora. Disse para a velha que não tinha toalhas.

Estava deitado no beliche olhando para as vigas toscas no teto do cubículo quando Billy chegou e parou à porta. Estava ligeiramente ébrio. O chapéu puxado para trás na cabeça. E aí, caubói, disse.

Oi Billy.

Como é que vai?

Vou indo. Por onde andou?

A gente foi em um baile em Mesilla.

A gente quem?

Todo mundo menos você.

Encostou-se à entrada e apoiou uma bota contra o batente da porta e tirou o chapéu e o encaixou no joelho e recostou a cabeça. John Grady o observava.

Dançou?

Dancei pra caralho.

Não sabia que você era de dançar.

Não sou.

Aposto que fez o que pôde.

Taí uma coisa para descobrir. O Oren me contou que aquele cavalo com cara de esquilo que você tanto gosta está comendo na tua mão.

Acho que tem um pouco de exagero nisso.

O que é que você fala para eles?

Pra quem?

Pros cavalos.

Não sei. A verdade.

Aposto que é segredo de profissão.

Não.

Como é que se mente para um cavalo?

Virou-se e olhou para John Grady. Não sei, o rapaz respondeu. Você quer saber como é que a gente faz ou como é que a gente resolve fazer?

Como é que faz.

Não sei. Acho que é só o que vem do coração.

Acha que um cavalo sabe o que está no teu coração?

Acho. Você não?

Billy não respondeu. Pouco depois disse: É. Acho.

Não sou um bom mentiroso.

Só não tem muita prática de mentir.

A respiração ofegante e o alvoroço dos animais chegavam das baias na estrebaria.

Está saindo com alguma garota?

John Grady cruzou as pernas, uma bota sobre a outra. Estou, respondeu. Tentando.

O JC disse que sim.

Como é que o JC sabe?

Ele só falou que você manifestou todos os sintomas.

Manifestei?

É.

Quais são?

Ele não disse. Está pensando em trazer ela aqui um dia para a gente conhecer?

Estou. Vou trazer.

Tá bom.

Tirou o chapéu do joelho e o pôs na cabeça e endireitou o corpo.

Billy?

Hein.

Vou te contar. É um tanto complicado. Só que agora eu estou meio cansado.

Não tenho a menor dúvida, caubói. Te vejo amanhã cedo.

Voltou na semana seguinte com um dinheiro no bolso que daria apenas para um drinque no bar. Observou-a pelo espelho. Estava sentada a prumo sozinha no sofá de veludo escuro com as mãos sobre o colo como uma debutante. Ele bebeu o uísque devagar. Quando olhou de novo no espelho pensou que ela o observava. Terminou o uísque e pagou e se voltou para sair. Não tinha a intenção de olhar diretamente para ela mas o fez. Não era capaz nem de imaginar a vida dela.

Pegou o chapéu e deu para a mulher o último trocado que tinha e ela sorriu e agradeceu e ele pôs o chapéu e se virou. Estava com a mão na maçaneta de ônix ornamentado quando um dos garçons surgiu na frente dele.

Un momento, disse.

Deteve-se. Olhou para a mulher na chapelaria e olhou para o garçom.

O garçom estava entre ele e a porta. A moça, disse. Ela diz para você não esquecer ela.

Ele olhou para o salão mas não conseguia vê-la dali da porta.

Dígame, pediu.

Ela diz não...

En español, por favor. Dígame en español lo que dice ella.

O homem não dizia. Repetiu as palavras mais uma vez em inglês e depois se voltou e se retirou.

Na noite seguinte foi ao Moderno e esperou *o maestro* e a filha. Esperou um longo tempo e concluiu que talvez já tivessem estado lá ou talvez não aparecessem. Quando a moça abriu a porta ela o avistou e olhou para o pai mas nada disse. Sentaram-se a uma mesa perto da porta e o garçom se aproximou e serviu um copo de vinho.

Ele se levantou e atravessou o salão e parou na frente da mesa. *Maestro*, disse.

O cego ergueu o rosto e sorriu para o espaço ao lado de John Grady. Como se algum sósia invisível estivesse ali.

Buenas noches, disse.

Cómo está?

Ah, exclamou o cego. Meu jovem amigo.

Sim.

Por favor. Junte-se a nós. Sente-se.

Obrigado.

Sentou-se. Olhou para a moça. O cego murmurou na direção do garçom e o garçom foi atender.

Qué toma?, perguntou o *maestro*.

Nada. Obrigado.

Por favor. Insisto.

Não posso ficar.

Traiga un vino para mi amigo.

O garçom assentiu com a cabeça e se afastou. John Grady afastou o chapéu com o polegar e se inclinou apoiando os cotovelos sobre a mesa. Como é este lugar?, perguntou.

O Moderno? É um lugar frequentado por músicos. É um lugar muito antigo. Sempre foi aqui. Você precisa vir em um sábado. Fica cheio de velhos. Você vai ver. Vêm para dançar. Gente bem velhinha dançando. Aqui. Neste lugar. O Moderno.

O senhor vai tocar outra vez?

Sim, sim. Claro. É cedo. Eles são meus amigos.

Tocam todas as noites?

Sim. Todas as noites. Daqui a pouco vão tocar. Vai ver.

Como que confirmando as palavras do *maestro* os violinistas começaram a afinar os instrumentos no recinto. O celista se curvava ouvindo com a cabeça inclinada e passava o arco sobre as cordas. Um casal que estava sentado a uma mesa no canto da parede se levantou e parou de mãos dadas na passagem em arco e depois avançou pelo piso de concreto em um ímpeto assim que os músicos começaram a tocar uma antiga valsa. O *maestro* se inclinou para a frente para escutar. Estão dançando?, perguntou. Tem alguém dançando agora?

A moça olhou para John Grady. Sim, John Grady respondeu. Estão dançando.

O velho se recostou na cadeira, concordou com a cabeça. Bom, disse. Isso é bom.

Estavam sentados contra um rochedo escarpado nas montanhas de Franklin diante de uma fogueira que relutava ao vento e suas sombras projetadas sobre a rocha atrás obscurecia os petróglifos gravados nela por outros caçadores há milhares de anos. Ouviam-se os cães correndo embaixo na distância. Os ladridos se dissipavam nas vertentes da montanha e tornavam a soar mais fracos e desapareciam à medida que os cães seguiam por uma passagem pedregosa na escuridão. Ao sul as luzes distantes da cidade se estendiam no chão do deserto como um bracelete arranjado no tecido negro de um joalheiro. Archer se levantou e virou para a direção dos cães que corriam para ouvir melhor e pouco depois tornou a se acocorar e cuspiu na fogueira.

Acho que ele não vai para a árvore, disse.

Também acho que não, retrucou Travis.

Como sabe que é o mesmo puma?, perguntou JC.

Travis tinha tirado o fumo de dentro do bolso e alisava e enrolava em papel com os dedos. Fez isso com a gente antes, respondeu. Vai sumir completamente dessas terras.

Puseram-se a escutar. Os latidos foram ficando mais fracos e pouco depois o silêncio baixou. Billy tinha subido a encosta da montanha à procura de lenha e agora voltava arrastando um pedaço de cedro seco. Ergueu-o e o lançou em cima da fogueira. Uma chuva de centelhas subiu e caiu à deriva na noite. A lenha enegreceu e se torceu nas pequenas chamas. Como algo amorfo saído da noite para se aquecer entre eles.

Não podia encontrar um pedaço maior de lenha, Parham?

Vai chegar aqui já já.

O Parham está apagando a fogueira, disse JC.

A hora mais escura é pouco antes da tempestade, Billy disse. Vai chegar aqui já já.

Estou ouvindo eles, Travis disse.

Eu também.

Ele cruzou a cabeceira daquele enorme leito de rio seco lá onde a estrada faz a curva.

A Lucy não volta pra gente hoje de noite.

Que raça ela é?

Cadela da raça Aldridge. Esses cachorros foram criados pelos irmãos Lee. Só se esqueceram de parar de cruzar.

O melhor cão que a gente já teve foi o avô dela, disse Archer. Lembra do cão Roscoe, Travis?

Claro que lembro. Todo mundo pensava que ele era metade *bluetick* mas era um vira-lata feroz com olho vidrado que gostava de uma briga. A gente perdeu ele em Nyarit. Um jaguar pegou ele e mordeu e partiu em dois.

Vocês não caçam mais por lá não?

Não.

A gente não voltou lá desde antes da guerra. As últimas viagens levaram bem mais tempo que o normal. Os irmãos Lee parece que desistiram de ir. Também voltaram trazendo um monte de jaguar daquelas terras.

JC se curvou e cuspiu na fogueira. As chamas subiam serpenteando pelos lados do toco de cedro.

Não ficavam preocupados de ir desse jeito para tão longe no velho México?

A gente sempre se deu bem com aquela gente.

Não precisa ir longe para se meter em encrenca, disse Archer. Se quiser encrenca encontra na hora de dizer a ação de graças bem do outro lado daquele rio lá adiante.

A isso digo amém.

É só atravessar o rio para estar em outro país. Conversa com um dos velhos boiadeiros perto dessa fronteira. Pergunta para eles sobre a revolução.

Se lembra da revolução, Travis?

O Archer aqui tem mais para contar do que eu.

Você ainda estava no cueiro não estava, Travis?

Mais ou menos. Me lembro de acordar uma vez e ir até a janela e aí a gente olhar para fora e ver as armas abrindo fogo como se fosse o dia da Independência.

A gente morava na Wyoming Street, disse Archer. Depois que o pai morreu. O tio Pless — tio da minha mãe — trabalhava em uma oficina mecânica na Alameda e eles levaram os percussores de duas peças de artilharia e perguntaram se ele trocava por novos e ele trocou sem cobrar um tostão. Estavam todos do lado dos rebeldes. Ele trouxe os percussores para casa e deu para nós, ainda garotos. Uma oficina fez uns canos de canhão com eixos de uma ferrovia e atravessaram o rio com eles em uma junta de mulas. Os munhões eram feitos com a caixa de eixo de um caminhão Ford e fixados em caixilhos de madeira e montados em rodas de carroça. Isso foi em novembro de 1913. Villa entrou em Juárez às duas horas da madrugada em um trem sequestrado. Era uma guerra sem tréguas. As casas de uma porção de gente de El Paso ficaram furadas de balas. Alguns foram mortos, como não podia deixar de ser. Fugiam e se escondiam nas margens do rio e assistiam como se fosse uma partida de futebol.

Villa voltou em 1919. O Travis pode contar. A gente escapulia e ia atrás de lembrancinha. Cápsulas vazias e não sei o que mais. Tinha cavalos e mulas mortos na rua. Janelas de armazéns arrebentadas. A gente viu cadáveres largados na alameda cobertos com mantas ou lonas de carroção. Aquilo tudo fez a gente tomar juízo, te digo. Obrigaram a gente a tomar banho de chuveiro com os mexicanos antes de deixar a gente voltar. Desinfetaram as roupas da gente e tudo. Tinha tifo na região e as pessoas morriam disso.

Fumavam serenamente e observavam as luzes distantes no vale abaixo deles. Dois dos cães surgiram da noite e passaram por trás dos caçadores. Suas sombras trotaram pelo rochedo escarpado buscando um pedaço de terra seca embaixo das rochas onde se enrodilharam e adormeceram logo.

Nada disso fez bem para ninguém, disse Travis. Ou se fez nunca ouvi falar.

Estive em toda parte das terras de lá. Eu trabalhava como comprador de gado para os Spurlock. Não passava de um menino. Viajei por todo o Norte do México. O pior é que não tinha gado nenhum. Pelo menos que se pudesse chamar de gado. Na maior parte das vezes eu só fazia uma visita. Gostava. Gostava do país e das pessoas. Viajei por toda Chihuahua e uma boa parte de Coahuila e um pouco de Sonora. Ficava semanas sem muito *peso* no bolso mas não fazia a menor diferença. Aquela gente era capaz de te acolher e hospedar e dar de comer para você e para o cavalo e chorar na hora de você partir. Você podia ficar para sempre. Não tinham nada. Nunca tiveram e nunca iam ter. Mas você podia parar em qualquer *estancia* perdida no meio do fim do mundo que eles te acolhiam como se fosse um da família. Dava para ver que a revolução não tinha ajudado eles de jeito nenhum. Muitos tinham perdido parentes. Pais ou filhos ou os dois. Quase todos, acho. Não tinham motivo para ser hospitaleiros com ninguém. Muito menos com um garoto gringo. Aquele prato de feijão que me serviam era difícil de ganhar. Mas nunca me mandaram embora. Nem uma vez.

Três outros cães passaram pela fogueira e buscaram abrigo embaixo da rocha. As estrelas brilhavam a oeste. Os caçadores conversaram sobre outras coisas e pouco depois chegou um outro cão. Mancava de uma perna dianteira e Archer se levantou e foi até a rocha e se abaixou para examiná-lo. Ouviram o cão ganir e ao retornar ele contou que os cães haviam lutado.

Dois outros cães chegaram e então estavam todos reunidos, menos uma cadela.

Vão indo se vocês quiserem, eu vou esperar um pouco, disse Archer.

A gente espera com você.

Não me importo.

A gente vai esperar um pouco. Acorda o Cole lá adiante.

Deixa ele dormir, Billy disse. Ele andou lutando com aquele urso.

A fogueira ia se extinguindo e esfriando e eles se sentaram perto das chamas e as atiçaram com gravetos e velhos ramos secos que arrancaram das árvores esquálidas e torcidas pelo vento ao longo da borda do rochedo. Contaram histórias do velho oeste que já não existia. Os mais velhos falavam e os mais jovens escutavam e a luz começou a se insinuar pelo desfiladeiro acima deles estendendo-se lentamente pelo chão do deserto.

A cadela que esperavam chegou mancando gravemente e rodeou a fogueira. Travis a chamou. Ela parou e olhou para eles com os olhos avermelhados. Ele se levantou e tornou a chamá-la e ela se aproximou e ele segurou a coleira e a virou para a luz. Havia quatro sulcos ensanguentados ao longo do flanco. Havia um pedaço de pele lacerada pendendo sobre uma pata dianteira e expondo o músculo e o sangue saía devagar de uma orelha cortada e pingava no chão arenoso onde ela estava.

A gente tem que fechar essa ferida, disse Travis.

Archer puxou uma das correias que trazia enfiadas no cinto e a prendeu na argola da coleira. A cadela era a portadora da única notícia que eles teriam sobre a caçada, testemunha de coisas que eles podiam apenas imaginar ou supor existirem em algum lugar na noite. Ela piscou os olhos quando Archer lhe tocou a orelha e quando a soltou ela deu um passo atrás e parou com a pata dianteira retesa e sacudiu a cabeça. O sangue borrifou os caçadores e fez a fogueira chiar. Levantaram-se para partir.

Vamos embora, caubói, Billy disse.

John Grady se soergueu e esticou o braço para pegar o chapéu do chão.

Mas que caçador de puma você é.

O guardião está acordado?, perguntou JC.

O guardião está acordado.

Para um homem que andou caçando aquele urso não acredito que puma tenha muito interesse.

Acho que você acertou.

Uma situação difícil e cadê ele? E a gente à mercê do pessoal aqui. Uma ajuda era de serventia, mano. A gente caiu em um engano de dar pena. Quero dizer, veio para um aguaceiro. Não era nem mesmo uma competição, era Billy?

Nem mesmo uma competição.

John Grady endireitou o chapéu e se afastou ao longo da beira do rochedo. A planície do deserto abaixo deles era fria e azul à luz cinzenta e o contorno do rio que corria do norte por entre as árvores acinzentadas do inverno jazia em meio a uma pálida serpentina de névoa. Ao sul a grade fria e cinzenta da cidade distante e o vulto da cidade velha do outro lado do rio eram estampilhas no solo do deserto. Para além deles as montanhas do México. A cadela ferida se afastara da fogueira onde os homens estavam reunindo e acorrentando os cães e caminhou e parou ao lado de John Grady e junto com ele observou a planície abaixo. John Grady se sentou com as botas balançando na beira da rocha e a cadela se deitou e descansou a cabeça ensanguentada ao lado de sua perna e pouco depois ele a envolveu com o braço.

Billy estava debruçado sobre a mesa com os braços cruzados. Observava John Grady. John Grady franziu os lábios. Moveu o cavalo branco restante. Billy olhou para Mac. Mac estudou o lance e olhou para John Grady. Recostou-se na cadeira e estudou o tabuleiro. Ficaram em silêncio.

Mac pegou a rainha preta e a segurou por um momento e depois a colocou onde estava. Em seguida tornou a pegar a rainha e a moveu. Billy se recostou na cadeira. Mac estendeu a mão e pegou o charuto que estava apagado no cinzeiro e o pôs na boca.

Seis lances mais tarde o rei branco dava o xeque-mate. Mac se recostou e acendeu o charuto. Billy bufou na direção da mesa.

John Grady ficou olhando para o tabuleiro. Bom jogo, disse.

É uma longa estrada, disse Mac, sem volta.

Atravessaram o pátio a caminho do celeiro.

Me diz uma coisa, Billy falou.

Digo.

E sei que vai me falar a verdade.

Já sei qual é a pergunta.

Qual é a resposta?

A resposta é não.

Não foi nem um pouquinho maneiro com ele?

Não. Não gosto disso.

Os cavalos se agitaram e fungaram nas baias quando passaram pela estrebaria. John Grady olhou para Billy.

Não acha que ele pensou isso, acha?

Espero que não. Na certa não ia gostar nada.

Na certa não ia.

Entrou na casa de penhor com o revólver no coldre e o coldre e o cinturão jogados no ombro. O penhorista era um velho de cabelo branco e estava lendo o jornal aberto sobre o tampo de vidro de um balcão no fundo do estabelecimento. Havia armas de fogo em prateleiras tomando uma parede inteira e guitarras penduradas no alto e facas e pistolas e joias e ferramentas nos balcões. John Grady depositou o cinturão no balcão e o velho olhou para o cinturão e olhou para John Grady. Tirou o revólver do coldre e o engatilhou e soltou o cão no meio gatilho e girou o tambor e soltou o fecho e examinou as culatras e prendeu o fecho e armou o cão e o baixou com o dedão. Virou-o na mão e olhou os números de série na coronha e na guarda do gatilho e na parte inferior da presilha e depois o enfiou de volta no coldre e ergueu o olhar.

Quanto quer por ele?, perguntou.

Preciso de uns quarenta dólares.

O velho sugou os dentes e meneou a cabeça com circunspecção.

Me ofereceram cinquenta. Só quero penhorar.

Posso te dar uns vinte e cinco.

John Grady olhou para o revólver. Me dá trinta, disse.

O penhorista meneou a cabeça com ambiguidade.

Não quero vender, disse John Grady. Só quero tomar dinheiro emprestado.

O cinturão e o coldre também, é?

É. Tudo junto.

Está bem.

Pegou o bloco de formulários e lentamente copiou o número de série e escreveu o nome e o endereço de John Grady e girou o papel sobre o balcão de vidro para o rapaz ler e assinar. Em seguida destacou as folhas e entregou a cópia para John Grady e levou a arma para o cubículo gradeado no fundo da loja. Retornou com o dinheiro e o depositou no balcão.

Volto para buscar, disse John Grady.
O velho assentiu com a cabeça.
Era do meu avô.
O velho abriu as mãos e tornou a fechá-las. Um gesto de condescendência. Não propriamente uma bênção. Com um sinal de cabeça ele indicou o balcão de vidro onde meia dúzia de revólveres Colt estavam em exposição, alguns niquelados, outros com coronha de chifre de veado. Um com uma velha coronha de guta-percha gasta, outro com a massa de mira floreada.
Todos pertenceram ao avô de alguém, disse.
Quando estava subindo a avenida Juárez um garoto engraxate se dirigiu a ele. Ei, caubói, chamou.
Oi.
Deixa eu engraxar essas botas para você.
Tá bem.
Sentou-se em um banquinho de armar e apoiou a bota na caixa de madeira tosca do engraxate. O engraxate enrolou a barra da calça e começou a tirar da caixa os trapos de pano e as escovas e as latas de graxa e os ordenou de modo a ter acesso fácil a eles.
Vai encontrar a namorada?
Vou.
Mas não ia com as botas nesse estado.
Acho que foi bom você me chamar. Ela bem que podia fugir de mim.
O menino tirou o pó da bota com o trapo e a ensaboou. Quando é o casório? perguntou.
Por que acha que eu vou casar?
Não sei. Você tem cara de que vai. Vai?
Não sei. Quem sabe.
É caubói mesmo?
Sou.
Trabalha em uma fazenda?
Trabalho. Fazenda pequena. *Estancia,* vamos dizer.
Gosta?
Hum-hum. Gosto.
O menino enxugou a bota e abriu a lata e começou a passar a graxa com os dedos sujos da mão esquerda.

É trabalho duro, né?

É. Às vezes.

E se você fosse outra coisa?

Eu não ia ser nenhuma outra coisa.

E se fosse qualquer coisa no mundo?

John Grady sorriu. Meneou a cabeça.

Foi para a guerra?

Não. Eu era muito novo.

O meu irmão também era muito novo mas ele mentiu a idade.

Ele é americano?

Não.

Quantos anos ele tinha?

Dezesseis.

Aposto que era grande para a idade dele.

Era um grande mentiroso para a idade dele.

John Grady sorriu.

O menino tampou a lata de novo e pegou a escova.

Perguntaram para ele se era pachuco. Ele respondeu que todos os pachucos que ele conhecia viviam em El Paso. Disse que não conhecia nenhum pachuco mexicano.

Escovou a bota. John Grady o observou.

Ele era *pachuco?*

Ah sim. Claro que era.

Escovou a bota e em seguida jogou a escova de volta dentro da caixa e pegou o pano e o estalou no ar e o dobrou e começou a esfregar de um lado para o outro sobre a biqueira da bota.

Se alistou no corpo de fuzileiros navais. Condecoraram ele duas vezes porque foi ferido.

E você?

Que tem eu?

Se alistou no quê?

Olhou para John Grady. Passou o pano no contraforte da bota. Pode saber que não me alistei no corpo de fuzileiros navais, respondeu.

Mas e os *pachucos*?

Nã.

Você é *pachuco*?

Nã.

Mentiroso?

Claro.

Um grande mentiroso?

Bem grande. A outra bota.

Mas e o preto nas beiradas?

É a última coisa. Não se preocupe tanto.

John Grady apoiou o outro pé na caixa e arregaçou a barra da calça.

Mulher se importa com aparência, disse o menino. Não pense que elas não olham para as botas.

Você tem namorada?

Tenho não.

Você fala como quem teve uma experiência ruim.

Quem não teve? A gente bobeia e é isso que dá.

Um dia uma mocinha meiga te pega.

Tomara que não.

Quantos anos você tem?

Catorze.

Você mente a tua idade?

Minto. Claro.

Acho que se você admite já não é mentira.

O menino parou de engraxar por um instante e ficou olhando para a bota. Depois recomeçou.

Se tem um jeito de ser diferente do jeito que é então eu digo que é assim que é. Que é que tem de errado nisso?

Não sei.

Quem é que sabe?

Ninguém, acho.

Ninguém está certo.

Teu irmão é casado?

Qual irmão? Eu tenho três.

O que foi fuzileiro naval.

É. É casado. Todos eles estão casados.

Se todos são casados por que perguntou qual deles?

O engraxate balançou a cabeça. Homem, disse.

Aposto que você é o caçula.

Não. Tenho um irmão de dez anos de idade que é casado e tem três filhos. Claro que sou o caçula. Que é que você acha?

Bom, vai ver casamento é de família.

Casamento não é de família. Seja como for eu sou do contra. *Oveja negra.* Fala espanhol?

Sim. Falo espanhol.

Oveja negra. Eu sou.

Ovelha negra.

Sei o que significa.

Também sou.

O menino olhou para ele. Estendeu a mão e pegou a escova de dentro da caixa. É?, perguntou.

Sou.

Para mim não parece que é do contra.

Como é que tem que parecer?

Não igual você.

Escovou a bota e pôs a escova de lado e pegou o pano e o estalou no ar. John Grady o observou. E você? E se pudesse ser qualquer coisa, que queria ser?

Ia ser caubói.

Mesmo?

O menino olhou para ele contrariado. Claro que não. Que é que te deu? Ia ser rico e ficar com a bunda sentada o dia inteiro. Que é que você acha?

E se tivesse que fazer alguma coisa?

Não sei. Acho que piloto de avião.

É?

Claro. Ia voar para tudo quanto é lugar.

E o que ia fazer quando chegasse lá?

Voava para outro lugar.

Terminou de polir a bota e tirou a garrafa de graxa preta e começou a pintar o tacão e as bordas da sola com a mecha.

A outra, disse.

John Grady assentou a outra bota e o menino pintou as bordas. Depois colocou a mecha de volta na garrafa e enroscou a tampa bem enroscada e jogou a garrafa dentro da caixa. Pronto, disse.

John Grady desenrolou a bainha da calça e se levantou e enfiou a mão no bolso e tirou uma moeda e deu para o menino. Obrigado.

Olhou para as botas. O que acha?

Ela pode deixar você entrar. Cadê as flores?

Flores?

Claro. Precisa de tudo que ajuda.

Acho que tem razão.

Eu não devia estar te falando essas coisas.

Por que não?

Você tem só que acabar com o sofrimento.

John Grady sorriu. De onde você é?, perguntou.

Daqui mesmo.

Não é não.

Cresci na Califórnia.

Que está fazendo aqui?

Gosto daqui.

É?

É.

Gosta de engraxar sapatos?

Gosto sim.

Você gosta da rua.

É. Não gosto de ir para a escola.

John Grady ajustou o chapéu e olhou para a rua. Olhou para o menino. Bom, disse. Eu mesmo não gostava.

Do contra, disse o menino.

Do contra. Acho que você é mais do contra que eu.

Acho que você acertou.

Eu estou começando a pegar o jeito.

Se precisar de orientação me procura. Vou te mostrar a saída com prazer.

John Grady sorriu. Tá bom, disse. Te vejo por aí.

Adiós, vaquero.

Adiós, bolero.

O menino sorriu e acenou um adeus.

A criada parou atrás dela no espelho de corpo inteiro, a boca cheia de grampos de cabelo. Olhou para a moça no espelho, tão pálida e tão esbelta de combinação, o cabelo amontoado no alto da cabeça. Olhou para Josefina. Josefina recuou de lado com um braço cruzado e o cotovelo do outro apoiado nele, a mão no queixo. *No,* disse. *No.*

Meneou a cabeça e fez um gesto de mão como que rejeitando uma afronta e a criada começou a tirar os grampos e os pentes do cabelo da moça até que a longa cabeleira preta voltou a cair sobre os ombros e as costas. Pegou a escova e começou a pentear o cabelo da moça mais uma vez, acompanhando com a palma da mão por baixo, erguendo a negrura acetinada a cada movimento da escova e deixando-a cair novamente. Josefina deu um passo à frente e pegou um pente de prata de cima da mesa e puxou de lado o cabelo para trás e ali o manteve. Observou e observou a moça no espelho. A criada recuou um passo e ficou segurando a escova nas duas mãos. Ela e Josefina observaram a moça no espelho, as três paradas sob a luz amarela do abajur no interior dos arabescos da moldura de gesso dourado como figuras em uma antiga pintura flamenga.

Cómo es, pues, disse Josefina.

Falou com a moça mas a moça não respondeu.

Es más joven. Más...

Inocente, a moça completou.

A mulher deu de ombros. *Inocente pues,* retrucou.

Sondou o rosto da moça no espelho. *No le gusta?*

Está bien, a moça murmurou. *Me gusta.*

Bueno, disse a mulher. Soltou o cabelo e pôs o pente na mão da criada. *Bueno.*

Quando a mulher se foi a velha criada pôs o pente de volta na mesa e de novo deu um passo adiante com a escova. *Bueno,* disse. Meneou a cabeça e estalou a língua.

No te preocupes, disse a moça.

A velha escovou o cabelo com mais ímpeto. *Bellísima,* sussurrou. *Bellísima.*

Servia com zelo. Com ansiedade. Um por um os ganchos e o espartilho. Alisando o veludo lilás, acomodando os seios, primeiro um e depois o outro, ajustando a borda do decote, prendendo o vestido à roupa de baixo com alfinetes. Removeu fiapos de tecido. Segurou a cintura da moça e a fez girar como um brinquedo e se ajoelhou a seus pés e apertou as correias dos sapatos. Levantou-se e recuou.

Puedes caminar?, perguntou.

No, a moça respondeu.

No? Es mentira. Es una broma. No?

No, a moça respondeu.

A criada fez um gesto sugerindo andar. A moça caminhou brejeiramente pelo aposento sobre os saltos altos dourados das chinelas.

Te mortifican?, perguntou a criada.

Claro.

Parou de novo na frente do espelho. A velha se postou atrás dela. Quando piscava só o olho bom se fechava, dando a impressão de piscar com sugestiva cumplicidade. Penteou e juntou o cabelo com a mão, aprumou a ombreira das mangas com uma puxadela.

Como una princesa, sussurrou.

Como una puta, a moça replicou.

A criada lhe agarrou o braço. Sibilou, o olho fulgurando na luz do abajur. Disse-lhe que se casaria com um importante homem rico e moraria em uma casa maravilhosa e teria filhos lindos. Disse-lhe que conhecera várias moças na mesma situação.

Quién?, a moça perguntou.

Muchas, a criada sussurrou. *Muchas.* Moças, disse, sem sua beleza. Moças sem sua dignidade ou seu encanto. A moça não respondeu. Olhou por cima do ombro da velha bem dentro do olho refletido no espelho como se fosse uma espécie de irmã que resistira estoicamente a esse ataque às suas esperanças. Ali de pé no extravagante *boudoir* que era uma imitação arrebicada de outros aposentos, outros mundos. Contemplando sua pretensa arrogância no espelho do tremó como se fosse uma prova contra as súplicas da velha, as promessas da velha. Ali de pé como uma donzela em uma fábula a rejeitar as ofertas da feiticeira que ocultam pactos de corrupção. Reivindicações que jamais podem ser abandonadas, bens de raiz para sempre vinculados. Ela falou com a moça parada no espelho e disse que não se podia saber em que ponto se toma o caminho que se percorre mas apenas que se percorre o caminho.

Mande?, perguntou a criada. *Cuál senda?*

Cualquier senda. Esta senda. La senda que escoja.

Mas a velha retrucou que alguns não têm escolha. Disse que para os pobres qualquer escolha era uma dádiva com duas faces.

Estava ajoelhada no chão recolocando os alfinetes na bainha do vestido. Tirou os alfinetes da boca e os depositou no tapete e os pegou um por um. A moça observava sua imagem no espelho. A cabeça grisalha da velha abaixada a seus pés. Pouco depois disse que sempre havia uma escolha, mesmo que essa escolha fosse a morte.

Cielos, a velha retrucou. Benzeu-se rapidamente e continuou a colocar alfinetes.

Quando ela entrou no salão ele estava no bar. Os músicos reuniam os instrumentos no tablado e os afinavam e os poucos acordes ou notas soavam no silêncio do salão como se celebrassem uma cerimônia. Envolto nas sombras atrás do tablado, Tiburcio fumava, os dedos segurando a estreita piteira de ébano. Olhou para a moça e olhou na direção do bar. Observou o rapaz se virar e pagar e pegar o copo e descer os degraus largos onde um parapeito de corda forrada de veludo conduzia ao salão. Soltou lentamente a fumaça pelas narinas afiladas e em seguida abriu a porta às costas. A luz efêmera o enquadrou em silhueta e sua longa sombra delgada caiu por um instante sobre o piso do salão e depois a porta fechou-se de novo como se ele não tivesse estado ali de modo algum.

Está peligroso, ela sussurrou.

Cómo?

Peligroso. Olhou ao redor do salão.

Tenía que verte, ele disse.

Tomou as mãos dela nas dele mas a moça apenas olhou angustiada na direção da porta onde Tiburcio estivera. Agarrou-lhe os pulsos e implorou que fosse embora. Um garçom surgiu deslizando das sombras.

Estás loco, ela sussurrou. *Loco.*

Tienes razón.

Prendeu-lhe a mão e se levantou. Virou-se e sussurrou para o garçom. John Grady se levantou e pôs o dinheiro na mão do garçom e se voltou para ela.

Debemos irnos, ela disse. *Estamos perdidos.*

Ele replicou que não. Disse que não faria isso de novo e que ela tinha de se encontrar com ele mas a moça disse que era muito perigoso. Que agora era muito perigoso. A música começara. Um longo acorde grave do violoncelo.

Me matará, ela sussurrou.

Quién?

Ela apenas balançou a cabeça.

Quién, ele repetiu. *Quién te matará?*

Eduardo.

Eduardo.

Ela confirmou com um sinal de cabeça. *Sí*, disse. *Eduardo.*

Naquela noite sonhou com coisas que ouvira embora ela nunca as tivesse falado. Sua respiração fumegava em um aposento muito frio em cujas paredes de aço enrugado estavam penduradas estamenhas e onde um andaime coberto com um tapete vermelho ordinário se elevava em bancadas para as cadeiras portáteis de ripas dos espectadores. Um palco de madeira tosca aparada como um estrado de feira e um cabo que corria no alto até um varal de cano de ferro galvanizado que sustentava holofotes cada qual coberto com celofanes vermelhos e verdes e azuis. Cortinas de veludinha calandrada em arcos tão vermelhas quanto sangue.

Os turistas se sentavam em cadeiras com binóculos de teatro pendurados no pescoço enquanto garçons anotavam os pedidos de bebidas. Quando as luzes se obscureceram o mestre de cerimônias pisou as pranchas do palco e retirou o chapéu e se curvou em uma reverência e sorriu e levantou as mãos de luvas brancas. Nos bastidores o *alcahuete* fumava e atrás dele remoinhava uma grande confusão de carnavalescos obscenos, prostitutas pintadas com os seios expostos, uma mulher gorda com roupa de couro preto e um chicote, um par de jovens de mantos clericais. Um padre, uma cafetina, um bode de chifres dourados e patas com rufos de papel crepom purpúreo. Jovens e libertinas pálidas de faces pintadas com ruge e olhos pintados de preto carregavam velas. Um trio de mulheres de mãos dadas, macilentas e magras como os internos de um asilo e enfeitadas com os mesmos atavios baratos, os rostos mal pintados de branco e pálidos como a morte. No centro de tudo uma moça trajando roupa de gaze branca jazia em um estrado de carga como uma virgem sacrificial. Dispostas a sua volta flores artificiais em tons pálidos e mortiços pareciam ter fenecido na ausência do sol. Como se recuperadas talvez de alguma sepultura no deserto. A música havia começado. Algum antigo *rondel,* ligeiramente marcial. Há um chiado periódico produzido por um arranhão no disco de acetato que gira sob uma agulha em algum lugar atrás das cortinas. As luzes se obscureceram até somente o palco estar iluminado. Cadeiras mudavam de posição. Algumas tosses. O volume da música diminuiu até restar apenas o sussurro da agulha, o chiado periódico como um metrônomo, um relógio, um augúrio. O limite entre o periódico e o silencioso e imensamente paciente que apenas as trevas podem hospedar.

Ao acordar ele saiu não desse sonho mas de um outro e a senda que levava de sonho a sonho acabara para ele. Estava sozinho em alguma paisagem desolada onde o vento soprava sem cessar e onde a presença dos que haviam partido ainda permanecia nas trevas que o envolviam. Suas vozes, ou talvez o eco dessas vozes, voltavam para ele. Ele ficou ouvindo. Era o velho andando a esmo pelo pátio vestido com as roupas de dormir e John Grady baixou as pernas sobre a lateral do beliche e estendeu o braço e pegou a calça e a vestiu e se levantou e apertou o cinto e estendeu o braço e pegou as botas. Quando saiu Billy estava parado à porta de calção.

Vou buscar ele, disse John Grady.

É de dar dó.

Interpelou-o quando passava pela quina do celeiro indo para só Deus sabia onde. De chapéu, botas e ceroulas brancas, parecia o fantasma de um antigo boiadeiro errando por ali.

John Grady o pegou pelo braço e o conduziu na direção da casa. Vamos, senhor Johnson, disse. Não tem por que ficar aqui fora.

Acendera-se a luz da cozinha e Socorro estava de roupão à porta. O velho parou de novo no pátio e se virou e olhou novamente para dentro da escuridão. John Grady continuou segurando-lhe o cotovelo. Depois prosseguiram na direção da casa.

Socorro escancarou a porta de tela. Olhou para John Grady. O velho apoiou uma mão contra o batente da porta para se firmar e entrou na cozinha. Perguntou a Socorro se tinha café. Como se estivesse procurando isso.

Sim, ela respondeu. Vou fazer um café.

Ele está bem, disse John Grady.

Quieres un cafecito?

No gracias.

Pásale, ela disse. *Pásale. Puedes encontrar sus pantalones?*

Sí. Sí.

Ajudou o velho a se sentar em uma cadeira à mesa e seguiu pelo corredor. A luz de Mac estava acesa e Mac estava à porta.

Ele está bem?

Sim senhor. Ele está bem.

Caminhou até o fundo do corredor e entrou no aposento à esquerda e pegou o culote que o velho havia pendurado no balaústre da cama. Os bolsos estavam pesados com moedas, com uma navalha, uma carteira de notas. Com um chaveiro com chaves que abriam portas há muito esquecidas. Voltou pelo corredor com o chaveiro preso no cinto. Mac ainda estava parado à porta. Fumava um cigarro.

Ele está sem roupa?

Só de ceroulas.

Uma noite dessas ele vai sair por aí pelado como um pintainho. Socorro vai embora daqui com certeza.

Vai não.

Sei disso.

Que horas são agora?

Passa das cinco. De qualquer modo está quase na hora de levantar.

Sim senhor.

Se importa de ficar com ele um pouco?

Não senhor.

Dá um jeito dele não se sentir culpado. Como se fosse hora dele acordar mesmo.

Sim senhor. Vou dar.

Você não sabia que estava sendo empregado na fazenda de um doido, sabia?

Ele não é doido. É velho, só isso.

Eu sei. Vai lá. Antes dele resfriar. Aposto que as ceroulas não protegem contra o frio para ele ficar andando com elas.

Sim senhor.

Fez companhia para o velho e tomou café até Oren entrar. Oren olhou para os dois mas nada disse. Socorro preparou o café da manhã e levou para a mesa ovos e biscoitos e *chorizo* e eles comeram. O dia já estava raiando quando John Grady colocou o prato no aparador e saiu. O velho continuou sentado à mesa de chapéu na cabeça. Nascera no leste do Texas em 1867 e viera para essas terras ainda moço. Ao longo de sua vida o país evoluíra da lamparina e do cavalo e da carruagem de quatro rodas para o avião a jato e a bomba atômica, porém não foi isso que o deixou confuso. O fato de que a filha morrera é que ele não era capaz de compreender.

Sentaram-se na fileira da frente das arquibancadas perto da mesa do leiloeiro e de vez em quando Oren se inclinava para a frente com o cuidado de cuspir por cima das pranchas na terra da arena. Mac portava um pequeno caderno de notas no bolso da camisa e o tirou e consultou as anotações e o guardou no bolso de novo e depois tornou a tirá-lo e o segurou na mão.

A gente examinou aquele cavalinho?, perguntou.

Sim senhor, respondeu John Grady.

Consultou o caderninho mais uma vez.

Ele disse que era do Davis mas não é.

Não senhor.

Bean, disse Oren. É um cavalo do Bean.

Sei que cavalo é, respondeu Mac.

O leiloeiro soprou no microfone. Os alto-falantes estavam pendurados nos postes de iluminação no fundo da arena e sua voz tremulou e ecoou estridente no celeiro do leilão.

Senhoras e senhores, uma correção. Esse cavalo foi colocado pelo senhor Ryle Bean.

O lance começou com quinhentos dólares. Alguém no fundo da arena tocou a aba do chapéu e o observador levantou a mão e se virou e o leiloeiro disse agora seiscentos, agora seiscentos, tenho seiscentos, quem dá setecentos setecentos setecentos. Setecentos agora.

Oren se curvou e cuspiu na terra pensativamente. Teu amigo está lá adiante, disse.

Estou vendo, disse John Grady.

Quem é aquele?, perguntou Mac.

Wolfenbarger.

Ele viu a gente?

Sim, respondeu Oren. Viu.

Sabia quem é ele, John Grady?

Sim senhor. Ele veio uma tarde.

Achei que você não falava com ele.

Não falei.

Faz de conta que ele não está aqui.

Sim senhor.

Quando foi que veio?

Semana passada. Não sei. Acho que na quarta-feira.

Simplesmente não dê atenção para ele.

Sim senhor. Não vou dar.

Tenho mais o que fazer para me preocupar com ele.

Sim senhor.

Oitenta, setecentos e oitenta, gritou o leiloeiro. Quem dá mais? O homem não aceita por menos.

O cavaleiro desfilava o cavalo na arena. Atravessou-a na diagonal e parou e recuou.

Este é um bom cavalo de uso e um bom cavalo para vaquejada, disse o leiloeiro. Vale mil dólares. Pois então. Tenho oitocentos, tenho oitocentos, tenho oitocentos. Oitocentos e cinquenta agora. Oitocentos e cinquenta, oitocentos e cinquenta, oitocentos e cinquenta.

O cavalo foi vendido por oitocentos e setenta e cinco e trouxeram uma égua árabe que foi vendida por mil e setecentos. Mac observou os homens conduzindo-a de volta.

Eu não queria ter essa égua decrépita na fazenda, disse.

Leiloaram um capão *palomino* vistoso que alcançou mil e trezentos dólares. Mac consultou as anotações e tornou e olhar. Onde é que as pessoas arranjam tanto dinheiro assim?, disse.

Oren balançou a cabeça.

O Wolfenbarger fez um lance para ele?

O senhor falou para não olhar para lá.

Eu sei. Mas ele fez?

Fez.

Mas não comprou, comprou?

Não.

Achei que você não ia olhar para lá.

Não precisei olhar. Ele abanou a mão como se o celeiro tivesse pegando fogo.

Mac balançou a cabeça e ficou estudando as anotações.

Estão se preparando para trazer o grupo de cavalos sem raça, disse Oren.

Quanto dinheiro você acha que vão pedir?

Imagino que dá para comprar esses cavalos por cem dólares por cabeça.

O que é que você ia fazer com os outros três, desperdiçar?

Desperdiçar. Ou então era mais vantajoso vender eles aqui.

Mac concordou com a cabeça. Era, repetiu. Passou os olhos pelas arquibancadas. Não gosto da ideia de que aquele janota endinheirado vai me dar uma lição.

Sei disso.

Acendeu um cigarro. Observaram o moço de estrebaria trazer o cavalo seguinte.

Diria que ele veio para comprar, disse Oren.

Diria a mesma coisa.

Vai fazer lance para cada cavalo do Red. Vai ver se não.

Sei disso. A gente devia provocar ele um pouquinho.

Oren não replicou.

Um bobo endinheirado, disse Mac. John Grady, o que é que está errado com esse cavalo?

Nada que eu saiba.

Achei que você tinha falado que era uma espécie de cruzamento mestiço. Um cavalo marciano ou coisa assim.

Cavalo tem que ter um pouco de sangue-frio.

Oren cuspiu por cima das pranchas e deu um sorriso largo.

De sangue-frio?, perguntou Mac.

Sim senhor.

O lance inicial do cavalo foi de trezentos dólares.

Quantos anos ele tinha. Se lembra?

Onze.

É, disse Oren. Era o que ele tinha uns seis anos atrás.

Os lances chegaram a quatrocentos e cinquenta. Mac coçou a orelha. Sou um comprador de cavalo idiota, disse. O observador fez um sinal para o leiloeiro.

Agora tenho quinhentos, tenho quinhentos, tenho quinhentos, tenho quinhentos, entoou o leiloeiro.

Achei que o senhor não gostava de fazer isso, disse Oren.

Fazer o quê?, retrucou Mac.

O lance foi para seiscentos e depois para seiscentos e cinquenta.

Ele não abriu a boca nem balançou a cabeça nem fez nada, disse o leiloeiro. O cavalo vale um pouco mais do que isso, minha gente.

O cavalo foi vendido por setecentos. Wolfenbarger não fez lance algum. Oren olhou para Mac.

É um janota endinheirado esperto, não é?, comentou Mac.

Se importa se eu disser uma coisa?

Diz.

Por que a gente não faz o que combinou e simplesmente negocia como se ele não tivesse aqui?

Caramba, como você é duro com as pessoas. Pedindo para ele seguir o próprio conselho.

Ele é danado, não é não?

Acho que você está certo. De qualquer maneira é a melhor estratégia para um vadio como ele.

O moço de estrebaria trouxe o ruão de quatro anos de MacKinney e o lance inicial foi de seiscentos dólares.

Onde é que está esse grupo?, perguntou Mac.

Não sei.

Bom, a gente está querendo pegar o malandro.

Levou um dedo à orelha. O observador levantou a mão. A voz do leiloeiro estalou nos alto-falantes estridentes. Tenho seiscentos, tenho seiscentos, tenho seiscentos. Quem dá setecentos? Setecentos agora. Setecentos setecentos setecentos.

Ele levantou a mão.

Estou vendo.

O preço do cavalo foi para setecentos e setecentos e cinquenta e oitocentos. O cavalo foi vendido por oitocentos e cinquenta.

O celeiro inteiro fez lance, não foi?, disse Oren.

O celeiro inteiro.

Bom, a gente não pode fazer nada a respeito. Quanto vale esse cavalo?

Não sei. O preço que for vendido. John Grady?

Gostei do cavalo.

Queria que trouxessem aquele grupo primeiro.

Sei que o senhor tem uma quantia na cabeça.

Tinha.

Esse é o mesmo cavalo que estava lá no cercado.

Falou como um cavalheiro.

Os lances pararam em oitocentos e cinquenta. O leiloeiro bebeu água. Esse é cavalo bom, minha gente, disse. Os senhores estão longe do que ele vale.

O cavaleiro desfilou o cavalo até o extremo da arena e volteou e retornou. Desfilava o cavalo sem freio, apenas com uma corda em torno do pescoço, e fez a volta e deteve o cavalo. Vou lhes dizer uma coisa, gritou. Não sou dono nem da crina dele mas esse é um cavalo adestrado.

Custa mil dólares para a mãe dele reproduzir um igual, argumentou o leiloeiro. O que é que me dizem?

O observador levantou a mão.

Tenho novecentos, tenho novecentos, tenho novecentos. Mais cinquenta, mais cinquenta, mais cinquenta. Novecentos e cinquenta. Cinquenta. Novecentos e cinquenta.

Posso dizer uma coisa?, falou John Grady.

Estou ouvindo.

Não está comprando para vender, está?

Não, não estou.

Bom, então eu acho que o senhor deve ter o cavalo que quer.

Acha que ele é muito bom?

Sim senhor.

Oren balançou a cabeça e se curvou e cuspiu. Mac consultou as anotações.

Ele vai me custar de qualquer jeito, esse é um modo de ver.

O cavalo?

Não, não o maldito cavalo.

Os lances alcançaram novecentos e cinquenta e depois mil dólares. John Grady olhou para Mac e depois para a arena.

Conheço aquele camarada de camisa xadrez lá adiante, disse Mac.

Eu também, disse Oren.

Queria ver eles comprarem o cavalo deles de volta.

Eu também.

Mac comprou o cavalo por mil e cem dólares. Podem me pôr no asilo para indigentes, disse.

Esse é um cavalo bom, retrucou John Grady.

Sei quando um cavalo é bom. Não precisa fazer me sentir melhor.

Não dê atenção para ele, mano, disse Oren. Ele quer que você se gabe do cavalo dele só que ele é um pouco tímido para isso, só isso.

Quanto é que vocês acham que estão ganhando em cima de mim com essa transação?

Vai ver que nada com esse aí, respondeu Oren. Mas pode ser que vão ganhar com o próximo.

O moço de estrebaria estava assentando o pó do celeiro com uma mangueira. Trouxeram um grupo de quatro cavalos e Mac também os comprou.

Como um ladrão no escuro, gritou o leiloeiro. Número um zero quatro. Vendido por quinhentos e vinte e cinco.

Acho que podia ter sido mais doloroso do que foi, disse Mac.

Se esgueirando entre as gotas de chuva.

É.

Observou o moço de estrebaria levar o cavalo seguinte.

Você se lembra desse cavalo, John Grady.

Sim senhor. Me lembro deles todos.

Mac correu o dedo pelas anotações. A gente acostuma anotar tudo e depois de um tempo não se lembra de nada.

Em primeiro lugar o senhor começou a tomar nota das coisas porque não conseguia se lembrar de nada, disse Oren.

Conheço esse cavalinho, disse Mac. Tão certo quanto podia vender ele para o Wolfenbarger.

Pensei que o senhor ia deixar ele para lá.

Ele podia ser dono de um circo.

Esse é um cavalo manso de uns oito anos, gritou o leiloeiro. Um bom cavalo de uso e um bom cavalo para vaquejada e vale bem mais do que os primeiros lances dos senhores.

Ele tem que comprar esse cavalo. É capaz de fazer de tudo menos viajar na linha reta. Tem que servir para ele como uma luva.

O cavaleiro cavalgou o cavalo de um lado para o outro diante das arquibancadas, puxando firme a rédea e mantendo o controle.

Quinhentos quinhentos quinhentos, gritou o leiloeiro. Esse é um bom cavalo, minha gente. De saúde garantida. Trabalha assim sob controle. Como gato na chaminé do fogão, minha gente. Cinquenta agora, cinquenta agora.

Mac tocou a orelha. Quinhentos e cinquenta, agora seiscentos, agora seiscentos, agora seiscentos, gritou o leiloeiro.

Oren parecia revoltado.

Que diabo, exclamou Mac. A gente pode se divertir com o sujeito, não pode?

Os lances alcançaram setecentos. O dono do cavalo se pôs de pé na arquibancada. Pois vou lhes dizer uma coisa. Se conseguirem conduzir o cavalo pelo freio, dou ele.

O lance foi para setecentos e cinquenta, foi para oitocentos.

John Grady, conhece a história do pregador que vendeu o cavalo cego para um sujeito?

Não senhor.

Ele sempre justificava tudo com a escritura. Procuraram ele querendo saber como é que pôde fazer isso com o sujeito e ele respondeu dizendo: Bom, ele era um estranho e eu o recolhi.

Acho que o senhor me contou.

Mac concordou com a cabeça. Folheou as páginas do caderninho.

Não soube como fazer lance para aquele grupo. Acho que só deixou ele confuso.

Sim senhor.

Está disposto a comprar um cavalo.

Pode ser.

Sabe jogar pôquer, filho?

Joguei umas duas vezes, sim senhor.

Acha que vendem esse cavalo por menos de mil?

Não senhor. Tenho as minhas dúvidas.

Se chega a mil, para onde é que ele vai?

Não sei.

Eu também não.

Mac ofereceu oitocentos e cinquenta e depois novecentos e cinquenta. Os lances pararam aí. Oren se curvou e cuspiu.

O que o Oren não entende é que quanto mais dinheiro aquele vadio tiver no bolso mais esse cavalo vai me custar.

O Oren entende isso, retrucou Oren. Ele só pensa que o senhor deve comprar o cavalo pelo lance que for e não arriscar não ter o dinheiro para cobrir. De qualquer maneira, aquele malandro tem mais dinheiro do que Carter tem pílulas para o fígado.

O observador levantou a mão.

Tenho mil, tenho mil, tenho mil, gritou o leiloeiro. Agora mil e cem, agora mil e cem.

O cavalo foi para mil e cem e Wolfenbarger ofereceu mil e duzentos e Mac ofereceu mil e trezentos.

Não sou responsável, disse Oren.

O homem é um comprador de cavalo.

Se lembra do lance inicial do cavalo?

Sim. Me lembro.

Toca em frente então.

Meu velho Oren, disse Mac.

Wolfenbarger comprou o cavalo por mil e setecentos dólares.

É um belo cavalo, disse Mac. Assenta nele como uma luva.

Meteu a mão no bolso e tirou um dólar.

Por que não vai e traz umas cocas para a gente, John Grady?

Sim senhor.

Oren o observou descer as pranchas da arquibancada.

Acha que ele ia dar barbadas tanto para não comprar quanto para comprar um cavalo?

Sim. Acho.

Também acho.

Bem que eu gostaria de ter mais uma meia dúzia de sujeitos igual ele.

Sabe que tem umas coisas a respeito de cavalo que ele só sabe falar em espanhol?

Não ia me importar se ele soubesse só em grego. Por quê?

Só acho curioso. Acha que ele é de San Angelo?

Acho que ele é de onde ele diz que é.

Penso que é.

Aprendeu em um livro.

Em um livro?

O Joaquín falou que ele sabe o nome de cada osso de um cavalo.

Oren assentiu com a cabeça. Bom, disse. Pode ser que sim. Eu sei umas coisas que ele não aprendeu em livro nenhum.

Eu também, disse Mac.

Quando trouxeram o seguinte o leiloeiro leu demoradamente a documentação do cavalo.

Vai ver esse aí é um cavalo bíblico, comentou Mac.

A verdade não é essa.

O lance inicial foi de mil dólares e alcançou mil e oitocentos e cinquenta e não foi vendido. Oren se curvou e cuspiu. O homem tem o cavalo em grande estima, disse.

O homem tem, repetiu Mac.

Trouxeram o cavalo de Welburn e Mac o comprou por mil e quatrocentos dólares.

Rapazes, disse. Vamos para casa.

Não quer ficar e gastar mais um pouco do dinheiro do Wolfenbarger?

Quem é Wolfenbarger?

Socorro dobrou e guardou a toalha, desamarrou e pendurou o avental. Virou para a porta.

Buenas noches, disse.

Buenas noches, disse Mac.

Ela fechou a porta. Ele pôde ouvi-la dando corda no velho relógio de estanho. Pouco depois ouviu o débil som raspante do sogro dando corda no relógio de carrilhão no corredor. A porta de vidro do relógio foi fechada delicadamente. Depois, silêncio. Havia silêncio na casa e havia silêncio nas terras adjacentes. Ele se pôs a fumar. O fogão tiquetaqueava ao esfriar. Longe nas colinas atrás da casa um coiote uivou. Quando costumavam passar os invernos na casa velha na parte sudeste da fazenda a última coisa que ele ouvia antes de adormecer à noite era o alarido do trem que vinha de El Paso com destino a leste. Sierra Blanca, Van Horn, Marfa, Alpine, Marathon. Atravessando a pradaria azul a noite inteira e seguindo rumo a Langtry e Del Rio. O facho branco do farol dianteiro iluminando a vegetação enfezada do deserto e os olhos das reses na beira dos trilhos flutuando nas trevas como carvões. Os vaqueiros parados nas colinas com *serapes* nos ombros observando a passagem do trem embaixo e depois disso as pequenas raposas do deserto pisando o leito da estrada escurecida a farejar onde os trilhos quentes de aço zumbiam na noite.

Essa parte da fazenda já não existia há muito tempo e logo aconteceria a mesma coisa com o resto. Bebeu o último gole de café frio na caneca e acendeu o último cigarro antes de se deitar e depois se levantou da cadeira e desligou a luz e retornou e ficou sentado fumando no escuro. Uma frente de tempestade chegara do norte durante a tarde e trouxera o frio. Sem chuva. Talvez mais para leste. Nas Sacramentos. As pessoas acreditavam que se passassem por uma seca poderiam esperar alguns anos bons e tentar sair do atraso, porém isso era como o sete em um par de dados. A seca não sabia quando havia sido a última e ninguém sabia quando haveria a próxima. De qualquer forma ele não estava no negócio de gado. Tragou o cigarro lentamente. A brasa flamejou e feneceu. Em fevereiro faria três anos que a mulher morrera. A Festa da Purificação de Socorro. *Candelaria.* Algo a ver com a Virgem Maria. Como o que não houve. No México não há Deus. Só ela. Apagou o toco de cigarro e se levantou e ficou olhando lá fora o terreno do celeiro pouco iluminado. Ah Margaret, disse.

JC estacionou na frente do Maud's e desceu e bateu a porta do caminhão e ele e John Grady entraram.

Chegam dois camaradas dos confins, disse Troy.

Pararam no balcão. O que é que vão tomar?, perguntou Travis.

Dá duas Blue Ribbons.

Ele tirou as garrafas do refrigerador e as abriu e as pôs sobre o balcão.

Essa é por minha conta, disse John Grady.

Essa é por minha conta, disse JC.

Pôs quarenta centavos no balcão e pegou a garrafa pelo gargalo e bebeu um longo trago e com o dorso da mão enxugou a boca e se encostou no balcão.

Teve um dia duro em cima da sela?, perguntou Troy.

Sou mais um cavaleiro da noite, respondeu JC.

Billy ficou debruçado sobre o jogo de marelas deslizando o disco para cima e para trás. Olhou para Troy e olhou para JC e em seguida deslizou o disco para baixo na cancha de madeira de lei. Os pinos subiram na extremidade e a luz se acendeu no placar e os pequenos sinos marcaram a contagem. Troy abriu um sorriso e pôs no canto da boca o charuto que estava fumando e se adiantou e pegou o disco e se debruçou sobre o tabuleiro.

Quer jogar?

O JC vai jogar.

Quer jogar, JC?

Sim, quero. Quanto a gente vai jogar?

Troy marcou um ponto no jogo eletrônico e recuou e estalou os dedos.

Eu e o JC vamos jogar contra você e o Askins.

Askins se postou ao lado da máquina com uma mão enfiada no bolso traseiro da calça e a outra segurando uma garrafa de cerveja. Eu e o Jessie vamos jogar contra você e o Troy, disse.

Billy acendeu um cigarro. Olhou para Askins. Olhou para JC.

Você e o Troy jogam contra eles, disse.

Então vai e joga.

Você e o Troy começam. Vai.

Quanto a gente vai jogar?, perguntou JC.

Pouco me importa.

Não leva a sério.

Quanto a gente vai jogar, Troy?

O que eles quiserem.

Então a gente joga um dólar.

Jogo alto. Centavos na mão. Jessie, está nessa?

Estou, respondeu Jessie.

Billy se sentou no tamborete junto do balcão ao lado de John Grady. Observaram os jogadores colocar as moedas de vinte e cinco centavos na máquina. Os números rolaram e os sinos tocaram. Troy pegou a lata de cera em pó e a espargiu na cancha e deslizou o disco para a frente e para trás e se abaixou para lançar. A aula de boliche começou, disse.

Mostra para a gente.

Você vai ficar surpreso com o que pode aprender com um jogador experimentado.

Fez o disco deslizar nas pranchas. Os sinos tocaram. Ele recuou e estalou os dedos. Coisas que vão ser úteis para você para o resto da vida, disse.

Preciso conversar com você, John Grady falou.

Billy soprou a fumaça através do salão. Está bem, respondeu.

Vamos lá para o fundo.

Está bem.

Pegaram a cerveja e caminharam até os fundos do estabelecimento onde havia mesas e cadeiras e um tablado para músicos e uma pista de dança de concreto encerado. O lugar estava mal iluminado e cheirava a bolor.

Aposto que sei do que se trata, Billy disse.

É. Eu sei.

Ficou arrancando o rótulo da garrafa de cerveja com a unha do polegar enquanto escutava. Nem sequer olhava para John Grady. John Grady lhe contou acerca da moça, do White Lake e de Eduardo e lhe contou o que o *maestro* cego falara. Quando terminou Billy ainda não tinha olhado para ele mas tinha parado de arrancar o rótulo da garrafa. Não disse nada. Pouco depois tirou o maço de cigarros do bolso e acendeu um e colocou o maço e o isqueiro em cima da mesa.

Está brincando comigo, não está?, perguntou.

Não. Eu diria que não.

Mas o que é que está errado com você? Andou bebendo terebintina ou o quê?

John Grady empurrou o chapéu para trás. Olhou para o chão. Não, respondeu.

Deixa eu ver se entendi isso direito. Você quer que eu vá nesse puteiro de Juárez no México e compre essa puta com dinheiro vivo e traga ela de volta atravessando o rio e leve ela para a fazenda. É mais ou menos isso?

John Grady concordou com a cabeça.

Merda, Billy exclamou. Me dá um sorriso ou qualquer coisa, sim? Droga. Me diz que não endoidou de vez.

Eu não endoidei de vez.

Vá para o inferno.

Me apaixonei por ela, Billy.

Billy afundou na cadeira. Os braços caídos inúteis de lado. Mas que droga!, exclamou. Que droga!

Não podia ser diferente.

A culpa é toda minha. Eu nunca devia ter levado você lá. Nunca nessa vida. A culpa é minha. Porcaria, nem sei por que é que estou me queixando.

Inclinou-se para a frente e pegou o cigarro aceso do cinzeiro de estanho onde o pusera e o tragou e soprou a fumaça ao longo da mesa. Meneou a cabeça. Me diz uma coisa, falou.

Estou ouvindo.

Que diabo você ia fazer com ela se conseguisse arrancar ela de lá? O que aliás não vai.

Casaria com ela.

Billy se imobilizou com o cigarro a meio caminho da boca. Pôs o cigarro de novo no cinzeiro.

Bom, olha aí, Billy disse. Olha aí. Quer dizer que está se amarrando.

Estou falando sério, Billy.

Billy se recostou na cadeira. Pouco depois atirou uma mão no ar. Não acredito no que estou ouvindo. Acho que quem endoidou de vez fui eu. Ou então sou um filho da puta. Perdeu a merda do teu juízo? Eu sou um grandíssimo filho da puta, meu camarada. Nunca em toda a droga da minha vida ouvi tanta asneira.

Eu sei. Não posso fazer nada.

Aqui que não pode.

Vai me ajudar?

Não e não mesmo. Sabe o que é que vão fazer com você? Vão pendurar a tua cabeça no alto de uma daquelas máquinas e ligar uma chave e fritar os teus miolos até você deixar de ser um perigo para você mesmo.

Estou falando sério, Billy.

E pensa que eu não estou? Vou ajudar eles a ligar os fios.

Não posso voltar lá. Ele sabe quem eu sou.

Olha bem para mim, mano. O que você disse não tem sentido. De que tipo de gente você acha que está falando? Acha mesmo que pode ir lá e barganhar com um cafetão seboso que compra e vende gente sem pestanejar como se tivesse indo para a feira vender facas?

Não posso fazer nada.

Merda, quer parar de repetir isso? O que você quer dizer com não posso fazer nada?

Deixa pra lá. Tudo bem.

Tudo bem? Uma bosta.

Afundou na cadeira.

Quer outra cerveja?

Não, não quero. Quero meia garrafa de uísque.

Não te culpo por não querer participar disso.

Bom, eu fico mais do que feliz por ouvir isso.

Tirou um cigarro do maço cota uma batida.

Já tem um aceso, disse John Grady.

Billy não lhe deu atenção. Dinheiro você não tem, disse. Então não sei por que cargas d'água se dispõe a comprar uma puta.

Vou ter.

Vai ter como?

Vou ter.

Está pensando em oferecer quanto para ele?

Dois mil dólares.

Dois mil dólares.

É.

Bom. Se tinha alguma dúvida agora com certeza não tenho nenhuma. Você endoidou de vez e é tudo o que se pode dizer a respeito. Não é?

Não sei.

Pois eu sei. Onde, mas me diga onde, você acha que vai conseguir dois mil dólares?

Não sei. Mas eu vou.

Você não ganha isso em um ano.

Sei disso.

Tua cabeça é um perigo, mano. Sabia disso?

Talvez.

Não é a primeira vez. Você sabe que anda se comportando de um jeito estranho desde aquele acidente? Já pensou nisso? Olha para mim. Estou falando sério.

Não sou doido, Billy.

Um de nós é. Merda. Eu me culpo. Só isso. Eu me culpo.

Não tem nada a ver com você.

Aqui que não tem.

Tudo bem. Deixa pra lá.

Billy se recostou na cadeira. Olhou os dois cigarros queimando no cinzeiro. Pouco depois empurrou o chapéu para trás e esfregou os olhos com a mão e esfregou a boca e tornou a puxar o chapéu para a frente e olhou para o outro lado do salão. No bar soaram os sinos do jogo de marelas. Olhou para John Grady.

Como é que você foi se meter nessa enrascada?

Não sei.

Por que deixou ir tão longe assim?

Não sei. De algum modo sinto que eu não tenho nada a ver com isso. Como se fosse do jeito que é. Como se sempre tivesse sido assim.

Billy meneou a cabeça com tristeza. Mais doidice, falou. Não é tarde demais, pense nisso.

É sim.

Nunca é tarde demais. Você só precisa se decidir.

Já me decidi.

Pois então volta atrás. Começa de novo.

Dois meses atrás eu ia concordar com você. Agora eu sei como é. Tem coisa que a gente não decide. Tomar uma decisão não tem nada a ver com isso.

Ficaram muito tempo em silêncio. Billy olhou para John Grady e olhou para o outro lado do salão. A pista de dança empoeirada, o tablado vazio. A forma dos tambores cobertos. Ele empurrou o chapéu para trás e se pôs de pé e recolocou cuidadosamente a cadeira sob a mesa e depois se virou e atravessou o salão e passou pelo bar e saiu pela porta de entrada.

Mais tarde naquela noite, deitado no beliche no escuro ele ouviu a porta da cozinha se fechar e ouviu a porta de tela se fechar logo em seguida. Continuou deitado. Depois se sentou e balançando os pés desceu para o chão e pegou as botas e a calça de brim e a vestiu e pôs o chapéu na cabeça e saiu. A lua estava quase cheia e fumaça alguma escapava da chaminé da cozinha. O senhor Johnson estava de casaco de brim sentado no alpendre dos fundos fumando um cigarro. Olhou para John Grady e acenou com a cabeça. John Grady se sentou no alpendre ao lado dele. Que está fazendo aqui fora sem chapéu?, perguntou.

Não sei.

O senhor está bem?

Sim. Estou bem. Às vezes sinto falta de vir aqui para fora de noite. Quer um cigarro?

Não, obrigado.

Também não conseguiu dormir?

Não senhor. Também não.

Como é que são os cavalos novos?

Acho que foi uma boa compra.

Os que vi eram uns coitados de uns potros fechados no curral.

Penso que ele vai vender alguns deles.

Negócio de cavalo, disse o velho. Balançou a cabeça. Tragou.

O senhor costumava amansar cavalo, senhor Johnson?

Alguns. Na maioria das vezes só o que era de precisão. Nunca fui domador em nenhum sentido da palavra. Uma vez me machuquei pra valer. A gente pode se apavorar sem perceber. Com coisinhas. A gente mal se dá conta disso.

Mas o senhor gosta de montar.

Gosto. Mas a Margaret me batia quando cavalgava. Nunca vi uma mulher cavalgar tão bem que nem ela. De longe melhor que eu. É duro para um homem admitir isso mas é a verdade.

O senhor trabalhou para os Matadores, não trabalhou?

É. Trabalhei.

Como era?

Trabalho duro. Muito duro.

Imagino que ainda é assim.

Ah, provavelmente não. Um pouco. Nunca prezei o negócio de gado. É que era o único que eu conhecia.

Tragou o cigarro.

Posso perguntar uma coisa?, disse John Grady.

Claro.

Quantos anos o senhor tinha quando casou?

Não casei. Nunca encontrei uma mulher que me queria.

Olhou para John Grady.

A Margaret era filha do meu irmão. Ele e a mulher morreram por causa da epidemia de gripe de 1918.

Não sabia disso.

Ela nunca chegou a conhecer direito os pais dela. Era neném. Quer dizer, tinha cinco anos. Cadê o teu casaco?

Eu estou bem.

Na época eu estava no Fort Collins no Colorado. Foram me chamar. Embarquei os meus cavalos e voltei com eles de trem. Não vai me pegar um resfriado aqui fora.

Não senhor. Vou não. Não está frio.

Sempre tive uma motivação nessa vida mas nunca pude encontrar uma que convinha para Margaret.

Uma o quê?

Mulher. Uma esposa. No fim desisti. Provavelmente foi um erro. Não sei. A Socorro praticamente criou ela. Ela falava espanhol melhor que a Socorro. Foi difícil demais. Quase acabou com a Socorro. Ela ainda não se recuperou. Acho que nunca vai.

Sim senhor.

Tentei de todo jeito afastar a coisa ruim mas não deu. Não sei como foi que ela voltou a ser como é. Eu acho que a gente pode dizer que foi um milagre. Não tenho nenhum mérito nisso, acredite.

Sim senhor.

Olha lá. Indicou a lua com um movimento de cabeça.

O quê?

Agora dá para ver eles. Peraí. Não. Se foram.

O que era?

Aves voando na frente da lua. Talvez gansos. Não sei.

Não vi. Para que direção estavam indo?

Para o interior. Provavelmente para aqueles charcos no alto do rio perto de Belen.

Sim senhor.

Eu gostava muito de montar de noite.

Eu também.

De noite a gente vê coisas no deserto que a gente não entende. O cavalo da gente vê coisas. Vê coisas que assustam e tiram ele do rumo e depois ele vê coisas que não assustam mas ainda assim a gente sabe que ele viu uma coisa.

Que tipo de coisa?

Não sei.

O senhor quer dizer fantasma ou coisa assim?

Não. Não sei o quê. A gente só sabe que ele vê elas. Elas estão por aí.

Não só alguma coisa endiabrada?

Não.

Não uma coisa que enfeza ele?

Não. É alguma coisa que ele conhece.

Mas a gente não.

Mas a gente não. Isso.

O velho tragou o cigarro. Observou a lua. Mais nenhuma ave voou. Pouco depois ele disse: Não estou falando de assombração. É como as coisas são. Se a gente conhecesse elas.

Sim senhor.

Uma noite a gente estava no rio Platte afastado de Ogallala e eu estava dormindo metido no meu *soogan* longe do acampamento. Era uma noite de luar assim como esta. Fria. Primavera. Acordei e penso que ouvi eles enquanto dormia e tinha esse baita som de cochicho em toda parte e eram gansos aos milhares voando rio acima. Foram passando por quase uma hora inteira. Escureceram a lua. Pensei que o bando ia fugir mas não. Me levantei e caminhei e fiquei observando eles e alguns dos outros boiadeiros jovens também se levantaram com as roupas que vestiam e estava todo mundo de ceroulas lá de pé observando. Era só esse som de cochicho. Eles estavam bem no alto e não faziam barulho nem nada e eu não podia imaginar que uma coisa daquela ia acordar a gente como acordou. Eu tinha um cavalo noturno no meu bando que chamava Boozer e o velho Boozer veio para o meu lado. Acho que pensou que o bando ia se levantar também mas não. E olha que era um bando de bom faro também.

O senhor alguma vez teve que enfrentar uma debandada?

Ah sim. A gente estava indo para Abilene em 1885. Eu ainda era um rapazinho. E a gente topou com uma por causa de um representante daquela turma e ele seguiu a gente até no ponto que a gente atravessou o rio Vermelho no armazém de Doane para entrar no território indígena. Ele sabia que ia ser muito difícil levar o gado de volta mas a gente levou e conseguiu pegar o rapaz porque ainda estava cheirando querosene. Ele apareceu de noite e botou fogo em um gato e jogou o bicho na direção do bando. Quero dizer, atirou ele. O Walter Devereaux estava voltando da vigia da madrugada e ouviu e olhou para trás. Falou que era como um cometa disparando para lá e era um tumulto só. Graças a Deus que escaparam de lá. Levou três dias para a gente tornar a juntar aquela manada e quando afinal a gente partiu ainda faltavam umas quarenta cabeças perdidas ou aleijadas ou roubadas e mais dois cavalos.

E o que aconteceu com o rapaz?

Que rapaz?

Que atirou o gato.

Ah. Pelo que me lembro não se saiu muito bem não.

Imagino que não.

As pessoas fazem de tudo.

Sim senhor. Fazem.

Quanto mais se vive mais se vê.

Sim senhor. Eu vi.

O senhor Johnson não retrucou. Deu um piparote na ponta do cigarro, que, girando em um lento arco vermelho, foi cair mais adiante no pátio.

Não tem nada que pegue fogo por lá. Me lembro de quando tinha incêndio nas pastagens destas terras.

Não quis dizer que vi de tudo, emendou John Grady.

Sei que não.

Só quis dizer que vi coisas que era melhor não ter visto.

Eu sei. Lição dura não falta neste mundo.

Qual é a mais dura?

Não sei. Talvez que só quando as coisas passam elas passam. Não voltam mais.

Sim senhor.

Ficaram em silêncio. Pouco depois o velho disse: No dia seguinte do meu aniversário de cinquenta anos, em março de 1917, cavalguei até o quartel-general do poço de Wilde e encontrei meia dúzia de lobos pendurados na cerca. Cavalguei seguindo a cerca e apalpei eles. Olhei nos olhos deles. Um sujeito do governo tinha feito uma armadilha atraindo eles na noite anterior. Morreram comendo comida envenenada. Estricnina. Coisa assim. Lá nas Sacramentos. Uma semana depois o sujeito atraiu mais quatro. Desde então nunca ouvi um lobo sequer nessas terras. Imagino que isso é bom. Lobo é uma praga para o gado. Mas penso que sempre fui o que se pode chamar de supersticioso. Sei com certeza que religioso não fui. E sempre me pareceu que uma coisa vive e morre mas o tipo de coisa que eles eram sempre foi daquele jeito. Eu não sabia que se podia envenenar eles. Em mais de trinta anos eu nunca ouvi o uivo de um lobo. Não sei onde é que a gente pode ir para ouvir. Vai ver esse lugar nem existe.

Quando John Grady voltou para o celeiro Billy estava parado na entrada.

Ele já voltou pra cama?

Já.

Por que ele saiu da cama?

Disse que não conseguia dormir. E você?

Também não. E você?

Também não.

Acho que é alguma coisa no ar.

Não sei.

Ele conversou sobre o quê?

Bobice.

Falou o quê?

Acho que falou que o gado sabe qual é a diferença entre gansos voando e um gato pegando fogo.

Penso que você não precisa ficar pajeando ele tanto assim.

Acho que você tem razão.

Vocês parecem ter muita coisa em comum.

Ele não é doido, Billy.

Talvez. Mas não sei se você ia ser o primeiro para quem eu pediria uma opinião a respeito.

Vou me deitar.

Boa noite.

Boa noite.

Disse para a mulher em espanhol que queria ficar com o chapéu e o carregou consigo ao subir os dois degraus até o bar e então tornou a pô-lo na cabeça. Havia alguns homens de negócios mexicanos de pé no bar e ele os cumprimentou com um sinal de cabeça ao passar. Retribuíram com um lacônico sinal de cabeça. O barman ajeitou um guardanapo. *Señor?*, disse.

Um Old Grandad e água.

O barman se afastou. Billy pegou o maço de cigarros e o isqueiro e os pôs sobre o balcão. Olhou pelo espelho atrás do balcão. Várias prostitutas estavam sentadas nos sofás do salão com os vestidos recolhidos em dobras. Pareciam foragidas de um baile à fantasia. O barman retornou com a dose de uísque e assentou o copo no balcão junto com o copo de água e Billy pegou o copo de uísque e o agitou uma vez com um lento movimento circular e depois o ergueu e bebeu. Estendeu a mão para pegar o maço de cigarros, acenou para o barman.

Otra vez, disse.

O barman veio com uma garrafa. Serviu.

Dónde está Eduardo?, Billy perguntou.

Quién?

Eduardo.

O barman serviu pensativamente. Meneou a cabeça.

El patrón, Billy disse.

El patrón no está.

Cuándo regresa?

No sé. Ficou segurando a garrafa. *Hay un problema?*, perguntou.

Billy tirou um cigarro do maço com uma batida e o pôs na boca e estendeu a mão para pegar o isqueiro. *No*, respondeu. *No hay un problema*. Preciso falar com ele a respeito de uma transação comercial.

Qual é o teu negócio?

Acendeu o cigarro e pôs o isqueiro em cima do maço e soprou a fumaça ao longo do balcão e olhou para o homem.

Não acho que a nossa conversa esteja indo para algum lugar, disse.

O barman deu de ombros.

Billy tirou o dinheiro do bolso da camisa e depositou uma nota de dez dólares no balcão.

Não é para pagar a bebida.

O barman olhou para mais à frente no bar onde estavam os homens de negócios. Olhou para Billy.

Sabe quanto vale o meu emprego?, perguntou.

Quê?

Eu disse se você sabe quanto vale o meu emprego?

Você quer dizer que ganha bastante com gorjeta.

Não. Quero dizer se você sabe quanto custa comprar um emprego igual ao meu?

Nunca ouvi falar de gente que compra emprego.

Faz muitos negócios no México?

Não.

O barman ficou parado segurando a garrafa. Billy tornou a pegar o dinheiro e colocou duas notas de cinco em cima da nota de dez. O barman escamoteou as notas e as meteu no bolso. Um momento, disse. *Espérate*.

Billy pegou o copo de uísque e o agitou e bebeu. Assentou o copo no balcão e passou o dorso da mão na boca. Quando olhou no espelho atrás do balcão o *alcahuete* estava apoiado no cotovelo esquerdo como Lúcifer.

Sí señor, disse.

Billy se virou e olhou para ele.

Você é o Eduardo?

Não. Em que posso ajudar?

Queria ver o Eduardo.

Por que quer ver o Eduardo?

Queria falar corri ele.

Sei. Pode falar comigo.

Billy se virou para olhar para o barman mas ele tinha se distanciado para servir os outros fregueses.

É um assunto particular, Billy respondeu. Poxa, não vou machucar ele nem nada.

As sobrancelhas do *alcahuete* se ergueram de leve. E bom saber, disse. Alguma coisa que não gosta?

Tenho uma transação comercial que pode interessar ele.

Quem é o comerciante?

Quê?

Quem é o comerciante?

Eu. Sou eu o comerciante.

Tiburcio o observou com atenção por muito tempo. Sei quem você é, disse.

Sabe quem eu sou?

Sim.

Quem sou eu?

Você é o *trujamán.*

O que é isso?

Não fala espanhol?

Falo espanhol.

Você trouxe a *mordida.*

Billy pegou o dinheiro e o colocou no balcão. Tenho dezoito dólares. É só o que eu tenho. E ainda não paguei a bebida.

Paga a bebida.

Quê?

Paga a bebida.

Billy deixou uma nota de cinco no balcão e guardou os treze dólares restantes no bolso da camisa junto com o maço de cigarros e o isqueiro e esperou.

Vem comigo.

Seguiu-o pelo salão passando pelas prostitutas enfeitadas escandalosamente. Pelo caleidoscópio de luzes do lustre no alto e passando pelo tablado vazio até uma porta nos fundos.

A porta estava coberta por uma cortina de baeta cor de vinho e não tinha maçaneta. O *alcahuete* a abriu de qualquer forma e eles entraram em um corredor com paredes azuis e uma única lâmpada azul situada no teto acima da porta. O *alcahuete* segurou a porta aberta e ele entrou e o *alcahuete* a fechou atrás deles e se virou e seguiu pelo corredor. A fragrância almiscarada de sua água de colônia pairava no ar. No fim do corredor ele parou e bateu duas vezes com os nós dos dedos a uma porta ornamentada com prata em folhas. Virou-se, aguardando, as mãos cruzadas diante de si na altura dos pulsos.

Uma campainha soou e o *alcahuete* abriu a porta. Espera aqui, disse.

Billy esperou. Uma mulher com um olho só veio caminhando pelo corredor e bateu a uma das portas. Ao vê-lo ali fez o sinal da cruz. A porta se abriu e ela desapareceu dentro do aposento e a porta se fechou e o corredor tornou a ficar vazio na mortiça luz azul.

Quando a porta prateada se abriu o *alcahuete* fez um sinal para que ele entrasse com os dedos cheios de anéis se fechando em concha. Ele entrou e se deteve. Em seguida tirou o chapéu.

Eduardo estava sentado à escrivaninha fumando um de seus charutos pretos delgados. Estava sentado de lado com os pés cruzados diante de si apoiados na gaveta inferior da escrivaninha e parecia inspecionar as botas de couro de lagarto polido. Em que posso te ajudar?, perguntou.

Billy voltou o olhar para Tiburcio. Tornou a olhar para Eduardo. Eduardo ergueu os pés da gaveta e girou vagarosamente na cadeira. Estava vestido com um terno preto e uma camisa verde-clara aberta no colarinho. Descansou um braço no tampo de vidro polido da escrivaninha, segurou o charuto. Parecia que pouca coisa lhe passava pela cabeça.

Tenho uma proposta comercial para te fazer, Billy disse.

Eduardo ergueu o pequeno charuto e o examinou. Voltou a olhar para Billy.

Uma coisa que pode te interessar, Billy disse.

Eduardo esboçou um sorriso. Transferiu o olhar de Billy para o *alcahuete* e tornou a olhar para Billy. A minha sorte vai mudar para melhor, comentou. Isso é muito bom.

Deu uma longa tragada no charuto. Fez um estranho e elegante gesto com a mão que o segurava, girando-o em um arco e segurando-o sobre a palma. Como se acolhesse em concha algo oculto. Ou como se estivesse acostumado a segurar algo agora ausente.

Se importa da gente ter uma conversa particular?, Billy perguntou.

Eduardo concordou com a cabeça e o *alcahuete* se retirou e fechou a porta. Assim que Tiburcio saiu Eduardo se recostou na cadeira e tornou a girá-la e tornou a cruzar as pernas apoiando as botas na gaveta. Olhou para Billy e esperou.

O que eu queria, Billy disse, era comprar uma daquelas moças.

Comprar, disse Eduardo.

Sim senhor.

O que é que você quer dizer com comprar?

Te dou o dinheiro e levo a moça embora daqui.

Você acredita que essas moças estão aqui contra a vontade.

Não sei.

Mas é o que você pensa.

Eu não penso nada.

Claro que sim. Se não o que é que você ia comprar?

Não sei.

Eduardo franziu os lábios. Fitou a ponta do charuto. Ele não sabe, disse.

Está me dizendo que aquelas moças são livres para ir embora daqui?

Taí uma boa pergunta.

Bom, então qual é uma boa resposta?

Eu diria que elas são livres nas pessoas delas.

Nas o quê?

Nas pessoas delas. Elas são livres nas pessoas delas. Agora, será que são livres aqui? Levou o dedo indicador à têmpora. Bom, quem é que pode dizer?

Se uma delas queria ir embora ela podia ir embora.

Elas são putas. Pra onde é que iam?

Imagine que uma delas queria casar.

Eduardo deu de ombros. Olhou para Billy.

Me diz uma coisa, falou.

Pode falar.

Você é o cabeça ou o agente?

Sou o quê?

É você que quer comprar essa moça?

Sim.

Vem sempre no White Lake?

Vim aqui uma vez.

Onde conheceu essa moça?

No La Venada.

E agora pretende casar com ela.

Billy ficou calado.

O cafetão deu uma lenta tragada no charuto e soprou a fumaça vagarosamente na direção das botas. Penso que você é o agente, falou.

Não sou agente nenhum. Trabalho para o Mac McGovern na Cross Fours perto de Orogrande no Novo México e você pode perguntar para qualquer um.

Penso que você não veio aqui por você mesmo.

Vim aqui para te fazer uma oferta.

Eduardo fumou.

Dinheiro vivo, Billy disse.

Essa moça tem uma doença. O teu amigo sabe disso?

Eu não falei que tenho um amigo.

Ela não contou isso para ele, contou?

Como sabe qual moça é?

Ela se chama Magdalena.

Billy o observou atentamente. Você sabe por que falei do La Venada.

Essa moça não vai embora daqui. Talvez o teu amigo pense que ela vai mas ela não vai. Talvez até ela pense. Ela é muito nova. Deixa eu te perguntar uma coisa.

Pergunta.

O que é que está errado com o teu amigo para se apaixonar por uma puta?

Não sei.

Ele pensa que ela não é uma puta de verdade?

Isso eu não sei dizer.

Não pode conversar com ele?

Não.

Porque ela é puta até a medula dos ossos. Conheço ela.

Imagino que conhece.

O teu amigo é bastante rico?

Não.

O que ele pode oferecer para essa moça? Por que ela ia embora?

Não sei. Acho que ele pensa que ela está apaixonada por ele.

Puxa!, exclamou Eduardo. E você acredita nisso?

Não sei.

Acredita nisso?

Não.

E o que é que você vai fazer?

Não sei. O que você quer que eu diga para ele?

Não tem nada para dizer para ele. Bebe bastante, esse teu amigo?

Não. Nada fora do normal.

Estou tentando te ajudar.

Billy bateu o chapéu de leve contra o lado da perna. Olhou para Eduardo e olhou ao redor do aposento que era o escritório dele. No canto da parede do fundo havia um barzinho. Um sofá forrado de couro branco. Uma mesa de centro com tampo de vidro.

Você não acredita em mim, disse Eduardo.

Não acredito que você não investiu algum dinheiro nessa moça.

Falei isso?

Penso que sim.

Ela me deve uma quantia. Dinheiro adiantado para ela comprar roupas. Joias.

Quanto?

Eu ia por acaso te fazer uma pergunta dessa?

Não sei. Acho que eu não estou na posição de ouvir esse tipo de pergunta.

Você pensa que eu sou traficante de escravas brancas.

Não disse isso.

Mas é o que você pensa.

O que é que você quer que eu diga para ele?

Que diferença faz?

Imagino que para ele ia fazer uma diferença.

O teu amigo caiu nas garras de uma paixão irracional. Nada do que você falar para ele vai importar. Ele criou uma história na cabeça dele. De como as coisas vão ser. Nessa história ele vai ser feliz. O que é que está errado nessa história?

Me diz você.

O que está errado nessa história é que não é uma história verdadeira. Os homens têm na cabeça uma imagem de como o mundo vai ser. De como eles vão ser nesse mundo. O mundo pode ser diferente de muitas maneiras para eles mas tem um mundo que nunca vai ser e esse é o mundo que eles sonham. Acredita nisso?

Billy pôs o chapéu. Obrigado pelo teu tempo, disse.

Disponha.

Virou-se para sair.

Você não respondeu a minha pergunta, disse Eduardo.

Virou-se. Olhou para o cafetão. O charuto nos dedos elegantemente curvados, as botas caras. O cômodo sem janela. Os móveis que pareciam ter sido trazidos e colocados apenas para o propósito daquela cena. Não sei, respondeu. Provavelmente acredito. É que não gosto de dizer isso.

Por que não?

Parece uma espécie de traição.

A verdade pode ser traição?

Quem sabe. De qualquer modo, tem gente que consegue o que quer.

Ninguém consegue. Ou talvez consegue por pouco tempo e depois perde. Ou talvez só para provar para o sonhador que o mundo que ele sonhava transformar em realidade já não é mais aquele mundo de jeito nenhum.

É.

Acredita nisso?

Te digo uma coisa.

Diz.

Vou consultar o travesseiro.

O cafetão concordou com a cabeça. *Ándale pues*, disse. A porta se abriu sem qualquer meio ou sinal visível. Tiburcio ficou à espera. Billy tornou a se voltar e olhou. Você não respondeu a minha pergunta, disse.

Não?

Não.

Pergunta de novo.

Deixa eu fazer uma outra pergunta.

Faz.

Ele está em apuro, não está?

Eduardo sorriu. Soprou a fumaça do charuto ao longo do tampo de vidro da escrivaninha. Não foi uma pergunta, disse.

Era tarde quando voltou mas a luz da cozinha ainda estava acesa. Ficou sentado no caminhão um instante, depois desligou o motor. Deixou a chave na ignição e saiu e atravessou o pátio na direção da casa. Socorro já estava deitada mas havia broa de milho na estufa sobre o forno e um prato de feijões e batatas com dois pedaços de frango frito. Levou os pratos para a mesa e voltou e pegou os talheres do secador de pratos e pegou uma caneca e a encheu de café e tornou a colocar a cafeteira na boca do tampo do fogão onde ainda havia um fraco fulgor de carvões e levou o café para a mesa e se sentou e comeu. Comeu devagar e metodicamente. Quando terminou levou os pratos para a pia e abriu a geladeira e se agachou procurando alguma sobremesa. Encontrou uma tigela de pudim e a levou para o aparador e pegou um prato pequeno e o encheu de pudim e guardou a tigela de volta na geladeira e se serviu de mais café e se pôs a comer o pudim e a ler o jornal de Oren. O relógio tiquetaqueava no corredor. O forno estalava ao esfriar. John Grady entrou e foi até o fogão e pegou uma caneca de café e foi até a mesa e se sentou e empurrou o chapéu para trás.

Já de pé para trabalhar?

Espero que não.

Que horas são?

Não sei.

Billy tomou um gole de café. Enfiou a mão no bolso para pegar os cigarros.

Acabou de chegar?, John Grady perguntou.

Acabei.

Imagino que a resposta é não.

Imaginou certo, seu burrinho.

Bom.

É mais ou menos o que você esperava, não é?

É. Ofereceu o dinheiro para ele?

Ah, foi uma visita e tanto, para todos os lados.

O que foi que ele disse?

Billy acendeu o cigarro e pôs o isqueiro em cima do maço. Disse que ela não quer ir embora de lá.

Mas isso é mentira.

Pode bem ser. Mas disse que ela não vai embora.

Mas claro que vai.

Billy soprou a fumaça ao longo do tampo da mesa. John Grady o observou.

Pensa que eu sou doido, não pensa?

Você sabe o que eu penso.

Bom.

Por que não para um pouco para se enxergar? Olha só a que ponto chegou. Falando de vender o teu cavalo. É a repetição da mesma velha história. Perdendo a cabeça por causa de um rabo de saia. Só que no teu caso nada faz o menor sentido. Nada.

Na tua opinião.

Na minha e na do homem.

Inclinou-se para a frente e começou a contar nos dedos da mão que segurava o cigarro. Não é americana. Não é cidadã. Não fala inglês. Trabalha em um puteiro. Não, me escuta que ainda não terminei. E por último mas não menos importante — segurou o polegar — tem um filho da puta que é dono dela que eu te juro de pé junto que vai te matar bem matado se você se meter com ele. Mano, será que não tem moça nenhuma deste lado de cá do rio?

Que nem ela não tem.

Bom, eu aposto que é verdade, se é você que está falando.

Apagou o cigarro. Bom. Eu fui o mais longe que pude ir com você. Agora vou para cama.

Está bem.

Afastou a cadeira e se levantou e parou. Então se eu penso que você é doido?, perguntou. Não. Não penso. Você é o exemplo de uma nova ideia de doido. Se você não passa por doido então é preciso soltar todos aqueles pobres coitados no manicômio que comem por baixo da porta.

Guardou o maço de cigarros e o isqueiro no bolso da camisa e levou a caneca e a tigela para a pia. Deteve-se de novo à porta e olhou para trás. Te vejo de manhã, disse.

Billy?

Hã.

Obrigado. Fico muito agradecido.

Se eu dizia que não há de que eu estava mentindo.

Eu sei. Obrigado mesmo assim.

Vai querer vender o garanhão?

Não sei. Vou.

Quem sabe o Wolfenbarger compra ele.

Pensei nisso.

Imagino que sim. Te vejo de manhã.

John Grady o observou atravessar o pátio na direção do celeiro. Inclinou-se e com a manga da camisa enxugou as gotas de água que escorriam na vidraça da janela. A sombra de Billy foi diminuindo no pátio até que ele passou na luz amarela da lâmpada acima da porta do celeiro e em seguida adentrou a escuridão do celeiro e se perdeu de vista. John Grady soltou a cortina da janela e voltou e se sentou e ficou olhando a caneca vazia diante de si. Havia uma borra de café no fundo da caneca e ele agitou a caneca e observou a borra. Depois tornou a agitar a caneca na direção oposta, como se para colocar o sedimento na posição em que estava antes.

Estava entre os salgueiros de costas para o rio e olhava atentamente para a estrada e os veículos que passavam. O tráfego não era intenso. A poeira levantada pelos poucos carros parava no ar muito tempo depois de desaparecerem. Ele desceu até a margem do rio e se agachou e observou a água barrenta correr. Atirou uma pedra. Depois outra. Virou-se e olhou na direção da estrada.

Quando chegou, o táxi parou no desvio e em seguida deu marcha à ré e virou e desceu aos trancos a estrada sulcada e lamacenta e parou na clareira. Ela desceu pela porta de trás e pagou o motorista e falou brevemente com ele e o motorista assentiu com a cabeça e ela se afastou. O motorista engrenou a marcha e apoiou o braço no banco e deu marcha à ré e virou. Olhou na direção do rio. Em seguida retomou a estrada e voltou em direção à cidade.

Ele lhe apertou a mão. *Tenía miedo que no vendrías*, disse.

Ela ficou em silêncio. Inclinou-se contra ele. O cabelo preto caído entre os ombros. O cheiro de sabonete. A carne e os ossos vivos sob o tecido do vestido.

Me amas?, ele perguntou.

Sí. Te amo.

Ele se sentou em um toco de choupo e a observou vadear no baixio forrado de cascalhos. Ela se voltou e sorriu para ele. O vestido aderia às coxas morenas. Ele procurou sorrir em resposta mas sentiu um aperto na garganta e desviou o olhar.

Ela se sentou no toco ao lado dele e ele lhe tomou os pés nas mãos, primeiro um, depois o outro, e os enxugou com o lenço e com os próprios dedos prendeu as pequenas fivelas dos sapatos. Ela se inclinou e descansou a cabeça no ombro dele e ele a beijou e lhe tocou o cabelo e os seios e as faces como um cego o faria.

Y mi respuesta?, perguntou.

Ela lhe segurou a mão e a beijou e a levou sobre o coração e disse que ela era dele e que faria o que quer que fosse que ele lhe pedisse mesmo que pusesse a vida em perigo.

Era do estado de Chiapas e fora vendida quando tinha treze anos de idade para saldar uma dívida de jogo. Não tinha família. Em Puebla fugira e fora para um convento em busca de proteção. O próprio cafetão aparecera às portas do convento na manhã seguinte e na plena luz do dia pusera dinheiro nas mãos da madre superiora e levara a moça de volta.

Esse homem lhe arrancou as roupas e a espancou com um chicote feito com tiras da câmara de ar de um pneu de caminhão. Depois a ergueu nos braços e lhe disse que a amava. Ela tornou a fugir e procurou a polícia. Três policiais a levaram para uma cela no porão em que havia um colchão sujo no chão. Quando terminaram eles a venderam para outros policiais. Depois os policiais a vendiam para os prisioneiros pelos pesos que estes podiam juntar ou então a negociavam em troca de cigarros. Por fim chamaram o cafetão e tornaram a vendê-la para ele.

Ele a esmurrou e jogou impetuosamente contra a parede e derrubou no chão e chutou. Disse que se fugisse de novo ele a mataria. Ela fechou os olhos e lhe ofereceu o pescoço. Na fúria ele a agarrou pelo braço mas o braço se quebrou em sua mão. Um estalo surdo, como um galho seco. Ela ofegou e gritou de dor.

Mira, berrou ele. *Mira, puta, que has hecho.*

O braço foi colocado no lugar por uma *curandera* e agora não se endireitava. Mostrou-lhe. *Mires*, disse. A casa se chamava La Esperanza del Mundo. Onde uma moça pintada com um quimono sujo e com o braço em uma tipoia chorava em silêncio ou ia muda com os homens para um quarto nos fundos por um preço inferior a dois dólares.

Ele se inclinara para a frente chorando e envolvendo-a em um abraço. Cobriu-lhe a boca com a mão. Ela lhe afastou a mão. *Hay más*, disse.

No.

Ela lhe contaria mais, porém de novo ele levou os dedos à boca da moça. Disse que havia apenas uma coisa que gostaria de saber.

Lo que quieras, ela disse.

Te casas conmigo.

Sí, querido, ela retrucou. *La respuesta es sí.* Caso com você.

Quando entrou na cozinha Oren e Troy e JC estavam sentados e ele os cumprimentou com um sinal de cabeça e foi até o fogão e pegou a refeição da manhã e o café e se sentou à mesa. Troy arrastou um pouco a cadeira de lado para lhe dar lugar. Não está pensando em se esgotar para fazer as coisas nesse prazo curto, esta, mano?

Caramba, fez JC. Nem pense em tentar acompanhar o caubói.

Conversei com o Crawford sobre o teu cavalo, disse Oren.

O que ele falou?

Ele disse que acha que tem um comprador se você aceitar o preço dele.

O mesmo preço?

O mesmo preço.

Acho que não posso.

Pode ser que ele suba um pouco. Mas não muito.

John Grady concordou com a cabeça. Comeu.

Ia conseguir mais vendendo no leilão.

O leilão só vai ser daqui três semanas.

Duas semanas e meia.

Diz para ele que aceito trezentos e setenta e cinco.

JC se levantou e levou os pratos para a pia. Oren acendeu um cigarro.

Quando vai ver ele?, perguntou John Grady.

Converso com ele hoje se você quer.

Tá bom.

Comeu. Troy se levantou e levou os pratos para a pia e ele e JC saíram. John Grady raspou o prato com o último pedaço de biscoito e o comeu e afastou a cadeira.

Esses quatro minutos de café da manhã vão criar um problema entre você e o sindicato, disse Oren.

Preciso ir ver o velho um instante.

Levou o prato e a caneca para a pia e limpou as mãos nos lados da calça e atravessou a cozinha e seguiu pelo corredor.

Bateu no batente da porta do escritório e espiou dentro mas o cômodo estava vazio. Caminhou pelo corredor até o quarto de Mac e bateu à porta aberta. Mac saiu do banheiro com uma toalha em volta do pescoço e o chapéu na cabeça.

Bom dia filho, disse.

Bom dia senhor. Será que posso conversar com o senhor um minutinho?

Entra.

Pendurou a toalha no espaldar da cadeira e foi até o antigo guarda-roupa e tirou uma camisa e a desdobrou com uma sacudida e começou a desabotoá-la. John Grady ficou parado na porta.

Entra, Mac repetiu. Põe a droga do chapéu de novo.

Sim senhor. Deu alguns passos adiante no aposento e pôs o chapéu e parou. Na parede em frente havia fotografias de cavalos emolduradas. Sobre a cômoda, em uma moldura de prata ornamentada, uma fotografia de Margaret Johnson McGovern.

Mac vestiu a camisa e se pôs a abotoá-la. Senta, filho, disse.

Estou bem assim.

Senta, vai. Está com cara de que está cheio de pensamentos.

Havia uma cadeira de carvalho pesada forrada de couro escuro na extremidade da cama e ele atravessou o quarto e se sentou nela. Algumas roupas de Mac estavam jogadas sobre um braço da cadeira. Apoiou o cotovelo no outro braço. Mac fez um rápido movimento como se fosse saltar e enfiou na calça a parte da frente e a de trás da camisa e abotoou a calça e afivelou o cinto e pegou as chaves e os trocados e a carteira de cima da cômoda. Aproximou-se da cama segurando as meias e se sentou e as desenrolou e começou a calçá-las. Bom, disse. Oportunidade melhor que essa você nunca vai ter.

John Grady ergueu uma mão para tornar a tirar o chapéu mas em vez disso descansou as duas mãos no colo. Em seguida se curvou para a frente com os cotovelos apoiados nos joelhos.

Faz de conta que é uma lagoa fria em um dia quente e mergulha nela, disse Mac.

Sim senhor. Bom. Eu quero casar.

Mac parou com a meia semicalçada. Depois continuou a calçá-la e esticou o braço para pegar a bota. Casar, disse.

Sim senhor.

Muito bem.

Quero casar e pensei em primeiro lugar que se o senhor não se importa eu vou vender aquele cavalo.

Mac calçou a bota e pegou a outra e ficou segurando-a. Filho, disse. Eu entendo um homem querer casar. Faltava um mês para eu completar os meus vinte anos quando casei. No fim foi como se um criasse o outro. Mas eu estava em uma situação um bocadinho melhor que a tua. Acha que tem os recursos para isso?

Não sei. Pensei que talvez vendendo o cavalo.

Desde quando está pensando nisso?

Bom. Um tempo.

Não é nada forçado é?

Não senhor. Não é nada disso.

Bom, por que não espera mais um pouco? Para ver se vai durar.

Não posso fazer isso não.

Bom, eu não vejo por que não.

Tem uns problemas.

Bom, eu tenho tempo para ouvir se quer me contar.

Sim senhor. Bem. Para começar ela é mexicana.

Mac anuiu com a cabeça. Sei de caso que deu certo, disse. Enfiou a bota.

Então eu tenho o problema de trazer ela para cá.

Mac assentou o pé no chão e apoiou as mãos nos joelhos. Olhou para o rapaz. Para cá?, perguntou.

Sim senhor.

Você quer dizer para este lado do rio?

Sim senhor.

Você quer dizer que ela é mexicana mexicana?

Sim senhor.

Puxa vida, filho.

Olhou para o outro lado do quarto. O sol incidia sobre o celeiro. Olhou para as cortinas de renda na janela. Olhou para o rapaz sentado rígido na cadeira de seu pai. Bom, disse. Acho que isso é mesmo um problema. Mas não é o pior que já ouvi falar na minha vida. Quantos anos ela tem?

Dezesseis.

Mac mordeu o lábio inferior. Está piorando, não está? Ela fala inglês?

Não senhor.

Nem uma palavra?

Não senhor.

Mac meneou a cabeça. Podiam ouvir o gado mugir lá fora ao longo da cerca junto da estrada. Olhou para John Grady. Filho, disse, você refletiu sobre isso?

Sim senhor. Decerto.

Entendo que está realmente decidido.

Sim senhor.

Não vinha conversar comigo se não estivesse, vinha?

Não senhor.

Está planejando morar onde?

Bom, senhor, eu queria falar com o senhor sobre isso. Pensei que se o senhor não se importa eu ia arrumar a casa velha de Bell Springs.

Caramba. Mas nem tem mais telhado, tem?

Tem um telhado mais ou menos. Examinei. Tem conserto.

Ia dar uma trabalheira.

Eu podia consertar.

Você provavelmente podia. Provavelmente podia. Você não falou nada sobre o dinheiro. Não tenho como te aumentar o salário. Você sabe disso.

Não estou pedindo aumento.

Ia ter que aumentar para o Billy e para o JC também. Droga. Ia ter que aumentar para o Oren.

Sim senhor.

Mac ficou curvado para a frente com os dedos entrelaçados. Filho, disse, acho que você devia esperar. Mas se pôs na cabeça que tem que ir em frente, então vai em frente. Vou fazer o que posso por você.

Obrigado senhor.

Apoiou as mãos nos joelhos e se levantou. John Grady se levantou. Mac meneou a cabeça, meio sorridente. Olhou para o rapaz.

Ela é bonita?

Sim senhor. Decerto que é.

Também aposto que é. Quero conhecer ela.

Sim senhor.

Você disse que ela não fala inglês?

Não fala não senhor.

Caramba. Tornou a menear a cabeça. Bom, disse. Vai. Levanta esse rabo daí.

Sim senhor.

Ele atravessou o quarto até a porta e parou e se virou.

Obrigado senhor.

Vai.

Cavalgou com Billy até Cedar Springs. Cavalgaram até o alto da ravina e cavalgaram de volta reunindo todas as reses que encontravam na planície e laçando todas as que tinham um comportamento suspeito, detendo-as pela cabeça e lhes prendendo as patas e estendendo no chão os animais que urravam e desmontando e soltando as rédeas enquanto os cavalos recuavam e forcejavam com as pernas traseiras para manter as cordas retesadas. Havia bezerros novos no chão e havia vermes no umbigo de alguns deles e eles os besuntaram de Peerless e os limparam com um trapo e tornaram a besuntá-los e depois os soltaram. No entardecer cavalgaram até Bell Springs e John Grady desmontou e deixou Billy com os cavalos enquanto estes bebiam e caminhou pelo capinzal alagado de *sacaton* até a velha casa de adobe e abriu a porta com um empurrão e entrou.

Deteve-se com serenidade. A luz do sol incidia sobre toda a extensão do cômodo vinda da pequena janela de guilhotina na parede do lado oeste. O chão era de barro batido e oleado e estava coberto de entulho, velhas roupas e latas de comida e pequenos e curiosos cones de barro que haviam sido formados pela água que se filtrava do teto de barro e pingava pelas *latillas* e que pareciam resultar do trabalho de cupins tão antigos quanto o mundo. No canto havia uma armação de cama de ferro e entre as molas expostas latas de cerveja vazias encaixadas aqui e ali. Na parede do fundo um calendário de 1928 de Clay Robinson & Co. mostrava um caubói juntando um rebanho sob a lua cheia. Ele atravessou o espesso feixe de luz sob o qual fez dançar os grãos de poeira e passou pelo alisar sem porta e entrou no outro cômodo. Contra a parede do fundo havia um pequeno fogão a lenha de duas bocas atrás do qual se empilhavam os canos enferrujados da chaminé e havia duas velhas caixas de café Arbuckle pregadas na parede e uma terceira no chão. Algumas jarras de feijão e tomate e salsa. Vidro quebrado no chão. Jornais velhos de antes da guerra. E um velho ferrete Fish enferrujado, pendurado em um prego na parede ao lado da porta da cozinha, e alguns pedaços velhos de couro de arreio. Quando ele se virou Billy o observava parado à porta.

Esta é a suíte de lua de mel?, perguntou.

É o que você está vendo.

Encostou-se no alizar da porta e tirou o maço de cigarros do bolso da camisa e com uma batida puxou um cigarro e o acendeu.

Aqui só está faltando uma mula morta no chão.

John Grady tinha caminhado até a porta dos fundos e estava olhando para fora.

Acha que vai conseguir trazer o caminhão até aqui em cima?

Acho que a gente ia poder subir até aqui pelo outro lado.

Que história é essa da gente? Agora tem um rato no teu bolso?

John Grady sorriu. Da porta da cozinha se via o pôr do sol acima da serra pelada das Jarillas. Ele fechou a porta e tornou a olhar para Billy e caminhou até o fogão e ergueu uma das chapas redondas de ferro fundido e espiou dentro da boca e tornou a baixá-la.

Posso estar errado, Billy disse, mas tenho a impressão que quando uma casa se acostuma com a luz e com a água da chuva fica um bocado difícil ganhar ela de volta.

Tenho que começar em algum lugar.

Ela vai cozinhar naquilo ali?

John Grady sorriu. Passou por Billy e foi para o outro cômodo. Billy se endireitou na entrada da porta para deixá-lo passar e depois ficou a observá-lo. Espero que a moça goste do campo, disse.

Que é que me diz da gente pegar os cavalos e descer aqui por trás para ver como é a estrada velha?

Como quiser. A gente vai se atrasar.

John Grady se deteve na entrada a olhar para fora. É, disse. Está bom. Posso voltar no domingo.

Billy o observou. Afastou-se da entrada e atravessou o cômodo. Vamos lá. De qualquer jeito a gente vai ter que voltar no escuro.

Billy?

Sim?

Não faz a menor diferença, você sabe. O que as pessoas pensam.

É. Sei muito bem disso.

Essa é uma bela cena, não é?

Olhou para os cavalos adiante no regato imersos em suas próprias sombras de cabeça erguida a olhar na direção da casa e os choupos e as montanhas e além, a vastidão vermelha do céu no anoitecer.

Você acha que eu vou superar toda essa coisa em que me meti?

Não. Não acho. Antes eu achava mas agora não acho mais.

Fui longe demais, é isso?

Não é só isso. É você. A maioria das pessoas apanha bastante por um tempo antes de começar a aprender. Cada vez mais você me lembra o Boyd. O único jeito de eu conseguir que ele fizesse alguma coisa era dizer para ele não fazer.

Antes tinha um cano que ia da nascente até a casa.

Acho que dá para você pôr ele de novo.

É.

A água ainda deve ser boa. Não tem nada aqui em cima.

Billy saiu no pátio e deu uma longa tragada no cigarro e ficou olhando os cavalos. John Grady fechou a porta. Billy olhou para ele.

Você não me contou o que o Mac falou.

Não falou muita coisa. Se ele pensa que eu sou doido foi muito educado porque não mencionou isso.

O que acha que ele ia dizer se sabia que ela trabalha no White Lake?

Não sei.

Aqui que não sabe.

Ele só vai saber se eu contar.

Foi o que eu pensei.

É?

Ele ia cagar maçã verde.

Billy jogou a ponta de cigarro no pátio com um piparote. A escuridão já havia baixado formando um arco na luz mortiça. Arcos dentro do arco. É melhor a gente ir, disse.

Não vendeu o cavalo para Wolfenbarger. No sábado, dois amigos de McGovern apareceram e se encostaram no para-lama do caminhão e fumaram e conversaram enquanto ele selava o cavalo e o conduzia para fora. Endireitaram-se quando avistaram o cavalo. Ele os cumprimentou inclinando a cabeça e levou o animal para o curral.

Mac veio da cozinha e cumprimentou os homens inclinando a cabeça.

Dia.

Atravessou o pátio. Crawford o apresentou ao outro homem e os três caminharam na direção do curral.

Esse cavalo parece aquele que o velho Chávez costumava montar, o homem falou.

Pelo que eu sei não tem relação nenhuma.

A história daquele cavalo era muito engraçada.

É, era.

Acha que um cavalo pode sofrer por um homem?

Não. E, você?

Não. Mesmo assim era uma história engraçada.

Era.

O homem rodeou o cavalo enquanto John Grady o segurava. Pôs a mão atrás da perna dianteira do cavalo e olhou dentro dos olhos dele. Encostou-se contra o cavalo e ergueu uma perna traseira e tornou a abaixá-la mas não examinou o casco e não inspecionou a boca do cavalo.

Você disse que ele tem três anos?

Sim senhor.

Dá uma volta com ele.

Ficaram observando John Grady cavalgar de um lado para outro e voltear o cavalo e fazê-lo recuar e depois conduzi-lo a meio galope em volta do curral.

Mas como é que o rapaz quer vender ele?

Mac não respondeu. Observaram o cavalo. Pouco depois ele disse: É que ele precisa do dinheiro. O cavalo é bom.

O que é que acha, Junior?

Não precisa me dar atenção não. Não quero ir contra o Mac.

O cavalo não é meu, retrucou Mac.

O que é que acha?

Crawford cuspiu. Acho que é um cavalo muito bonito.

Quanto é que ele aceita pelo cavalo?

O que ele está pedindo.

Ficaram em silêncio.

Posso dar duzentos e cinquenta.

Mac meneou a cabeça.

O cavalo que ele está vendendo é dele, não é?, o homem perguntou.

Mac concordou com a cabeça. Sim, disse. Mas se ele vende esse cavalo por duzentos e cinquenta dólares eu despeço ele. Não quero ninguém ignorante desse jeito por aqui. Capaz de causar dano para ele mesmo.

O homem tocou a terra com a biqueira da bota. Olhou para Crawford e tornou a estudar o cavalo e olhou para Mac.

Ele aceita trezentos?

Paga trezentos?

Sim senhor.

John Grady, chamou Mac.

Sim senhor?

Traz o cavalo do homem e tira a tua sela dele.

Sim senhor, disse John Grady.

Quando chegou naquela noite Oren e Troy ainda estavam sentados à mesa tomando café e ele tirou o prato da estufa e encheu a caneca e se juntou a eles.

Me contaram que agora você está a pé, disse Oren.

Mais ou menos.

Imagino que você concluiu que era uma doidice tentar transformar aquele cabeça-dura em um cavalo.

É só que eu precisava do dinheiro.

O Mac disse que o homem nem montou ele.

Não montou.

Aposto que a reputação do animal foi mais importante para ele.

Pode ser.

Acho que essa não foi a última vez que você viu ele.

Pode ser.

Observaram-no comer.

O caubói pensa que cavalo é são e gente é doida, disse Troy.

Olha que ele pode estar com a razão.

Vocês todos lidaram com cavalos diferentes do meu.

É mais provável que a gente lidou com pessoas diferentes.

Não sei, disse Troy. Conheci umas pessoas bem esquisitas.

E como é que vocês se deram?

John Grady ergueu os olhos. Sorriu. Oren estava tirando um cigarro do maço. Todos os cavalos são doidos, disse. Até certo ponto. O que se pode dizer a favor deles é que eles não tentam esconder isso da gente.

Curvou-se e riscou um fósforo do lado da cadeira e acendeu o cigarro e agitou o fósforo para apagá-lo e o pôs no cinzeiro.

Por que você acha que eles são doidos?, perguntou John Grady.

Por que eu acho ou por que eles são?

Por que eles são.

É assim que eles são feitos. Um cavalo tem dois cérebros. Ele não vê a mesma coisa com os dois olhos de uma vez só. Tem um olho para cada lado.

Mas o peixe também, disse Troy.

Bom. É verdade.

Então o peixe tem dois cérebros?

Não sei. Não sei se o peixe tem o que a gente chama de cérebro.

Vai ver o peixe não é bastante inteligente para ser doido.

Acho que você tem razão. Na verdade o cavalo não é tão bobo assim.

Mas é bobo a ponto de se amansar como uma vaca tonta.

O peixe também. Ou mesmo uma cascavel.

Você acha que uma cobra é mais boba que um peixe?

Poxa, Troy. Sei lá eu. Quem é que pode saber uma coisa dessa? Na minha opinião os dois são estúpidos.

Eu não tive a intenção de te irritar.

Não estou irritado.

Bom, então continua a história.

Não tem história nenhuma. Era só uma observação sobre cavalos.

Bom, então o que era?

Sei lá eu. Esqueci.

Esqueceu não.

Você estava falando que o cavalo tem dois cérebros, disse John Grady.

Oren tragou o cigarro. Olhou para John Grady. Inclinou-se e bateu a cinza no cinzeiro.

O que eu estava dizendo é que um cavalo é bem diferente do que um monte de gente pensa. Um monte de coisas que as pessoas tomam como ignorância da parte do cavalo é só uma confusão entre o cavalo do lado direito e o cavalo do lado esquerdo. Como quando você sela um cavalo e tudo o mais e depois chega no lado errado dele e começa a montar. Você sabe o que é que vai acontecer.

Claro. Vai ser um pandemônio.

Certo. E esse cavalo nem sequer te viu ainda.

Oren contraiu os cotovelos e desviou um lado do corpo em sinal de alerta. Opa, disse. Quem é esse aí?

Troy abriu um sorriso largo. John Grady pegou a caneca e bebeu e tornou a pô-la na mesa. Mas e se for o caso de que ele simplesmente não está acostumado a ser montado desse lado?, perguntou.

Mas é. A questão é que ele não pode perguntar para a outra metade do cavalo se ela alguma vez viu esse sujeito antes ou pedir um conselho sobre o que fazer.

Bom, me parece mesmo um problema se os dois lados do cavalo nem conversam um com o outro. O cavalo inteiro nem ia poder seguir uma direção. Que é que você me diz?

Oren fumou. Olhou para Troy. Não sou especialista em cérebro de cavalo. Só estou dizendo isso com base na minha experiência de caubói. Um cavalo tem dois lados e conforme a minha experiência a gente tem que lidar com um lado e deixar o outro pra lá.

Conheci gente que era a mesma coisa. Várias pessoas, na verdade.

É. Eu também. Mas acontece que as pessoas se incomodam com isso. Para o cavalo é uma coisa natural.

Não acha que a gente pode treinar igual os dois lados do cavalo?

Já estou ficando cansado dessa história.

Poxa, é uma pergunta que faz sentido.

Imagino que a gente pode. Talvez. Ia ser difícil. Tinha que ser pelo menos dois de você mesmo.

Bom, pensei que você tivesse um irmão gêmeo.

Acho que na teoria você pode lidar com um cavalo desse jeito. Não sei. Mas qual ia ser o resultado se você conseguisse?

Você ia ter um cavalo com dois lados equilibrados.

Não ia não. Você só ia ter um cavalo que acha que tem dois de você. Imagine que um dia ele vê vocês dois de um lado só. O que é que ia acontecer?

Acho que ele ia pensar que você é quádruplo.

Oren apagou o cigarro. Não, retrucou. Ele ia pensar como todo mundo.

O quê?

Que você é doido de pedra.

Afastou a cadeira e se levantou. Até amanhã.

A porta da cozinha se fechou. Eles menearam a cabeça. O velho Oren está perdendo o senso de humor.

John Grady sorriu. Com o polegar empurrou o prato da borda da mesa e recostou na cadeira. Através da janela pôde ver Oren ajustar o chapéu na cabeça enquanto descia o caminho que levava à pequena casa que ele dividia com o gato. Como se o mundo morto por que passava se desse ao trabalho de prestar atenção. Não fora sempre um caubói. Fora um mineiro no Norte do México e lutara em guerras e revoluções e fora mão de obra não qualificada no campo petrolífero na bacia permiana e marinheiro a serviço de três diferentes bandeiras. Até mesmo se casara uma vez.

John Grady tomou a última borra escura no fundo da caneca e a pôs sobre a mesa. Está tudo bem com o Oren, disse.

III

Ao percorrer o alto da ravina ele farejou o que o cavalo vinha farejando. O vento frio da noite trazia um cheiro forte de carniça. Ele deteve o cavalo e se virou na sela e inspecionou o ar com o nariz mas o cheiro havia passado e sumido. Volteou o cavalo para o outro lado da ravina e então fez o cavalo seguir de novo descendo a estreita trilha do gado. O cavalo observava as reses avançarem à frente deles em meio à vegetação cerrada e ele ficou alerta.

Eu te falo o que é para fazer, John Grady lhe disse.

Uns cem metros abaixo no outro lado da ravina ele tornou a sentir o cheiro e deteve o cavalo. O cavalo esperou.

Você não ia reconhecer uma vaca morta por mim, ia?, disse.

O cavalo não se moveu. Ele o fez avançar de novo e eles desceram mais uns quatrocentos metros e o cavalo manteve a mesma andadura e não deu mais atenção ao gado distante. Um pouco mais adiante ele deteve o cavalo e farejou o ar. Ficou imóvel. Depois fez uma volta e retomou o caminho percorrido.

Procurou um indício e por fim sentiu o forte cheiro acre e apeou no lusco-fusco e se pôs a olhar a carcaça infestada de moscas de um bezerro novo que havia sido arrastado para o meio de um grupo de arbustos de creosoto em pleno campo aberto. Há duas semanas não chovia e os vestígios do arrasto eram visíveis ao longo dos cascalhos e ele caminhou um bom trecho refazendo o rastro à procura de areia ou terra onde houvesse marcas de pata mas não as encontrou. Retornou e recolheu as rédeas e montou e correu os olhos pelo campo em volta para marcar o lugar e depois seguiu adiante e desceu a ravina.

Ele e Billy estavam diante do bezerro morto e Billy refez o caminho acompanhando os vestígios de arrasto e parou e se pôs a olhar o terreno em volta.

Você olhou longe daqui?, perguntou.

Não muito.

Foi uma coisa forte que arrastou esse bezerro grande.

Acha que foi um puma?

Não. Um puma ia esconder. Ou tentar.

Montaram e tornaram a percorrer a trilha. Perderam o rastro quando chegaram ao terreno rochoso mas tornaram a encontrá-lo. Billy seguiu o rastro nos cascalhos erguendo e abaixando a cabeça de acordo com a luz. Disse que o chão marcado tinha um aspecto diferente e pouco depois John Grady notou a mesma coisa. Fazia um dia frio. Os cavalos estavam refrescados com a manhã e com o tempo e pareciam despreocupados.

Guardas-florestais, Billy disse.

Guardas-florestais.

Detetives.

Da agência de Pinkerton.

O bezerro tinha sido separado do balido e arrastado e morto em pleno campo aberto. Billy apeou e caminhou. Havia sangue nas pedras, que o sol enegrecera.

Acha que foi coiote?, perguntou John Grady.

Acho não.

Que acha que foi?

Sei o que foi.

O quê?

Cão.

Cão?

É.

Nunca vi cão por aqui.

Eu também não. Mas estão aqui.

Nos dias seguintes encontraram mais dois bezerros mortos. Cavalgaram pelo pasto de Cedar Springs e atravessaram a planície aluvial abaixo e cavalgaram pelas escarpas vizinhas e pela chapada que se estendia a leste na direção da velha mina. Encontraram as pegadas dos cães, porém não os viram. Antes do fim de semana encontraram outro bezerro morto no dia anterior.

Havia algumas velhas armadilhas de duas molas Oneida número três em uma prateleira da selaria e Billy as ferveu e engraxou e eles as levaram até o local no dia seguinte e enterraram três delas em volta da carcaça. Cavalgaram antes do amanhecer para inspecionar a armação das armadilhas e quando chegaram elas estavam todas desenterradas e espalhadas no chão. Uma delas nem tinha sido disparada. A própria carcaça não era mais que pele e ossos.

Eu não sabia que cão é inteligente assim, disse John Grady.

Eu também não. Acho que eles é que não sabiam que a gente é bobo assim.

Já armou armadilha para cão antes?

Não.

O que é que você quer fazer?

Billy pegou a armadilha que não havia sido disparada e enfiou a mão embaixo da mandíbula e a disparou com o polegar. Fechou em uma abocanhada com um estalo de metal que ecoou no ar calmo da manhã. Ele cortou os arames e com eles prendeu as argolas e pendurou as armadilhas no arção dianteiro da sela e montou. Olhou para John Grady.

A gente precisa descobrir onde é que eles estão rondando. Devem estar andando a esmo.

Acha que o cão de caça do Travis podia pegar eles?

Billy fitou a luz da manhã que se estendia sobre os rochedos da chapada. Não sei, disse. É uma boa pergunta.

Pegaram um cavalo de carga e transportaram uma merendeira e os *soogans* até a chapada e acamparam. Ficaram sentados bebendo café em uma caneca de latão e observando os carvões formarem centelhas e se agitarem com os sopros do vento. Nos longes da planície abaixo as luzes das cidades tremeluziam em suas grades e a serpentina negra do rio as separava.

Pensei que você tinha que tratar de um outro negócio, Billy disse.

Tenho.

Pensa que pode ficar pra depois.

Espero que sim. Não sei se isso aqui pode.

Me alegra que não tenha esquecido totalmente as tuas raízes.

Não esqueci nada.

Mas está cheio de eu ficar te azucrinando.

É teu direito.

Bebericaram o café. O vento soprava. Cobriram os ombros com a manta.

Você sabe que eu não tenho inveja de você.

Eu nunca disse que tinha.

Sei. Podia pensar. A verdade é que eu não ia te roubar as botas sob a mira de uma arma de fogo.

Eu sei.

Billy acendeu um cigarro com um pedaço de lenha em brasa e tornou a pôr a lenha na fogueira. Fumou. Daqui de cima parece bem melhor do que de lá de baixo, não parece?

É. Parece.

Tem uma porção de coisa que parece melhor de longe.

É?

Eu acho.

Imagino que tem. A vida que a gente viveu, pra começar.

É. Talvez o tanto dela que a gente ainda não viveu também.

Inspecionaram a região no sábado e cavalgaram as terras sob o arco da manhã de domingo e ao meio-dia encontraram um bezerro morto recentemente em um leito seco e cascalhoso de rio na planície aluvial. A mãe estava parada a olhá-lo e eles a afugentaram e ela se afastou berrando e se deteve e olhou para trás.

O velho puma não ia de jeito nenhum desistir do bezerro desse jeito, Billy disse. Aposto que não tem sinal nenhum.

Também aposto que não, disse John Grady.

Você só presta para comer e cagar, não é?, Billy disse para a vaca. A vaca o fitou com os olhos baços.

Você sabe que estão entocados em algum lugar nessas rochas abaixo da borda.

É. Sei disso. Mas ia levar um tempão para tentar percorrer esse lugar e eu com certeza não vou andar por lá.

John Grady olhou para o bezerro morto. Curvou-se e cuspiu. O que quer fazer?

Por que a gente simplesmente não pega as coisas e volta e conta para o Travis e vê o que ele fala?

Está bom. Se ele vier hoje de tarde a gente podia emboscar eles.

Bom, pois ele não vai vir hoje de tarde, te garanto.

Por que não?

Ora, Billy exclamou. O velho não caça de domingo.

John Grady sorriu. E se era o nosso boi que tivesse em apuro?

Ele não ia ligar a mínima se o bando todo tivesse em apuro mais você e eu e o Mac junto.

Quem sabe pode emprestar os cães para a gente.

Não ia fazer isso. De qualquer forma os cães também não caçam de domingo. São cristãos.

Cães cristãos.

É. Criados assim.

Enquanto cavalgavam ao longo da borda superior da planície aluvial ouviram outra vaca berrar e detiveram os cavalos e os aquietaram e examinaram as terras abaixo deles.

Está vendo ela?

Estou. Está lá adiante.

É a mesma?

Não.

Billy se curvou e cuspiu. Bom, disse. Você sabe o que isso significa. Quer descer até lá?

Não vejo para que ia servir.

Partiram atravessando as vastas extensões de arbustos de creosoto do vale na escuridão da madrugada de terça-feira. Archer tinha seis caixas para cães que couberam na carroçaria do caminhão Reo que eles dirigiam e o caminhão seguiu gemendo na primeira marcha e os faróis oscilavam para cima e para baixo em pálidos fulcros amarelos apanhando os cavaleiros que iam à frente no escuro e as formas dos arbustos de creosoto e os olhos vermelhos dos cavalos quando viravam a cabeça ou cruzavam a frente do caminhão. Os cães iam silenciosos nas caixas aos solavancos e os cavaleiros fumavam ou conversavam tranquilamente. Os chapéus inclinados sobre a testa, o colarinho de veludo cotelê dos casacos de brim levantado. Cavalgando devagar pela vasta extensão do vale na dianteira do caminhão.

O caminhão parou em uma cascalheira em forma de leque na

cabeceira do vale e os cavaleiros apearam e largaram as rédeas sobre os cavalos e ajudaram Travis e Archer a descarregar os cães e prendê-los nas grandes trelas de arnês de couro coletivas. Os cães recuaram e saltaram e ganiram e alguns levantavam o focinho e uivaram e os uivos ecoaram para além da beira dos rochedos e retornaram e Travis amarrou o primeiro grupo de cães ao para-choque dianteiro do caminhão onde o vapor de hálito coletivo subia esbranquiçado na luz dos faróis e os cavalos parados adiante no limite das trevas pateavam e bufavam e se curvavam para provar com o nariz os feixes amarelos de luz. Tiraram os cães das caixas conduzindo-os pela coleira no outro lado do caminhão e também os atrelaram e as estrelas ao leste começaram a se apagar uma por uma.

Conduziram os cães que ladravam ao longo da cascalheira e Billy e John Grady cavalgaram adiante deles e foram e voltaram até que localizaram o bezerro morto no leito seco de rio. Fora devorado até os ossos, que estavam espalhados no chão. Os ossos da gaiola torácica estavam voltados para cima na planície de cascalhos como uma enorme planta carnívora ruminando na aurora árida.

Chamaram os homens que conduziam os cães e Travis chamou os outros e eles desceram até o leito seco de rio enquanto os *bluetick* e os sabujos enormes davam estocadas nas trelas e babavam e farejavam o ar. Quando chegaram aos restos do bezerro os cães se detiveram e recuaram e cheiraram o chão e olharam para Travis.

Levem os cavalos para lá, gritou Travis. Vamos dar uma chance para eles.

Começou a soltar os cães e a estugá-los. Rodearam farejando o chão e os cães que Archer vinha trazendo começaram a uivar e ganir e Archer os soltou e eles dispararam pela ravina abaixo.

Travis caminhou até onde Billy estava com o cavalo. Parou para escutar, com as trelas enroladas e jogadas sobre o ombro.

O que é que você acha?, Billy perguntou.

Não sei.

Aposto que não faz tempo que os filhos da puta que mataram o bezerro se foram daqui.

Também aposto que não.

O que é que você acha?

Não sei. Se o Smoke não pega eles então nada vai pegar eles.

É o teu melhor cão?

Não. Mas é o cão para esse serviço.

Por quê?

Porque já caçou cão antes.

O que é que ele pensa disso?

Não falou.

Os cães procuravam aqui e ali na escuridão, retornando e partindo de novo.

Me parece que deixaram esse lugar e tomaram várias direções. Quantos você acha que tiveram aqui?

Não sei. Uns três ou quatro.

Aposto que mais que isso.

Você pode estar certo.

Lá vai ele agora.

Um dos cães havia descoberto o rastro e partira latindo. Os outros saíram velozes de entre os arbustos de creosoto e em poucos segundos os oito sabujos ladravam a plenos pulmões.

Parece que a pista é quente lá naquele terreno seco, disse Travis. Cadê o meu cavalo?

Acho que o JC montou ele.

Sabe para onde estão indo, não sabe?

Acho que lá adiante nas rochas abaixo daquela chapada.

Archer chegou puxando o cavalo de Travis pelas rédeas. Travis montou na sela e olhou em direção a leste. Daqui a pouco vai estar bastante claro para a gente enxergar.

Vai ter uma tremenda de uma briga de cão lá em cima nas rochas.

Se vai. Vamos indo, pessoal.

John Grady e JC estavam sobre os cavalos na cabeceira do leito seco de rio quando Archer, Travis e Billy chegaram.

Cadê o Troy e o Joaquín?

Seguiram.

Vamos.

Estão ouvindo?

O quê?

Escutem.

Do rochedo a oeste da planície aluvial, sobre os ladridos dos sabujos em perseguição chegavam latidos entrecortados, um uivo funesto.

Os filhos da puta estão respondendo, Billy disse.

Vai ver querem tomar parte na caça, retrucou Archer. Os idiotas não sabem que eles são a caça.

Quando atingiram o sopé dos penhascos os sabujos já haviam feito os cães saírem de entre as rochas e eles puderam ouvir a perseguição e em seguida uivos e uma carreira longa através dos seixos e das pedras erodidas. A luz do dia era cinzenta nessa hora e eles trotaram em fileira ao longo da base dos penhascos escarpados, seguindo uma trilha que serpeava entre as pedras caídas. Travis emparelhou o cavalo com John Grady. Esticou o braço e sua mão tocou o pescoço do cavalo e John Grady diminuiu a marcha.

Escuta, disse Travis.

Pararam e aquietaram os cavalos para escutar. Billy cavalgou para o alto.

Preparem os laços, rapazes, gritou Travis.

Conseguem enxergar a corda?

É o que vamos saber logo.

Apertaram o nó dos laços. Nada de correria, disse Travis. Vão aparecer ali a qualquer momento. Deixa eles sair à vontade. Muito cuidado agora. Não vão laçar os nossos cães.

Prepararam os laços e instigaram os cavalos a avançarem.

Laços pequenos, disse Travis. Pequenos. Passam pelo corpo de um como argola em uma garrafa.

Os ladridos dos cães estavam de súbito bem acima deles onde a trilha virava e formava um ângulo atrás de algumas pedras enormes caídas. Viram três vultos saltando de uma pedra para outra. Depois mais dois. John Grady estava cavalgando o cavalo ruço de Watson e ele meteu os tacões nas costelas do cavalo e o cavalo se acachapou e disparou. Billy seguia bem atrás dele.

Os cães de caça saíram das pedras acima deles ladrando a plenos pulmões e John Grady puxou as rédeas para a direita. Tanto ele quanto Billy tinham se alçado sobre a sela em uma tentativa de ver os cães em perseguição. Quando alcançaram a trilha no alto John Grady olhou para trás. Billy vergastava acima e abaixo o pequeno laço da corda. Uns trezentos metros atrás dele entre as pedras vários dos cães mosqueados de Travis vinham no encalço a toda. Ele se debruçou sobre o pescoço do cavalo para mandá-lo avançar e depois tornou a endireitar o corpo para ver. Três cães amarelados iam a galope em fileira à frente na direção de uma extensa cascalheira. Debruçou-se e de novo falou com o cavalo mas o cavalo já os havia visto. Olhou para trás para saber de Billy e quando tornou a olhar para a frente o último cão havia se separado dos outros dois. Fez o cavalo descer o talude e avançou pesadamente sobre o terreno plano atrás do cão.

O laço era tão pequeno que não tinha peso e ele o duplicou e o girou acima da cabeça e depois o recolheu e tornou a duplicá-lo. Ao ver o laço passando veloz e rente pela orelha esquerda, o cavalo abaixou as orelhas e se precipitou desabalado sobre os cães em fuga com a boca aberta como a expressar uma vingança terrível.

O cão não tinha experiência de caça. Não se detinha nem se esquivava mas corria continuamente e John Grady girou o laço e se curvou sobre o arção da sela. Esperava que o cão retrocedesse mas o cão parecia achar que conseguiria deixar o cavalo para trás. A corda enrolada zarpou e o laço foi se estendendo em um movimento giratório. O cavalo ruço atirou a cabeça para trás e firmou as patas dianteiras nos cascalhos e se acachapou e John Grady amarrou a extremidade da corda em torno do arção de couro polido e a corda se retesou em um estalo e o cão foi lançado no ar sem emitir um som. Rodopiou silenciosamente e caiu sobre os calhaus em um baque surdo.

Nesse momento três outros cães começaram a atravessar a planície perseguidos por Travis e Joaquín. Passaram a uns trezentos metros a galope e John Grady golpeou o cavalo ruço com os tacões para fazê-lo avançar e saiu atrás deles com o cão amarelo arrastado na retaguarda e chocando-se contra as pedras e passando entre os arbustos de creosoto preso na ponta da corda de agave de dez metros de comprimento. Outros sabujos e cavaleiros haviam saído de entre as rochas a oeste e cavalgavam alinhados na planície aluvial e ele prosseguiu arrastando o cão e depois deteve o cavalo em um repente e saltou da sela e voltou correndo para tirar a corda que prendia o cão. O cão mancava todo ensanguentado e se prostrou nos cascalhos com a boca aberta e os olhos quase saltando das órbitas. Ele firmou a bota contra o corpo do animal e o libertou do laço e correu de volta para o cavalo que o esperava enrolando a corda no trajeto.

O dia já estava bastante claro e havia quatro cavaleiros na planície à frente dele cavalgando em um ângulo amplo e ele montou e jogou a corda enrolada sobre o ombro e partiu a galope para alcançá-los.

Quando passou por Joaquín o mexicano lhe gritou alguma coisa que não conseguiu entender. Ele açoitou o cavalo com o laço da corda, seguindo Travis e JC e os sabujos de Travis. Quase atropelou um dos cães criminosos que rastejava para se esconder em um arbusto de quenopódio e ele teria passado pelo animal se este não tivesse se desorientado na última hora e se arremessado. Para desviar o cavalo ele o deteve com as rédeas tão repentinamente que quase perdeu o controle de um estribo. Billy se aproximou pelo lado direito e passou por ele e o cão retrocedeu e tentou cruzar na frente do cavalo e ao fazê-lo Billy o atropelou e se curvou e o apanhou com a corda e o cavalo se acachapou e se deteve derrapando em meio a uma nuvem de poeira e o cão foi escorregando e quicou e derrapou e depois se debateu e parou olhando ao redor. Billy volteou o cavalo e derrubou o cão mas este se levantou e começou a correr na ponta da corda. Quando John Grady passou o cão estava de pé e se contorcia e se enroscava na corda mas Billy instigou o cavalo com os tacões e o cão foi arrebatado. Na planície aluvial Joaquín ziguezagueava com o cavalo e berrava e os cães se espalhavam e latiam e lutavam. Travis cavalgou girando o laço e John Grady guiou o cavalo para um lado mas o cão que ele perseguia interceptou a frente do cavalo e de repente surgiu diante dele. Fez o cavalo investir contra o cão, que tentou recuar, mas ele girou o laço e o atirou e guiou o cavalo para a direita. O cão rodopiou no ar e tombou e se levantou para correr e se virou e foi de novo apanhado. John Grady esporeou o cavalo ruço para que avançasse e o cão foi aos trambolhões em um movimento de arco impetuoso e amplo e depois foi sendo arrastado por entre as moitas cerradas e os cascalhos atrás de John Grady.

Ele retornou roçando a corda vazia no chão, recolhendo-a e enrolando-a enquanto cavalgava. Travis e Joaquín e Billy estavam montados nos cavalos parados para recuperar o fôlego. O segundo grupo de sabujos estava agora rastreando os cães pela borda inferior da planície aluvial, perseguindo-os entre os penedos e os seixos e lutando e tornando a persegui-los. Joaquín sorria.

Acho que apanhei todos os teus cães, disse John Grady.

Cão não falta, retrucou Joaquín.

Olha só o JC, Billy disse. Olha ele agora. Parece que está lutando com abelhas.

Quantos desses malditos cães estão por lá?

Não sei. O Archer está lidando com um outro bando lá adiante onde começa aquela cascalheira enorme.

Pegaram algum?

Acho que não. Troy está a pé lá em cima das pedras.

Dois sabujos saíram do chaparral e rodearam e farejaram o chão e se detiveram indecisos.

Ei, gritou Travis. Vão atrás deles.

Bom, parceiro, se o teu cavalo não arreou completamente por que que a gente não desce até lá onde está a diversão?

Billy instigou o cavalo a avançar com os tacões. Não precisa me esperar, disse.

Vão vocês todos, disse Travis. Alcanço vocês.

Caçadores de cão, Billy gritou. Sabia que ia acabar nisso.

Joaquín sorriu e pôs o cavalo a galope e ergueu um punho cerrado acima da cabeça. *Adelante, muchachos*, berrou.

Perreros.

Tonteros.

Travis os observou partir. Meneou a cabeça e se curvou e cuspiu e volteou o cavalo para seguir na direção do lugar em que vira Archer na última vez.

No ponto a que chegaram vindos da pastagem deserta havia rochas enormes caídas da chapada acima e eles subiram o talude contornando as rochas até que John Grady deteve o cavalo e ergueu a mão. Pararam para escutar. John Grady continuou na sela e examinou o talude acima deles. Billy se aproximou.

Acho que estão indo para o topo da chapada.

Também acho.

Conseguem chegar lá?

Não sei. Talvez. Parece que eles acham que sim.

Dá para ver eles?

Não. Tinha um filho da puta amarelo enorme e um outro malhado. Deve ter uns três ou quatro deles.

Vai ver escaparam dos cães de caça, não?

É o que parece.

Tem um jeito da gente chegar lá?

Acho que sei de um jeito.

Billy voltou os olhos semicerrados para as escarpas do rochedo. Curvou-se e cuspiu. Não é uma boa coisa levar um cavalo a meio caminho daquela plataforma e não poder ir para lado nenhum.

Não é mesmo.

Depois não sei se a gente ia pegar aquelas pestes sem os cães. E você?

A gente só tem que chegar lá em cima antes que eles vão embora. Lá em cima é um campo bastante aberto.

Bom, então segue na frente.

Tá bom.

Mas a gente não precisa correr.

Tá bom.

O importante é vencer o terreno à frente. A gente não tem que se arriscar aqui em cima.

Tá bom.

Ele seguiu John Grady de volta ao caminho pelo qual vieram e cavalgaram cerca de oitocentos metros e depois contornaram o leito seco de rio. O caminho foi se tornando íngreme, a trilha mais estreita. Apearam e guiaram os cavalos. Percorreram trechos de solo cinzentos cobertos com os resíduos de antigos acampamentos acumulados pela ação das águas do arroio que carregaram fragmentos de ossos e cerâmica e passaram sob os pictogramas nas bordas dos penedos que consistiam em imagens de caçadores e xamãs e fogueiras e carneiros do deserto, todos eles gravados na rocha há mais de mil anos. Passaram sob um grupo de dançarinos de mãos dadas como figuras de papel recortadas com tesouras por crianças e reproduzidas por meio de estêncil na pedra. Sob o bojo do rochedo havia uma saliência semelhante a uma prateleira e eles se viraram e olharam abaixo para a planície aluvial e para o deserto. Troy cavalgava na direção de Travis e JC e Archer e eles estavam rumando para o caminhão com a maioria dos cães a reboque. Não conseguiam avistar Joaquín em qualquer parte. Na distância viam a rodovia por uma brecha nas colinas baixas a uns vinte e cinco quilômetros. Os cavalos resfolegavam.

Para onde agora, caubói?, Billy perguntou.

John Grady indicou com um sinal de cabeça o terreno acima deles e continuou guiando o cavalo.

A saliência no rochedo se afunilava no alto em uma fenda na camada da rocha e eles guiaram os cavalos por uma passagem tão estreita que o cavalo de Billy empacou e se recusou a prosseguir. Recuou e puxou bruscamente a brida e se deslocou perigosamente na piçarra. Billy examinou a passagem estreita. As paredes escarpadas da rocha se elevavam pelo céu azul adentro.

Mano, tem mesmo certeza disso?

John Grady soltou as rédeas do cavalo ruço e tirou o casaco e retornou até onde Billy estava.

Pega o meu cavalo, disse.

Quê?

Pega o meu cavalo. Ou o do Watson. Ele esteve aqui antes.

Tomou as rédeas de Billy e acalmou o cavalo e amarrou as mangas do casaco sobre os olhos do cavalo, encostando o corpo inteiro contra o animal. Billy subiu com dificuldade até onde estava o cavalo ruço e pegou as rédeas e o guiou por entre as rochas, o cavalo pisando desordenadamente na piçarra, os cascalhos soltos se desprendendo da rocha com um tinido. No alto da passagem estreita os cavalos investiram e escalaram com dificuldade e atingiram a chapada e continuaram a tremer e resfolegar. John Grady retirou o casaco da cabeça do cavalo e o cavalo bufou e olhou em volta. Três dos cães iam a galope a mais ou menos um quilômetro e meio na chapada e olhavam para trás.

Quer montar esse cavalo bom?, perguntou John Grady.

Deixa eu montar.

Bem, lá vão eles.

Dispararam pelo chapadão aberto girando as cordas e emitindo berros, abaixando-se na sela, cavalgando emparelhados. Vencido mais de um quilômetro reduziram à metade a liderança dos cães. Os cães se mantiveram no centro da chapada que ia se abrindo à frente deles. Se se mantivessem à margem da chapada teriam encontrado um lugar para tornar a descer, onde os cavalos não teriam condições de seguir, mas pareciam achar que poderiam deixar para trás qualquer coisa capaz de perseguir e continuaram a correr, dois deles lado a lado e o terceiro atrás, as longas sombras dos cães ao sol a escorrer intermitentemente sobre as ralas ervas cinza-amareladas do chapadão.

Billy os alcançou com o cavalo ruço antes de eles se apartarem e se debruçou e laçou o último cão. Nem mesmo retesou a corda, apenas a enrolou duas vezes em torno do pulso e deu um puxão e derrubou o cão e continuou a cavalgar arrastando-o atrás do cavalo com a corda em uma mão.

Tornou a alcançar os cães e os ultrapassou de modo a ficar na dianteira. Os cães em carreira ergueram o olhar, os olhos perdidos, a língua pendendo. O companheiro morto vinha rolando ao lado deles na ponta da corda. Billy olhou para trás e puxou as rédeas guiando o cavalo para a direita e arrastou o cão morto na frente deles e cavalgou formando um longo arco veloz. John Grady vinha a galope na chapada e Billy deteve o cavalo ruço em uma série de saltos e pulou da sela e retirou o laço do cão e o refez enquanto corria e tornou a montar.

Investiu contra os cães e jogou o laço em torno do pescoço do amarelo que ia à frente. O cão pintalgado foi parar quase debaixo das pernas do cavalo e rumou para a borda. O cão amarelo rolou e ricocheteou e tornou a se levantar e continuou a correr com o laço no pescoço. John Grady vinha a galope atrás de Billy e lançou a corda e apanhou as patas do cão amarelo e enrolou a ponta da corda duplicada no cavalo e amarrou. A corda de Billy sibilou ao arrastar no chão e parou, e o enorme cão amarelo de repente se levantou do chão em um voo impetuoso retesando as duas cordas, que emitiram um único e breve som surdo e então o cão estourou.

Não fazia uma hora que o sol nascera e na luz que incidia lateralmente sobre a chapada o sangue que jorrou no ar diante deles era tão reluzente e inesperado quanto uma aparição. Algo evocado do nada e totalmente inexplicável. Na cabeça do cão subiu remoinhando, as cordas coicearam no ar, o corpo do cão bateu no chão com um baque surdo.

Maldição!, Billy exclamou.

Soou um longo berro à distância na chapada. Joaquín cavalgava na direção deles com três dos *blueticks*. Vira-os dominar o cão pela cabeça e pelas patas e agitava o chapéu às gargalhadas. Os sabujos galopavam ao lado do cavalo. Eles ainda não tinham visto o cão pintalgado que corria para a borda da chapada.

Ayeee muchachos, gritou Joaquín. Berrava e ria e se curvava e brandia o chapéu para os cães que seguiam no encalço.

Droga!, Billy exclamou. Eu não sabia que você ia fazer isso.

Eu também não.

Filho da puta. Puxou a corda contra si, enrolando-a à medida que a puxava. John Grady conduziu o cavalo até o trecho de relva ensanguentada onde jazia o corpo acéfalo do cão e apeou e retirou a corda do traseiro do animal e tornou a montar. Os sabujos rodearam a carcaça e farejaram o sangue com os pelos eriçados. Um deles rodeou o cavalo de John Grady e depois recuou e se pôs a latir para ele mas ele não lhe deu atenção. Ele enrolou a corda e se voltou e fincou os tacões nos flancos do cavalo e partiu atravessando a chapada atrás do cão que restava. Joaquín também tinha avistado o cão e saíra atrás, açoitando o cavalo com a corda duplicada e berrando para os cães. Billy os observou se afastarem. Enrolou a corda e a amarrou e limpou as mãos sujas de sangue na perna da calça e se pôs a observar a corrida ao longo da borda da chapada. O cão pintalgado parecia não encontrar uma maneira de descer do chapadão e dava a impressão de estar cansado de correr ao longo da borda. Quando ouviu o ladrido dos sabujos ele dirigiu-se novamente para o meio da chapada e passou por trás de Joaquín e Joaquín volteou o cavalo e ultrapassou o animal em uma corrida rasa e o laçou depois de correr cerca de um quilômetro. Billy rumou para a borda dos rochedos e apeou e acendeu um cigarro e ficou observando as terras ao sul.

Eles voltaram com os sabujos seguindo os cavalos através da chapada. Joaquín arrastava nas ervas o cão morto preso na ponta da corda. O cão estava ensanguentado e quase em carne viva e os olhos vidrados e a língua que pendia estava cheia de capim e palhiço. Cavalgaram até a borda dos rochedos e Joaquín apeou e retirou a corda do cão morto.

Tem filhotes em algum lugar por aqui, disse.

Billy se aproximou e ficou olhando para o animal. Era uma cadela com as tetas inchadas. Afastou-se e pegou o cavalo e montou e olhou para John Grady.

Vamos voltar pelo caminho mais longo. Me dá nos nervos rastejar naquelas pedras.

John Grady tirara o chapéu e o pusera no arção dianteiro da sela. Havia filetes de sangue no rosto e havia sangue na camisa. Passou a manga da camisa na testa e pegou o chapéu e o pôs de novo. Para mim está bem, disse. Joaquín?

Claro, respondeu Joaquín. Olhou para o sol. A gente vai chegar na hora da janta.

Acha que a gente pegou todos eles?

Difícil dizer.

Eu diria que a gente tirou o hábito de uns deles.

Eu diria a mesma coisa.

Quantos cães do Archer vieram com você?

Três.

Bom, só tem dois aqui.

Viraram-se na sela e inspecionaram a chapada.

Para onde será que ele foi?

Não sei, disse Joaquín.

Pode ter descido por aquele lado de lá adiante.

Joaquín se curvou e cuspiu e volteou o cavalo. Vamos, disse. Ele pode estar em qualquer lugar. Tem sempre um que não quer voltar para casa.

Ainda estava escuro de manhã quando John Grady o acordou. Ele resmungou e se virou e cobriu a cabeça com o travesseiro.

Acorda, caubói.

Mas que hora é?

Cinco e meia.

Que é que te deu?

Não quer ir ver se a gente encontra aqueles cães?

Cães? Que cães? Do que é que você está falando?

Dos filhotes.

Merda!, Billy exclamou.

John Grady ficou parado na entrada e apoiou uma bota contra o batente da porta. Billy?, disse.

Mas que saco.

A gente podia ir até lá e dar uma boa olhada.

Ele se virou e olhou para John Grady à porta parado de lado no escuro. Você está me deixando completamente doido, disse.

É só procurar a trilha. Te garanto que a gente encontra eles.

Não vai encontrar eles.

A gente pode levar dois cães do Travis.

O Travis não vai emprestar. A gente já passou por isso.

Eu sei onde fica a toca.

Por que é que você não me deixa dormir?

A gente ia estar de volta na hora da janta. Te garanto.

Te imploro, mano, me deixa em paz. Te imploro. Não quero ser obrigado a te meter uma bala. O Mac não ia me perdoar nunca.

Onde foi que os cães atacaram na primeira vez bem abaixo daquela enorme cascalheira? Aposto que a gente passou uns cem metros da toca. Você sabe que eles estão naqueles rochedos.

Partiram carregando de través no arção da sela uma pá de cabo comprido, um enxadão, um pé de cabra de um metro e vinte centímetros. Socorro aparecera à porta de roupão e papelotes quando eles procuravam algo para comer e os mandou se sentar à mesa enquanto cozinhava ovos e linguiças e fazia café. Embrulhou o lanche enquanto comiam.

Billy olhou pela janela os cavalos que esperavam selados em frente à porta da cozinha. Vamos comer e partir, disse. E não conta para ela aonde a gente está indo.

Tá bom.

Não quero ouvir um sermão.

Atravessaram o pasto de Valenciana antes do nascer do sol e passaram pelo velho poço. As reses abriam caminho à frente deles na meia-luz cinzenta. Billy cavalgava com a pá no ombro. Vou te falar uma coisa, disse.

O quê?

Tem lugar lá em cima nos rochedos que se eles estiverem entocados pode ter certeza que não vai conseguir tirar eles de lá.

É. Eu sei.

Quando alcançaram a trilha ao longo da borda oeste da planície aluvial o sol estava atrás da chapada e a luz que incidia sobre a planície atingia as rochas acima deles de modo que cavalgavam as sobras da noite sob um azul profundo imerso no novo dia que baixava lentamente à volta deles. Cavalgaram até a extremidade superior e retornaram devagar, Billy à frente examinando o chão dos dois lados do cavalo, debruçando-se com o antebraço apoiado na cernelha do animal.

Você é rastreador?, perguntou John Grady.

Sou um rastreador tonto. Sei rastrear passarinho que voa baixo.

O que é que está vendo?

Nada de nada.

O sol incidiu sobre as rochas e sobre o solo irregular em direção a eles. Pararam os cavalos.

Estão seguindo essas trilhas das vacas, Billy disse. Ou seguiram. Não acho que estão entocados todos juntos. Acho que tem dois bandos separados.

Pode ser.

Tem algum lugar estreito como esse mais para diante?

Há?

Tem pelo de cão em tudo que é rocha. Vamos só circular por aqui e ficar de olhos abertos.

Voltaram para a parte de cima do vale perto da escarpa entre os penedos e os seixos. Circundaram as rochas e examinaram o solo. Fazia semanas que não chovia e qualquer possível pegada de cão deixada nas trilhas argilosas abaixo deles havia sido pisada e repisada pelas reses e em solo seco os cães não deixavam pegada alguma.

Vamos voltar ali para cima, Billy disse.

Cavalgaram ao longo do talude de cima perto da base das penhas. Atravessaram a cascalheira e cavalgaram abaixo dos antigos xamãs e arcanos inscritos naquelas tábuas de tamanho gigantesco.

Já sei onde estão, Billy disse.

Volteou o cavalo na trilha estreita e desceu por entre as rochas. John Grady o seguiu. Billy deteve o cavalo e soltou as rédeas e saltou. Caminhou por uma estreita passagem nas rochas e depois voltou e apontou para baixo do monte.

Vicram para cá por três lados, disse. As vacas lá embaixo subiram até as rochas mas não conseguem passar. Está vendo aquele capim alto?

Estou.

Está alto porque as vacas não conseguiram subir para comer.

John Grady apeou e o seguiu por entre as rochas. Subiram e desceram e examinaram o solo. Os cavalos observavam.

Vamos sentar um pouco, Billy disse.

Sentaram-se. Fazia frio entre as rochas. O chão estava frio. Billy fumou.

Estou ouvindo eles, disse John Grady.

Eu também.

Levantaram-se e ficaram ouvindo. Os vagidos pararam. Depois recomeçaram.

A toca ficava em uma quina das rochas e estava no fundo embaixo de uma pedra. Deitaram-se de bruços no capim e escutaram.

Sinto o cheiro deles, Billy disse.

Eu também.

Ficaram ouvindo.

Como é que a gente vai tirar eles de lá?

Billy olhou para ele. Não vai, respondeu.

Quem sabe saem.

Pra quê?

A gente pode trazer leite e pôr aqui para eles.

Não acho que vão sair. Ouve só como são novinhos. Aposto que ainda estão de olho fechado. O que é que você quer com eles afinal de contas?, perguntou.

Não sei. Não queria deixar eles lá.

A gente podia tentar trazer eles para fora. Pegar um *ocotillo* bastante comprido.

John Grady se pôs a espiar na escuridão embaixo da rocha. Me dá o teu cigarro, disse.

Billy o passou.

Tem uma outra entrada, disse John Grady. Um ar vindo de lá. Está vendo a fumaça?

Billy esticou a mão e pegou o cigarro. É, disse. Mas a toca ainda fica embaixo da rocha e a rocha é do tamanho da cozinha do Mac.

Um menino consegue rastejar aqui embaixo.

E onde é que você vai arranjar um menino? E se ele ficar entalado?

A gente amarra uma corda nas pernas dele.

Vão amarrar uma corda mas é no teu pescoço se acontecer alguma coisa com ele. Me passa o teu canivete.

John Grady lhe passou o canivete e ele se levantou e se foi e pouco depois voltou com um galho de *ocotillo*. Tinha bem uns três metros de comprimento e ele se sentou e podou os espinhos uns sessenta centímetros da parte inferior para poder segurá-lo e depois os dois se deitaram e na meia hora seguinte se revezaram na manipulação do galho dentro da brecha girando-o em uma tentativa de prender os pelos dos filhotes nos espinhos.

A gente nem sabe se o comprimento serve, Billy disse.

Eu acho que o problema é que o buraco é largo demais lá no fundo. A gente tem que fazer a ponta passar por baixo deles para conseguir alguma coisa e isso é uma questão de sorte.

Faz tempo que não escuto eles chorar.

Devem ter se mexido para um canto ou coisa assim.

Billy se sentou e tirou o *ocotillo* da brecha e examinou a ponta.

Tem algum pelo?

Tem. Um pouco. Mas acho que pelo é que não falta lá dentro.

Quanto você acha que essa rocha pesa?

Ah não!, Billy exclamou.

A gente só tem que tombar ela.

Aposto que essa bosta de rocha pesa cinco toneladas. Como é que vai tombar ela?

Não acho que ia ser tão difícil assim.

E para que lado você ia tombar?

Podia tombar para este lado.

Mas aí ia ficar em cima do buraco.

Que que tem? Os filhotes estão lá no fundo.

Por que que você é tão cabeça-dura? Não dá para trazer os cavalos aqui, e se desse eles iam puxar a porcaria dessa rocha para cima deles mesmos.

Não precisa deles aqui. Podiam ficar fora daqui.

As cordas não chegam.

Chegam se a gente amarrar uma ponta na outra.

Mesmo assim. Ia precisar de quase uma corda só para passar em volta da rocha.

Eu acho que consigo fazer chegar.

Tem um esticador de corda no teu alforje? De qualquer jeito dois cavalos não tombam essa rocha.

Com uma alavanca tombam.

Cabeça-dura, Billy disse. Acho que essa é a maior tonteira que eu já ouvi na minha vida.

Tem umas árvores novas de bom tamanho na parte de cima do leito seco de rio. Se a gente corta uma com o enxadão pode usar ela como alavanca. Depois a gente amarra a corda na ponta dela e aí não precisa amarrar ela em volta da rocha. A gente ia matar dois coelhos com uma cajadada só.

Mais provável que dois cavalos e dois caubóis.

A gente devia ter trazido um machado.

Me diz quando estiver pronto para voltar. Vou ver se tiro uma soneca.

Tá bom.

John Grady cavalgou até o leito seco de rio com o enxadão de través na sela diante dele. Billy esticou o corpo e cruzou as pernas, uma bota em cima da outra, e cobriu o rosto com o chapéu. A bacia estava em silêncio total. Sem vento, sem ave. Sem mugido de reses. Tinha quase adormecido quando ouviu o primeiro golpe surdo da lâmina do enxadão. Sorriu no escuro da copa do chapéu e adormeceu.

Na volta John Grady veio arrastando atrás do cavalo um choupo novo que ele cortara e podara. Tinha cerca de cinco metros e meio de comprimento e coisa de quinze centímetros de diâmetro na base e estando suspenso pela corda amarrada no arção dianteiro da sela pesava a ponto de distender a sela. Ele cavalgava semierguido sobre o estribo da direita com a perna esquerda sobre o tronco da árvore e o cavalo pisava em cascas de ovo. Quando chegou às rochas ele apeou e desamarrou a corda e baixou o tronco no chão e caminhou e deu um chute na sola da bota de Billy.

Acorda pra mijar, disse. O mundo está pegando fogo.

Pois que a merda do mundo queime.

Vem cá me dar uma mão.

Billy afastou o chapéu do rosto com um empurrão e olhou para cima. Tá bom, disse.

Amarraram a corda de John Grady na extremidade do tronco e o levantaram atrás da pedra e erigiram um monte de pedras para servir de escora entre a base dela e a saliência da rocha seguinte no alto do talude. Depois John Grady uniu as extremidades das duas *reatas* com um entrançamento e fez um amplo laço em forma de forquilha na ponta da corda de Billy que permitiria laçadas para os dois arções. Emparelharam os cavalos e colocaram os laços nos arções e olharam para a corda abaulada que partia da extremidade do tronco e se entreolharam e depois voltearam os cavalos e os guiaram para a frente puxando-os pelo arreio. A corda se retesou. O tronco se arqueou. Mandaram os cavalos avançar e os cavalos forcejaram. Olharam para a corda no alto. Se essa droga rebentar, disse, a gente vai caçar é uma cova.

O tronco oscilou de repente para um lado e depois parou e ficou trepidando.

Bosta!, Billy exclamou.

Sei. Se escapar dali a gente vai caçar mais de uma cova.

A gente vai caçar um agente funerário.

O que quer fazer?

O espetáculo é teu, caubói.

John Grady caminhou e inspecionou o tronco e voltou. Vamos levar os cavalos um pouco mais para a esquerda, disse.

Tá bom.

Fizeram os cavalos avançar. A corda se esticou e começou a desenrolar devagar no eixo. Olharam para a corda e olharam para os cavalos. Olharam um para o outro. Depois a pedra se mexeu. Começou aos poucos a se erguer do lugar em que repousara por milhares de anos e pendeu e titubeou e tombou para a frente sobre a pequena gruta com um baque surdo que eles sentiram através das solas das botas. O tronco chocou com estrondo nas rochas, os cavalos recobraram o equilíbrio e pararam.

Puta merda!, Billy exclamou.

Puseram-se a cavar a terra escalvada e escura que a pedra desocupara e depois de vinte minutos descobriram a toca. Os filhotes se comprimiam amontoados no fundo. John Grady se deitou de bruços e esticou o braço e retirou um deles e o ergueu na luz. Mal lhe ocupava a palma da mão e era gorducho e virava o pequeno focinho de um lado para outro e choramingava e piscava os olhos azuis-claros.

Segura ele.

Quantos mais tem?

Não sei.

Tornou a correr o braço na brecha e o esticou para o fundo e retirou outro. Billy ficou sentado juntando os cães na dobra dos joelhos à medida que eram retirados. Havia quatro deles. Aposto que esses merdinhas estão com fome, disse. Não tem mais nenhum?

John Grady estava com o rosto na terra. Acho que não, respondeu.

Os cães tentavam se esconder embaixo do joelho de Billy. Ele ergueu um pelo pequeno cangote. Pendeu como uma meia, lançando um olhar triste para o mundo com os olhos úmidos.

Escuta um pouco, disse John Grady.

Puseram-se a escutar.

Tem outro.

Correu o braço na brecha e tateou na escuridão abaixo deles. Fechou os olhos. Peguei, disse.

O cão que ele retirou estava morto.

O teu nanico ainda está lá.

O cãozinho estava enrodilhado e rijo, as patas na frente do focinho. Colocou-o no chão e empurrou o ombro mais para dentro da brecha.

Não encontrou?

Não.

Billy se levantou. Deixa eu tentar, disse. O meu braço é mais comprido que o teu.

Tá bom.

Billy se deitou no chão e enfiou o braço na brecha. Vem cá, seu bostinha.

Pegou ele?

Peguei. E acho que o danadinho está querendo me morder.

O cão saiu da toca choramingando e se torcendo na mão de Billy.

Nanico ele não é, disse.

Deixa eu ver.

É gordo feito bola.

John Grady pegou o cãozinho e o segurou na mão em concha.

Que será que ele estava fazendo lá no fundo sozinho?

Vai ver estava com o outro que morreu.

John Grady ergueu o cão e examinou a carinha enrugada. Acho que ganhei um cachorro, disse.

Trabalhou todo o mês de dezembro na casa de adobe. Transportava ferramentas no lombo do cavalo pela trilha de Bell Springs e deixava um enxadão e uma pá na margem da estrada e trabalhava no leito da estrada à tarde quando estava fresco, tapando sulcos e cortando mato e cavando fosso e enchendo valas e se acocorando e examinando o terreno para saber de que modo a água correria. Em três semanas removeu e queimou a maior parte do entulho e pintou o fogão e consertou o telhado e pela primeira vez dirigiu o caminhão pela estrada velha até o casebre carregando na carroçaria as novas chaminés de metal laminado azul para o fogão e as latas de tinta e cal e as novas prateleiras de pinho para a cozinha.

No depósito de material de segunda mão na Alameda ele subiu e desceu os corredores entre as pilhas de velhos caixilhos de janela com uma fita métrica de aço na mão e mediu altura e largura e comparou as medidas com as que tinha anotado no caderninho no bolso da camisa. Arrastou para o corredor as janelas que queria e pegou o caminhão e o levou de ré até a porta e ele e o homem do depósito puseram as janelas no caminhão. O homem lhe vendeu alguns vidros de janela para substituir os quebrados e lhe mostrou como marcá-los e cortá-los com um cortador de vidro e depois lhe deu o cortador de vidro.

Comprou uma velha mesa de cozinha menonita feita de madeira de pinho e o homem o ajudou a carregá-la e pô-la na carroçaria do caminhão e o homem lhe disse para tirar a gaveta e colocá-la de pé na carroçaria.

Na hora de fazer uma curva ela pode cair.

Sim senhor.

Pode cair pela borda.

Sim senhor.

E pega o vidro e põe ele na cabina junto com você se não vai quebrar.

Tá bom.

Até mais.

Sim senhor.

Trabalhava noites e noites até tarde e ele chegava e desencilhava o cavalo e o escovava na penumbra da estrebaria do celeiro e caminhava até a cozinha e pegava o jantar da estufa e se sentava e comia sozinho à mesa na luz sombria do lampião e ouvia a regularidade infalível do relógio antigo no corredor e o silêncio antigo do deserto nas trevas. Havia momentos em que adormecia na cadeira e acordava surpreendido com a hora e se levantava cambaleando e atravessava o pátio na direção do celeiro e pegava o filhote e o colocava na caixa no chão ao lado do beliche e se deitava de bruços com o braço estirado fora do colchão e a mão sobre a caixa para que o filhote não chorasse e depois adormecia vestido.

O Natal chegou e passou. Na tarde do primeiro domingo de janeiro Billy cavalgou e atravessou o regato e gritou um ô-de-casa e apeou. John Grady saiu à porta.

O que está fazendo?, Billy perguntou.

Pintando a janela.

Billy aprovou com a cabeça. Olhou em volta. Não vai me convidar para entrar?

John Grady esfregou o nariz na manga da camisa. Segurava um pincel em uma mão e as mãos estavam azuis. Achei que não precisava, respondeu. Entra.

Billy entrou e parou. Tirou um cigarro do bolso e o acendeu e olhou em volta. Foi até o outro cômodo e voltou. As paredes de tijolos de adobe tinham sido caiadas e o interior do casebre estava luminoso e monasticamente austero. O chão de barro tinha sido varrido e queimado e John Grady o tinha batido com um malho improvisado feito com um mourão e um pedaço de tábua pregado na base.

O lugar não parece tão mal. Está pensando em arrumar um santo para pôr naquele canto?

Pode ser.

Billy concordou com a cabeça.

Aceito todo tipo de ajuda, disse John Grady.

Sei, Billy disse. Olhou para o azul vivo dos caixilhos das janelas. Não tinha outro tipo de azul?

Me disseram que esse era o azul que tinham.

Está pensando em pintar a porta da mesma cor?

Estou.

Tem outro pincel?

Hum-hum. Tenho.

Billy tirou o chapéu e o pendurou em um dos ganchos junto da porta. Bom, disse. Cadê?

John Grady entornou a tinta da lata em uma lata vazia e Billy se agachou sobre um joelho e mexeu a tinta com o pincel. Passou cuidadosamente o pincel chato sobre a borda da lata e pintou uma faixa de azul vivo no centro do batente da porta. Espiou por cima do ombro.

Para que é que você tem um pincel sobrando?

Para o caso de um bobo aparecer querendo pintar, eu acho.

Acabaram antes de anoitecer. Um vento frio soprava da bocaina das Jarillas. Pararam junto do caminhão e Billy fumou e eles observaram a bola de fogo imergir nas trevas acima das montanhas a oeste.

Vai fazer bastante frio aqui no inverno, companheiro, Billy disse.

Eu sei.

Frio e solitário.

Solitário não vai ser.

Quero dizer para ela.

Mac disse que ela pode ir trabalhar com a Socorro quando ela quiser.

Ah, isso é bom. Não acho que vai ter muita cadeira sobrando na mesa nos dias de inverno.

John Grady sorriu. Acho que você está certo.

Tem visto ela?

Faz um tempo que não.

Quanto tempo?

Não sei. Três semanas.

Billy meneou a cabeça.

Ela ainda está lá, disse John Grady.

Você confia muito nela.

É, confio.

O que é que você acha que vai acontecer quando ela e a Socorro começarem a trocar ideia?

Ela não conta tudo o que sabe.

Ela ou a Socorro?

As duas.

Tomara que você esteja certo.

Não vão botar ela pra correr, Billy. Ela tem consistência por trás da aparência bonita.

Billy lançou o cigarro no pátio com um piparote. É melhor a gente ir voltando.

Pode pegar o caminhão se quiser.

Não precisa não.

Pega. Eu monto a velha isca de corvo que é o teu cavalo.

Billy concordou com a cabeça. Galopa ele vendado pela mata para me ultrapassar. Deixa ele ser picado por cobra e sei lá eu o que mais.

Vai. Vou seguindo atrás do caminhão.

Um cavalo como esse gosta de uma mão especial para cavalgar ele de noite.

Aposto que sim.

Um cavaleiro que inspira confiança em um animal.

John Grady sorriu e meneou a cabeça.

Um cavaleiro acostumado com os hábitos e as necessidades do cavalo noturno. Cavalga devagar o leito da estrada. Cavalga da esquerda para a direita. Canta para o farejador. Não acende fósforo.

Já sei.

O teu avô costumava contar como é que é seguir a trilha?

Um pouco. Sim.

Você acha que alguma vez vai voltar para aquelas terras?

Duvido.

Você vai. Um dia desses. Ou digo que vai. Se estiver vivo.

Quer guiar o caminhão de volta?

Nã. Vai em frente. Eu chego lá.

Tá bom.

Não vai comer a minha sobremesa.

Tá bom. Gostei que você veio.

Não tinha nada para fazer.

Bom.

Ou então tinha feito.

Eu te vejo na casa.

Te vejo na casa.

Josefina estava parada na porta observando. No quarto a criada se virou, a mão sustentando o peso do cabelo preto da moça para que ela o visse.

Bueno, disse Josefina. *Muy bonita.*

A criada esboçou um sorriso, a boca cheia de grampos de cabelo. Josefina olhou para trás no corredor e depois se encostou contra a porta. *Él viene*, sussurrou. Em seguida se virou e se afastou no corredor andando compassadamente e sem fazer ruído. A criada girou com rapidez o corpo da moça e a inspecionou e lhe tocou o cabelo e recuou. Passou o polegar ao longo dos lábios reunindo os grampos. *Eres la china poblana perfecta*, disse. *Perfecta.*

Es bella la china poblana?, a moça perguntou.

A criada arqueou as sobrancelhas, surpresa. A pálpebra enrugada bateu sobre o olho cego mortiço. *Sí*, disse. *Sí. Por supuesto. Todo el mundo lo sabe.*

Eduardo parou à porta. A criada olhou nos olhos da moça e se virou. Ele contraiu o queixo bruscamente na direção da criada e ela foi até a cômoda e deixou a escova de cabelo e pôs os grampos em uma salva de porcelana e passou por ele e saiu.

Ele entrou e fechou a porta atrás de si. A moça ficou imóvel no meio do quarto.

Voltéate, ele disse. Girou o dedo indicador.

Ela girou o corpo.

Ven aquí.

Ela se aproximou lentamente e ficou parada. Ele lhe colheu o queixo na palma da mão e lhe ergueu o rosto e olhou dentro dos olhos pintados. Quando ela tornou a baixar o rosto ele enfiou a mão entre os cabelos recolhidos na nuca e lhe puxou a cabeça para trás. Ela ergueu os olhos na direção do teto. O pescoço pálido exposto. O sangue pulsando visível nas artérias espessas nos dois lados do pescoço e a leve contração espasmódica no canto da boca. Ele lhe disse que olhasse para ele e ela o fez mas parecia poder tornar opacos os olhos pretos e velados. De modo que a visível profundidade deles se perdeu ou se ocultou. De modo que esconderam o mundo interior. Ele tornou a lhe puxar o cabelo e a macia pele se retesou sobre os ossos da face e os olhos se alargaram. Ele tornou a exigir que olhasse para ele mas a moça já estava olhando para ele e não respondeu.

A quién le rezas?, perguntou ele entre os dentes.

A Dios.

Quién responde?

Nadie.

Nadie, repetiu ele.

Naquela noite ela sentiu o frio pneuma lhe acometer enquanto estava deitada nua na cama. Ela se virou e rogou ao cliente em pé no quarto.

Estou me apressando o máximo que posso, disse ele.

Quando enfim se deitou na cama ao lado da moça ela estava chorando e enrijecida e os olhos estavam brancos. Na meia-luz não conseguia vê-la mas ele lhe tocou o corpo e sentiu que estava curvada e tremia sob a palma de sua mão e estava tensa como couro de tambor. Sentiu o tremor dela como o zumbido de uma corrente que lhe percorria os ossos.

O que é?, perguntou ele. O que é?

Saiu no corredor semivestido e pondo o resto da roupa. Tiburcio surgiu do nada. Empurrou o homem de lado e se ajoelhou na cama da moça e desafivelou o cinto e o tirou puxando-o às pressas ao redor da cintura e o pegou e dobrou e agarrou o queixo da moça e forçou o couro entre os dentes dela. O cliente observava parado à porta. Eu não fiz nada, disse. Nem cheguei a pôr a mão nela.

Tiburcio se levantou e caminhou até a porta a passos largos.

De repente ela ficou desse jeito, disse o cliente.

Não conta para ninguém, disse Tiburcio. Está me entendendo?

Está certo, companheiro. Deixa só eu pegar os meus sapatos.

O alcahuete fechou a porta atrás de si. A moça respirava com estridência através do cinto. Ele se sentou e puxou as cobertas sobre ela. Examinou-a sem expressão. Debruçou-se ligeiramente sobre ela com o traje de seda preto. O falso sussurro macio produzido pelo tecido. Um *voyeur* mórbido, um agente funerário. Um íncubo de propensão incerta ou talvez apenas um dândi soturno que chegara das ruas de néon por acaso e que imitava imperfeitamente com as mãos delgadas e pálidas as aplicações das artes de cura que ele vira ou ouvira falar ou como as imaginava ser. Quem é você?, perguntou. Você é ninguém.

Quando saiu na varanda e deixou a porta de tela bater atrás de si o senhor Johnson estava sentado na beirada da varanda com os cotovelos apoiados nos joelhos contemplando o pôr do sol em fogo intenso sobre as Franklins a oeste. Bandos distantes de gansos se moviam na jornada rio abaixo. Não pareciam mais do que fragmentos de uma linha contra o vermelho berrante do céu e estavam longe demais para ser ouvidos.

Aonde está indo?, perguntou o velho.

John Grady caminhou até a beirada da varanda e parou palitando os dentes e olhando para o outro lado do campo. O que é que faz o senhor pensar que eu estou indo para algum lugar?

O cabelo penteado para trás como rato-calunga. As botas.

Sentou-se nas pranchas do piso ao lado do velho. Vou para a cidade, disse.

O velho aprovou com a cabeça. Bom, disse. Acho que ainda está lá.

Sim senhor.

Não ia poder provar se dependesse de mim.

Quando foi a última vez que esteve em El Paso?

Não sei. Um ano, acho. Talvez mais.

Não cansa de ficar aqui o tempo todo?

Canso. Às vezes.

Nunca sente vontade de dar um pulo lá só para ver o que está acontecendo?

Não acredito que ia adiantar. Não acredito que está acontecendo alguma coisa.

O senhor costumava ir para a Juárez?

Costumava sim. No tempo que eu era beberrão. A última vez que eu estive em Juárez no México foi em 1929. Vi um homem ser baleado em um bar. Ele estava de pé no balcão bebendo uma cerveja e aí entrou um sujeito e chegou perto dele e sacou um revólver quarenta e cinco do cinto e atirou nele na nuca. Enfiou a arma de novo na cintura e virou as costas e foi embora. Nem estava com pressa.

Matou ele?

Matou. O homem morreu ali de pé. Uma coisa que me lembro foi a rapidez que ele caiu. Uma carga pesada. No cinema nem isso eles acertam direito.

Onde o senhor estava?

Eu estava de pé quase do lado dele. Vi pelo espelho atrás do balcão. Até hoje sou meio surdo deste ouvido aqui por causa disso. Por pouco não arrancou a cabeça dele. Sangue para tudo que era lado. Cérebro. Eu estava usando uma camisa de gabardina Stradivarius novinha e um chapéu Stetson muito bom e gastei tudo o que tinha poupado para salvar as botas. Acho que tive que lavar a mão umas nove vezes.

Ele olhou para o outro lado do campo a oeste onde o céu escurecia. Histórias do velho oeste, disse.

Sim senhor.

Um monte de gente baleada e morta.

Mas por quê?

O senhor Johnson coçou o queixo com a ponta dos dedos. Bom, disse. Acho que a maioria dessa gente vem do Tennessee e de Kentucky. Do distrito de Edgefield na Carolina do Sul. Do sul do Missouri. Gente da montanha. Descendente de gente da montanha no país antigo. Eles sempre mataram gente. Não era só aqui. Continuaram vindo para o oeste e na época que chegaram aqui era mais ou menos quando o Sam Colt inventou o revólver de seis tiros e era a primeira vez que essa gente podia comprar uma arma que dava para carregar na cintura. Essa é que era a história. Não tinha nada a ver com as terras de jeito nenhum. O oeste. Eles iam fazer a mesma coisa não importava aonde iam conseguir chegar. Pensei muito sobre isso e essa foi a única conclusão que pude tirar.

O senhor costumava ser beberrão demais, senhor Johnson? Se não se importa de eu perguntar.

Demais demais. Talvez não tanto quanto tem gente que gosta de lembrar. Mas era mais do que uns tragos de vez em quando.

Sim senhor.

Pode perguntar o que quiser.

Sim senhor.

Quando a gente chega na minha idade a gente aos poucos se cura do hábito de fazer cerimônia. Penso que às vezes isso desconcerta o Mac. Mas não se preocupa de me perguntar coisa.

Sim senhor. Foi quando o senhor parou de beber?

Não. Eu era mais chegado que isso. Eu parei e voltei a beber. Parei e voltei. Até que no fim parei de vez. Vai ver estava velho demais para isso. Não tinha virtude nenhuma nisso.

Em beber ou em parar?

Os dois. Para começar não tem virtude nenhuma em parar o que a gente não é mais capaz de fazer. Aquilo é bonito, não é não?

Indicou o pôr do sol com a cabeça. Um vermelho profundo e laminar. Trazia o frio da noite que baixava e estava em toda a parte em volta deles.

Sim senhor, disse John Grady. É.

O velho tirou o maço de cigarros do bolso da camisa. John Grady sorriu. Estou vendo que o senhor não parou de fumar, disse.

Quero ser enterrado com um maço no bolso.

Acha que vai precisar deles no outro lado?

Na verdade não. Mas um homem pode ter esperança.

Observou o céu. Para onde os morcegos vão no inverno? Eles têm que comer.

Acho que migram.

Espero que sim.

O senhor acha que eu devia casar?

Poxa, filho. Como é que eu vou saber?

O senhor não casou.

O que não quer dizer que não tentei.

O que aconteceu?

Ela não me quis.

Por que não?

Eu era pronto demais para ela. Ou talvez para o pai dela. Não sei.

O que aconteceu com ela?

Uma coisa esquisita. Ela foi e casou com um outro sujeito e morreu no parto. Naquela época isso não era incomum. Era uma moça muito bonita. Mulher. Acho que não tinha completado vinte anos. Ainda penso nela.

As cores derradeiras morreram no oeste. O céu ficou escuro e azul. Depois só escuro. A luz da cozinha incidia sobre as pranchas da varanda ao lado de onde estavam sentados.

Sinto falta de saber o que foi feito de algumas pessoas. Onde moram e como estão indo ou onde morreram, se é que morreram. Penso no velho Bill Reed. Às vezes eu digo para mim mesmo, me digo: que será que aconteceu com o velho Bill Reed? Não acho que um dia vou saber. Eu e ele éramos bons amigos também.

Que mais?

Que mais o quê?

Que mais que o senhor sente falta?

O velho meneou a cabeça. É melhor eu nem começar.

Muita coisa?

Não tudo. Não sinto falta de arrancar um dente com uma tenaz de ferradura tendo só água gelada de poço para anestesiar. Mas sinto falta da vida antiga de fazenda. Tomei a trilha quatro vezes. Os melhores momentos da minha vida. Os melhores. Ir para longe. Ver outras terras. Não tem nada igual neste mundo. Nunca vai ter. Sentar em volta da fogueira de noite com o rebanho bem recolhido e nenhum vento soprando. Tomar um café. Escutar as histórias dos velhos boiadeiros. Boas histórias também. Enrolar um cigarro. Dormir. Não tem sono como esse. Nenhum.

Jogou o cigarro na escuridão com um piparote. Socorro abriu a porta e espiou fora. Senhor Johnson, disse, está na hora de entrar. Está muito frio para o senhor.

Já vou já.

É melhor eu ir indo, John Grady disse.

Não deixa ninguém te esperando, disse o velho. Ninguém tolera isso.

Sim senhor.

Então vai.

Levantou-se. Socorro voltara para dentro. Ele olhou para o velho sentado. O senhor ainda não pensa que é uma boa ideia, não é?

O que é que eu não penso?

Isso de casar.

Não foi o que eu falei.

O senhor pensa?

Penso que você deve fazer o que o teu coração manda, disse o velho. Sempre achei que isso vale para qualquer coisa.

Subindo a avenida Juárez entre as multidões de turistas ele avistou o engraxate no canto habitual e acenou para ele.

Aposto que está indo encontrar a namorada, o menino disse.

Não. Estou indo ver um amigo meu.

Ela ainda é a tua *novia*?

Ela é sim.

Quando vão casar?

Daqui pouco tempo.

Pediu a mão dela?

Pedi.

Ela aceitou?

Aceitou.

O menino sorriu. *Otro más de los perdidos*, disse.

Otro más.

Ándale pues, disse o menino. Agora não posso te ajudar.

Ele entrou no Moderno e tirou o chapéu e o pendurou entre os chapéus e os instrumentos na prateleira comprida na parede junto da porta e se sentou a uma mesa ao lado da mesa reservada para o *maestro*. O barman o saudou com um sinal de cabeça do outro lado do salão e ergueu a mão. *Buenas tardes*, disse.

Buenas tardes, respondeu John Grady. Cruzou as mãos diante de si sobre o tampo da mesa. Dois dos velhos músicos que trajavam o terno preto fosco de apresentação estavam sentados a uma mesa no canto e com um sinal de cabeça cortesmente o saudaram como amigo do *maestro* que ele era e o garçom de avental branco atravessou o piso de concreto e o cumprimentou. Pediu uma tequila e o garçom fez uma mesura. Como se fosse uma séria decisão bem tomada. De fora na rua chegavam os gritos de crianças, os pregões dos vendedores ambulantes. Um raio quadrado de luz incidia obliquamente da ampla janela barrada acima dele e terminava no piso em um trapezoide pálido. No meio dele, como exposto em uma gaiola curva e virada, um enorme gato cor de limão se lavava. O gato sacudiu a cabeça e bocejou. Voltou-se e olhou para ele. O garçom trouxe a tequila.

Molhou o dorso da mão com a língua e espalhou sal nele e tomou um gole de tequila e pegou do prato uma fatia de limão cortado em forma de cunha e o espremeu entre os dentes e tornou a colocar a fatia no prato e lambeu o sal no dorso da mão. Depois tomou um outro gole de tequila. Os músicos o observavam, sentados em silêncio.

Bebeu a tequila e pediu outra. O gato foi embora. A gaiola de luz se movia no piso. Pouco depois começou a subir pela parede. O garçom tinha acendido as luzes no salão contíguo e um terceiro músico chegara e se juntara aos outros dois. Depois o *maestro* entrou com a filha.

O garçom foi ao seu encontro e o ajudou a tirar o casaco e afastou a cadeira. Conversaram rapidamente e o garçom concordou com a cabeça e sorriu para a moça e levou o casaco do *maestro* e o pendurou. A moça se virou de leve na cadeira e olhou para John Grady.

Cómo estás?, perguntou.

Bien. Y tú?

Bien, gracias.

O cego se inclinara brejeiramente na cadeira a escutar. Boa noite, disse. Não gostaria de se juntar a nós?

Obrigado. Sim. Gostaria.

Então por favor.

Afastou a cadeira e se levantou. O *maestro* sorriu quando ele se aproximou e estendeu a mão nas trevas.

Como vai?

Bem, obrigado.

O cego falou com a moça em espanhol. Meneou a cabeça. A María é acanhada, disse. *Por qué no hablas inglés con nuestro amigo*? Está vendo? Ela não fala. É inútil. Onde o garçom está? Por favor, o que quer beber?

O garçom trouxe as bebidas e o *maestro* pediu em nome do convidado. Ele pôs a mão no braço da moça para que ela esperasse que todos fossem servidos. Quando o garçom se foi o *maestro* se voltou. Então, disse. O que aconteceu?

Pedi ela em casamento.

Ela recusou? Conte-me.

Não. Ela aceitou.

Mas que seriedade. Você nos deu um susto.

A moça revirou os olhos e desviou o olhar. John Grady não tinha ideia do que isso significava.

Vim pedir um favor para o senhor.

Mas claro, retrucou o *maestro*. Perfeitamente.

Ela não tem família. Não tem padrinho. Eu gostaria que o senhor fosse o *padrino* dela.

Ah, exclamou o *maestro*. Levou as mãos cruzadas ao queixo e depois tornou a descansá-las na mesa. Todos aguardaram.

É uma honra, naturalmente. Mas trata-se de um assunto sério. Você compreende.

Sim. Compreendo.

Vocês vão morar nos Estados Unidos.

Sim.

Estados Unidos, disse o *maestro*. Sim.

Ficaram calados. O cego em silêncio era duas vezes silencioso. Até mesmo os três músicos no canto o observavam. Não conseguiam ouvir o que ele dizia mas pareciam também estar esperando que ele continuasse.

A função do *padrino* não é uma simples formalidade, disse. Não é um gesto de parentesco ou um modo de unir amigos.

Sim. Compreendo.

É uma coisa séria e não é um insulto que um homem se recuse a aceitá-lo se tiver motivos louváveis.

Sim senhor.

Quanto a isso é preciso ser lógico.

O *maestro* ergueu uma mão diante de si e abriu os dedos e os manteve no ar. Como uma evocação, talvez, ou um gesto de rechaço. Não fosse cego estaria simplesmente inspecionando as unhas. A minha saúde não é boa, disse. Mas mesmo que não fosse essa moça, vai começar uma nova vida e ela deveria obter permissão no novo país. Não acha que assim seria melhor?

Não sei. Para mim ela precisa de toda ajuda possível.

Sim. Claro.

É por causa da sua visão?

O cego abaixou a mão. Não, disse. Não é uma questão de visão.

Esperou o cego continuar mas ele se calou.

É alguma coisa que o senhor não pode falar na frente da moça?

Da moça?, disse o *maestro*. Sorriu um sorriso cego, meneou a cabeça. Ah meu Deus!, exclamou. Não não. Não guardamos segredos. Um velho pai cego com segredos? Não, de modo algum.

Não temos *padrinos* nos Estados Unidos, disse John Grady.

O garçom chegou e pôs a bebida de John Grady diante dele e o *maestro* agradeceu ao garçom e deslizou os dedos na madeira do tampo da mesa até tocar o copo.

Um brinde à *boda*, falou.

Gracias.

Beberam. A moça dobrou o canudinho na garrafa de refresco e se curvou e sorveu.

Se encontrasse uma pessoa, disse o *maestro*, com inteligência e coração, então talvez se pudesse lhe explicar a função. O que acha?

Acho que o senhor é essa pessoa.

O cego tomou um gole de vinho e assentou o copo sobre o mesmo círculo molhado na mesa que o copo havia deixado e cruzou as mãos pensativo.

Vou lhe dizer uma coisa, disse.

Sim senhor.

Em um caso como esse, assim que uma pessoa é convidada ela se torna responsável. Mesmo que recuse.

Só estou pensando nela.

Eu também.

Ela não tem ninguém mais. Não tem amigos.

Mas não é necessário que o *padrino* seja um amigo.

Ele tem que ser alguma coisa.

Tem que ser um homem de caráter disposto a assumir determinadas obrigações. Isso é tudo. Pode ser e pode não ser um amigo. Pode ser um rival de uma outra casa. Pode ser alguém que reúna famílias separadas por intriga ou animosidade ou política. Entenda. Pode até mesmo ser alguém com poucas relações com a família. Pode até mesmo ser um inimigo.

Um inimigo?

Sim. Sei de um caso assim. Aqui mesmo nesta cidade.

Mas por que é que alguém ia querer um inimigo como *padrino*?

Pelos melhores motivos. Ou pelos piores. Esse homem de quem falamos estava moribundo quando o último filho veio ao mundo. Um menino. O único filho homem. Então o que é que ele fez? Chamou o homem que uma vez fora amigo dele mas que então era um inimigo mortal e convidou o homem para ser *padrino* do filho. É claro que o homem recusou. O quê? Você enlouqueceu? Deve ter ficado surpreso. Há anos que não se falavam e a *enemistad* deles era profunda e rancorosa. Talvez tenham ficado inimigos pela mesma razão pela qual um dia ficaram amigos. O que acontece muitas vezes neste mundo. Mas esse homem persistiu. E ele tinha o... como se diz?... *el naipe*? *En su manga.*

O trunfo.

Sim. O trunfo de reserva. Ele disse para o inimigo que estava para morrer. Aí estava o trunfo. Na mesa. O homem não podia recusar. Todas as escolhas tinham sido tiradas da mão dele.

O cego ergueu uma mão no ar enfumaçado em um gesto vago de cortar. Então vem o falatório, disse. Interminável. Uns dizem que o moribundo queria reatar a amizade. Outros que ele fez uma grande injustiça com o homem e desejava reparar antes de deixar este mundo para sempre. Outros dizem outras coisas. Há mais coisas que as que se podem ver. O que eu digo é: esse moribundo não era um homem dado a sentimentalidade. Também perdera amigos que a morte levara. Não era um homem dado a ilusões. Sabia que as coisas que tanto desejamos guardar no coração são muitas vezes tiradas de nós enquanto as que preferiríamos esquecer parecem muitas vezes por causa desse mesmo desejo ser dotadas de insuspeitos poderes de duração. Sabia como é frágil a lembrança dos entes queridos. Aqueles com quem conversamos quando fechamos os olhos. Que ansiamos ouvir as vozes de novo, mas essas vozes e essas lembranças vão se enfraquecendo cada vez mais até que o que era carne e sangue não passa de um eco e de uma sombra. No fim talvez nem mesmo isso.

Ele sabia que os nossos inimigos, ao contrário, parecem estar sempre conosco. Quanto maior o nosso ódio mais persistente a lembrança deles e aí um inimigo terrível se torna imortal. Então o homem que lhe causou um grande dano ou lhe fez injustiça se transforma em um hóspede na sua casa para sempre. Talvez apenas o perdão possa desalojá-lo.

Era esse então o pensamento desse homem. Se acreditamos na melhor das intenções dele. Ligar o *padrino* à causa com os laços mais fortes que ele conhecia. E havia mais. Pois com essa designação ele também colocou o mundo como sentinela. As obrigações de um amigo não seriam submetidas a tão grande vigilância. Mas as de um inimigo? Você pode perceber com que sutileza ele o apanhou na rede que tecera. Porque esse inimigo era na realidade um homem de consciência. Um inimigo valioso. E esse inimigo-*padrino* agora tem de carregar para sempre o moribundo no coração. Tem de suportar eternamente o olhar do mundo sobre ele. Desse homem mal se pode dizer que é dono do seu próprio rumo.

O pai morre pois deve morrer. O inimigo que se tornou *padrino* agora se torna pai da criança. O mundo está vigiando. Substitui o homem morto, que se socorreu dele com ousadia. Pois o mundo possui uma consciência, por mais que o homem a conteste. E embora essa consciência possa ser entendida como a soma das consciências dos homens há um outro ponto de vista, o de que ela é única e o quinhão de cada homem pode ser apenas uma pequena parte imperfeita. O homem que morreu preferia esse ponto de vista. Tal como eu mesmo. Os homens podem crer que o mundo é... qual é a palavra? *Voluble*.

Instável.

Instável? Não sei. *Voluble* então. Mas o mundo não é *voluble*. O mundo é sempre o mesmo. O homem designou o mundo como sua testemunha para que assim se assegurasse de que o inimigo estaria a seu serviço. Para que esse inimigo respeitasse as obrigações. Foi isso que ele fez. Ou acreditei que foi isso. Às vezes ainda acredito.

E como foi que acabou?

De uma forma muito estranha.

O cego estendeu a mão para pegar o copo. Bebeu e ergueu o copo diante de si como se o examinasse e depois tornou a colocá-lo na mesa diante de si.

De uma forma muito estranha. Porque a circunstância da designação elevou o *padrinazgo* desse homem ao papel central de sua vida. Revelou as melhores qualidades desse homem. Mais do que as melhores. Virtudes há muito desprezadas começaram a aflorar quase que de imediato. Ele abandonou todos os vícios. Começou até a ir à missa. Sua nova função parecia ter suscitado honra e lealdade e coragem e devoção das partes mais profundas de seu caráter. O que ele alcançou mal pode ser expresso com palavras. Quem teria previsto isso?

O que aconteceu?, perguntou John Grady.

O cego sorriu um triste sorriso cego. Você desconfia de alguma coisa, disse.

Sim.

Justamente. O final não foi feliz. Talvez a história tenha uma moral. Talvez não. Isso é com você.

O que aconteceu?

Esse homem cuja vida se transformou para sempre com o pedido do inimigo moribundo se viu arruinado no fim. O filho se tornou sua vida. Mais do que sua vida. Dizer que ele idolatrava o filho não é nada. E no entanto tudo deu errado. Mais uma vez, acredito que as intenções do moribundo foram as melhores. Mas há um outro ponto de vista. Não seria a primeira vez que um pai sacrificava um filho.

O afilhado cresceu rebelde e irrequieto. Tornou-se um criminoso. Um ladrãozinho. Um jogador. E outras coisas. Finalmente, no inverno de 1907, na cidade de Ojinaga, ele matou um homem. Estava com dezenove anos de idade. Quase a sua idade, talvez.

A mesma.

Sim. Talvez fosse esse o destino dele. Talvez nenhum *padrino* pudesse salvá-lo dele mesmo. Nenhum pai. O *padrino* dissipou tudo o que possuía em subornos e pagamentos. Em vão. Essa estrada uma vez percorrida não tem fim e ele morreu sozinho e pobre. Nunca sentiu rancor. Nem parecia julgar que tinha sido traído. Fora uma vez um homem forte e até implacável, mas o amor torna o homem insensato. Eu mesmo falo como vítima. Somos privados do cuidado de nós mesmos e então só resta saber se a sina nos reservará algum quinhão de misericórdia. Ou pouco. Ou nenhum.

Os homens falam que o destino é cego, algo sem plano ou propósito. Mas que espécie de destino é esse? Cada ato neste mundo sem retorno tem à frente um outro, e mais um outro. Em uma rede vasta e sem fim. Os homens acreditam que são eles quem fazem as escolhas. Mas somos livres para agir apenas segundo o que é dado. A escolha se perde no labirinto das gerações e cada ato nesse labirinto é por si mesmo uma escravidão pois anula cada alternativa e acorrenta cada vez mais o homem às coerções que constituem uma vida. Se o morto tivesse perdoado o inimigo por qualquer injustiça feita contra ele tudo teria sido diferente. Será que o filho se empenhou em vingar o pai? Será que o pai sacrificou o filho? Os nossos planos se baseiam em um futuro que nos é desconhecido. O mundo adquire a forma que tem a cada momento ao pesar coisas à mão, e embora procuremos moldar essa forma não há como fazê-lo. Dispomos apenas da lei de Deus e da sabedoria de segui-la se o desejarmos.

O *maestro* se inclinou para a frente e juntou as mãos diante de si. O copo de vinho estava vazio e ele o pegou. Os que não podem ver, disse, devem confiar no que ocorreu antes. Se eu não quiser parecer um tolo ao beber de um copo vazio, preciso me lembrar se o esvaziei ou não. Esse homem que se tornou *padrino.* Falo dele como se tivesse morrido velho mas não foi assim. Era mais jovem do que eu hoje. Falo como se a consciência dele ou os olhos do mundo ou ambos o tivessem levado a tal rigidez no cumprimento das obrigações. Mas essas ponderações logo caíram no vazio. Foi por amor à criança que ele veio a ter muito desgosto, se desgosto era. Como é que você entende isso?

Não sei.

Nem eu. Só sei que cada ato sem sentimento no fim será descoberto. Cada gesto.

Ficaram em silêncio. O salão em volta estava silencioso. John Grady observou os filetes de água no copo intacto diante de si. O cego repôs o copo de vinho na mesa e o afastou de si.

Você ama muito essa moça?

Eu morreria por ela.

O *alcahuete* está apaixonado por ela.

Tiburcio?

Não. O *alcahuete*-mor.

Eduardo.

Sim.

Calaram-se. Os músicos tinham chegado ao salão contíguo e reuniam os instrumentos. John Grady ficou fitando o chão. Pouco depois ergueu o olhar.

A velha é de confiança?

La Tuerta?

Sim.

Ó meu Deus!, exclamou o cego em voz baixa.

A velha diz para ela que ela vai casar.

A velha é a mãe do Tiburcio.

John Grady se recostou na cadeira. Ficou muito quieto. Olhou para a filha do cego. Ela o observava. Quieta. Dócil. Inescrutável.

Você não sabia.

Não. Ela sabe? Sim, claro que sabe.

Sim.

Ela sabe que o Eduardo é apaixonado por ela?

Sim.

Os músicos começaram a tocar uma leve partita barroca. Casais idosos de dançarinos tomaram a pista de dança. O cego permaneceu calado, as mãos na mesa diante de si.

Ela acredita que o Eduardo vai matar ela, disse John Grady.

O cego concordou com a cabeça.

O senhor acredita que ele vai matar ela?

Sim, respondeu o *maestro*. Acredito que ele vai matá-la.

É por isso que o senhor não quer ser o padrinho?

Sim. É por isso.

Ia tornar o senhor responsável.

Sim.

Os dançarinos se movimentavam com rígida formalidade no chão de concreto polido e varrido. Dançavam com uma graça antiquada, como personagens saídas de um filme.

O que o senhor acha que eu devo fazer?

Não posso aconselhá-lo.

O senhor não vai.

Não. Não vou.

Eu desistia dela se achasse que não ia conseguir proteger ela.

Talvez.

O senhor não acha que eu ia conseguir.

Acho que as dificuldades podem ser maiores do que você imagina.

O que eu devo fazer?

O cego ficou calado. Pouco depois disse: Entenda. Não tenho certeza. E é um caso sério.

Passou a mão no tampo da mesa. Como se estivesse alisando algo invisível diante de si. Você quer que eu lhe conte algum segredo do *alcahuete*-mor. Revele alguma fraqueza. Mas a própria moça é a fraqueza.

O que o senhor acha que eu devo fazer?

Reze a Deus.

Sim.

Rezará?

Não.

Por que não?

Não sei.

Não crê Nele?

Não é isso.

É que a moça é uma *mujerzuela*.

Não sei. Talvez.

O cego não retrucou. Estão dançando, disse.

Estão.

O motivo não é esse.

O que é que não é?

Que ela é uma prostituta.

Não.

Desistiria dela? Mesmo?

Não sei.

Então você não saberia por que rezar a Deus.

Não. Não ia saber o que pedir.

O cego concordou com a cabeça. Inclinou-se para a frente. Pôs um cotovelo na mesa e apoiou a testa contra o polegar como um confessor. Parecia estar escutando a música. Você a conheceu antes de ela vir para o White Lake, disse.

Vi ela. Sim.

No La Venada.

Sim.

Ele também.

Sim. Imagino.

Foi aí que começou.

Sim.

Ele é um *cuchillero*. Um *filero*, como dizem aqui. Um homem de um certo rigor. Um homem sério.

Eu também sou sério.

Naturalmente. Se não fosse não haveria problema.

John Grady examinou aquele rosto passivo. Fechado para o mundo mesmo quando o mundo estava fechado para ele.

O que é que o senhor me diz?

Não tenho nada para dizer.

Ele está apaixonado por ela.

Sim.

Mas é capaz de matar ela.

Sim.

Entendo.

Talvez. Deixe-me lhe dizer só isto. O seu amor não tem amigos. Você pensa que tem mas não tem. Nenhum. Talvez nem mesmo Deus.

E o senhor?

Não me levo em conta. Se eu pudesse ver o que está por vir eu lhe diria. Mas não posso.

O senhor acha que eu sou um idiota.

Não. Não acho.

O senhor não ia dizer que sim se achasse.

Não, mas não mentiria. Não acho que seja. Nunca achei. Um homem tem sempre o direito de perseguir aquilo que ele ama.

Não importa nem mesmo que isso mate ele?

Penso que não. Sim. Não importa nem mesmo isso.

Carregou no carrinho de mão a última leva de entulho do quintal dos fundos e a entornou na fogueira e recuou e observou o intenso fogo laranja resfolegar os rolos escuros de fumaça que subiam no céu do crepúsculo. Enxugou o suor da testa com o antebraço e se abaixou e pegou de novo o carrinho de mão e o rodou até onde o caminhão estava estacionado e o carregou e ergueu e trancou a comporta de descarga e voltou para dentro da casa. Héctor ia dando passos para trás varrendo o chão. Trouxeram a mesa de cozinha do outro cômodo e depois trouxeram as cadeiras. Héctor pegou o lampião do aparador e o colocou na mesa e retirou a cúpula de vidro e acendeu a mecha. Apagou o fósforo com um sopro e ajustou a chama com o botão de latão. Cadê o santo?, perguntou.

Ainda está no caminhão. Vou buscar.

Foi e trouxe o resto das coisas que estavam na cabina do caminhão. Pôs a tosca figura de madeira do santo em cima da cômoda e desembrulhou os lençóis e começou a fazer a cama. Héctor ficou parado à porta.

Quer que eu te ajude?

Não. Obrigado.

Encostou-se contra o batente da porta para fumar. John Grady alisou o lençol e desdobrou as fronhas e enfiou os travesseiros de penas e depois desdobrou o acolchoado de várias peças que Socorro lhe dera. Héctor enfiou o cigarro na boca e deu a volta até o outro lado da cama e eles estenderam o acolchoado e recuaram.

Acho que a gente acabou, disse John Grady.

Voltaram para a cozinha e John Grady se curvou e envolveu a boca do lampião com as mãos em concha e apagou a chama com um sopro e eles saíram e fecharam a porta atrás de si. Caminharam no pátio e John Grady se virou e olhou na direção do casebre. A noite estava encoberta. Escuro, nublado, frio. Andaram até o caminhão.

Vão esperar você para jantar?

Vão, respondeu Héctor. Certeza.

Pode comer em casa se quiser.

Está tudo bem.

Entraram no caminhão e fecharam as portas. John Grady ligou o motor.

Ela sabe andar a cavalo?, perguntou Héctor.

Ah sim. Sabe.

Desceram pela estrada sulcada, as ferramentas deslizando e retinindo atrás deles na carroçaria. *En qué piensas*?, perguntou John Grady.

Nada.

Prosseguiram aos solavancos, o caminhão na segunda marcha, os faróis dianteiros tremulando. Quando completaram a primeira curva da estrada as luzes da cidade surgiram na planície abaixo deles a cinquenta quilômetros.

Faz frio aqui em cima, disse Héctor.

Faz.

Já passou uma noite aqui?

Fiquei aqui umas duas vezes até depois da meia-noite.

Olhou para Héctor. Héctor tirou tabaco e papel do bolso da camisa e começou a enrolar um cigarro.

Tienes tus dudas.

Ele deu de ombros. Riscou um fósforo na unha do polegar e acendeu o cigarro e apagou o fósforo com um sopro. *Hombre de precaución*, disse.

Yo?

Yo.

Duas corujas acaçapadas no chão da estrada de terra giraram o rosto pálido e em forma de coração para a luz dos faróis e piscaram os olhos e alçaram voo com as asas brancas tão silenciosas quanto duas almas que ascendem e sumiram nas trevas no alto.

Buhos, disse John Grady.

Lechuzas.

Tecolotes.

Héctor sorriu. Deu uma tragada no cigarro. Seu rosto escuro fulgurou no vidro escuro. *Quizás*, disse.

Pueda ser.

Pueda ser. Sí.

Quando entrou na cozinha Oren ainda estava sentado à mesa. Pendurou o chapéu e foi até a pia e lavou as mãos e se serviu de café. Socorro saiu do quarto e o mandou ficar longe do fogão e ele levou o café para a mesa e se sentou. Oren parou de ler e ergueu os olhos.

Alguma notícia, Oren?

Você quer a boa ou a ruim?

Não sei. Escolhe uma que fica no meio.

Não tem nada assim aqui. Não ia ser notícia.

Acho que não.

Escolheram a filha do McGregor para ser a Rainha do Carnaval do Sol. Já viu ela alguma vez?

Não.

Moça meiga. Como é que está ficando a tua casa?

Boa.

Socorro pôs o prato diante dele junto com um prato de biscoitos coberto com um pano.

Não é moça da cidade, é?

Não.

Isso é bom.

É. É sim.

O Parham diz que ela é graciosa como uma cadelinha malhada.

Ele acha que eu sou doido.

Bom. Você pode ser um pouco doido. Ele pode ser um pouco invejoso.

Observou o rapaz comer. Tomou um gole de café.

Todos os meus amigos me falaram que eu era doido quando casei. Falaram que eu ia me arrepender.

Se arrependeu?

Não. Não deu certo. Mas não me arrependi. Não foi culpa dela.

O que aconteceu?

Não sei. Uma porção de coisa. Principalmente não me dei com a família dela. A mãe era uma megera. E eu pensava que já tinha visto uma mulher de mau gênio. Se o velho dela tivesse vivido a gente podia ter tido uma oportunidade. Mas ele tinha problema de coração. Eu vi tudo o que ia acontecer. Quando eu perguntei sobre sua saúde uma vez não foi só por curiosidade. Então ele morreu e ela foi embora. De mala e cuia. Foi mais ou menos assim que acabou.

Pegou o maço de cima da mesa e acendeu um cigarro. Soprou a fumaça pensativamente. Observou o rapaz.

A gente ficou junto quase três anos até aquele dia. Ela costumava me dar banho, você acredita? Eu gostava mesmo muito dela. Se fosse órfã a gente ainda ia estar casado.

É uma pena.

Um homem que casa não sabe o que vai acontecer. Pensa que sabe, mas não sabe.

Tem razão.

Se você quer mesmo saber tudo o que está errado com você e o que tem que fazer para corrigir tudo é só convidar a parentada. Te garanto que você vai ouvir um relatório completo do assunto.

Ela não tem família.

Isso é bom, disse Oren. Esse foi o passo mais inteligente que você deu até hoje.

Depois que Oren foi embora ele ficou sentado tomando café por um longo tempo. Via pela janela longe ao sul os raios como línguas de serpente finas e brancas lambendo silenciosamente o arco do céu nas trevas que cobriam o México. O único som era o tiquetaquear do relógio no corredor.

Quando entrou no celeiro a luz do cubículo de Billy ainda estava acesa. Desceu até a estrebaria onde deixava o filhote e segurou no colo o cãozinho irrequieto e choramingão e o levou de volta para o cubículo. Deteve-se à porta e olhou para trás.

Boa noite, disse.

Afastou a cortina e tateou acima da cabeça no escuro à procura da corrente do interruptor.

Boa noite, Billy respondeu.

Ele sorriu. Soltou a corrente e se sentou no beliche no escuro afagando a barriga do filhote. Sentia o cheiro dos cavalos. O vento soprou uma lufada e uma folha de zinco solta no telhado no fundo do celeiro retiniu e o vento passou. Fazia frio no cômodo e ele pensou em acender o pequeno calefator de querosene mas depois de um tempo apenas tirou as botas e a calça e colocou o filhote na caixa e se enfiou debaixo das cobertas. O vento lá fora e o frio no cubículo lembravam as noites de inverno nas planícies do norte do Texas quando ele era garoto na casa do avô. Quando as tempestades vinham do norte e os raios repentinos clareavam as cercanias e os trovões estremeciam a casa. No ano em que ganhou o primeiro potro, nas manhãs e nas noites frias, ele se enrolava na coberta da cama e saía e atravessava o pátio até o celeiro, curvando-se contra o vento, as primeiras gotas de chuva caindo duras como seixos sobre ele, percorrendo a estrebaria longa como um refugiado das estrias de luz repentinas vindas das frestas das tábuas apartadas das paredes, andando entre aqueles proscênios compactos e elétricos no ponto em que fulguravam brancos e fugitivos pelo celeiro, fileira após fileira, até que ele chegava à baia onde o cavalinho o esperava e abria a porta e ficava na palha com os braços em volta do pescoço do animal até que este parasse de tremer. Ficava a noite inteira ali e estava ali de manhã quando Arturo entrava no celeiro para alimentar os cavalos. Arturo o levava de volta para a casa antes de qualquer outra pessoa acordar, tirando a palha do cobertor enquanto caminhava ao lado dele, sem dizer palavra. Como se ele fosse um jovem lorde. Como se ele jamais fosse ser deserdado pela guerra e pela maquinaria da guerra. Todos os seus sonhos daquela época eram iguais. Alguma coisa sentia medo e ele a confortava. Ainda sonhava com isso. E isto: de pé no cômodo de terno preto dando um nó na gravata preta nova que usara no funeral do avô no dia frio e ventoso do enterro. E de pé no cubículo perto da estrebaria do celeiro de Mac McGovern em um dia semelhante àquele no amanhecer frio antes do trabalho e usando outro terno parecido, as duas metades da caixa em que foi entregue sobre o beliche com o papel de seda saltando para fora e o cordão jogado ao lado dela junto com o canivete com que o cortara e que pertencera ao pai e Billy parado na porta observando-o. As mãos cruzadas na altura dos pulsos diante de si. O rosto pálido refletido no espelhinho que ele pusera na trave de madeira estreita que escorava a parede tosca de tábuas verticais. Pálido na luz do inverno que envolvia as terras. Billy se curvava e cuspia na palha e fazia a meia-volta e caminhava passando pela estrebaria do celeiro e atravessava o pátio na direção da casa para tomar o café da manhã.

A última vez que a veria foi no mesmo quarto de quina no segundo andar dos Dos Mundos. Ele olhou pela janela e a viu pagar o motorista e foi até a porta para poder observá-la subindo a escada. Segurou-lhe as mãos enquanto ela se sentava ofegante na beira da cama.

Estás bien?, perguntou ele.

Sí, ela respondeu. *Creo que sí.*

Ele lhe perguntou se tinha certeza de que não mudara de ideia.

No, ela respondeu. *Y tú*?

Nunca.

Me quieres?

Para siempre. Y tú?

Hasta el fin de mi vida.

Pues eso es todo.

Ela disse que tinha tentado rezar por eles mas que não conseguira.

Porqué no?

No sé. Creí que Dios no me oiría.

El oirá. Reza el domingo. Dile que es importante.

Amaram-se e ficaram abraçados imóveis a não ser pelos movimentos da respiração dela contra o peito dele. Ele não sabia se ela estava acordada mas lhe falou das coisas sobre sua vida que até então não tinha contado. Falou do trabalho para o *hacendado* em Cuatro Ciénegas e da filha do homem e da última vez que a viu e de ter estado preso em Saltillo e da cicatriz no rosto da qual lhe prometera falar mas que nunca o fizera. Falou de ter visto a mãe no palco no Majestic Theatre em San Antonio, no Texas, e das vezes que ele e o pai costumavam cavalgar nas colinas do norte de San Angelo e do avô e da fazenda e da trilha comanche que ele percorrera nas regiões ocidentais e de cavalgar essa trilha ao luar no outono quando era garoto e dos fantasmas dos comanches que passavam por ele rumo ao mundo do além várias e várias vezes porque uma coisa em movimento não tem fim neste mundo até a última testemunha ter passado.

As sombras se alongaram no quarto antes de saírem. Ele lhe disse que o motorista Gutiérrez iria apanhá-la no bar na Calle de Noche Triste para levá-la para o outro lado. Ele portaria os documentos necessários para ela atravessar a fronteira.

Todo está arreglado, disse.

Ela lhe apertou as mãos com mais força. Observou-o atentamente com os olhos pretos. Ele lhe disse que nada havia a temer. Disse que Ramón era um amigo e que os documentos tinham sido arranjados e que ela nada sofreria.

Él te recogerá a las siete por la mañana. Tienes que estar allí en punto.

Estaré allí.

Quédate adentro hasta que él llegue.

Sí, sí.

No le digas nada a nadie.

No. Nadie.

No puedes traer nada contigo.

Nada?

Nada.

Tengo miedo, ela disse.

Abraçou-a. Não tenha medo, disse.

Silenciaram. Lá embaixo na rua os mascates tinham começado o pregão. Ela comprimiu o rosto contra o ombro dele.

Hablan los sacerdotes español?, ela perguntou.

Sí. Ellos hablan español.

Quiero saber, ela disse, *si crees hay perdón de pecados.*

Ele abriu a boca para responder mas ela pousou a mão nos lábios dele. *Lo que crees en tu corazón*, disse.

Ele desviou o olhar do cabelo preto e lustroso e fitou o lusco-fusco que se aprofundava nas ruas da cidade. Pensou no que acreditava e no que não acreditava. Então falou que acreditava em Deus mesmo tendo dúvidas quanto ao ser humano afirmar que conhecia o Seu desígnio. Mas que um Deus incapaz de perdoar não era Deus de modo algum.

Cualquier pecado?

Cualquier. Sí.

Sin excepción de nada? Mais uma vez ela pousou a mão nos lábios dele. Ele lhe beijou os dedos e lhe afastou a mão.

Con la excepción de desesperación, disse. *Para eso no hay remedio.*

Por último ela perguntou se ele a amaria por toda a vida e teria lhe tocado os lábios com os dedos se ele não lhe tivesse segurado a mão. *No tengo que pensarlo*, respondeu. *Sí. Para todo mi vida.*

Ela lhe tomou o rosto entre as mãos e o beijou. *Te amo*, disse. *Y seré tu esposa.*

Levantou-se e se voltou e lhe segurou as mãos. *Debo irme*, disse. Ele se levantou e a abraçou e beijou na penumbra cada vez mais densa do quarto. Quis acompanhá-la pelo corredor até o patamar da escada, porém ela o deteve à porta e o beijou e se despediu. Ele ouviu os passos no poço da escada. Correu à janela para observá-la mas ela devia ter descido a rua junto à parede porque não pôde vê-la. Sentou-se na cama no quarto vazio e ouviu os ruídos de todo aquele comércio alheio no mundo lá fora. Ficou sentado por muito tempo e pensou na vida e em quão pouco dela ele pôde prever e se perguntou, não obstante toda a vontade e toda a intenção, quanto dela resultara de suas próprias ações. O quarto estava às escuras e o luminoso do hotel se acendera lá fora e pouco depois ele se levantou e pegou o chapéu de cima da cadeira junto da cama e o pôs na cabeça e saiu e desceu a escada.

O táxi parou no cruzamento. Um homenzinho com uma braçadeira de crepe preto deu um passo à frente na rua e acenou com a mão e o motorista tirou o chapéu e o pôs sobre o painel. A moça se abaixou para ver. Ouvia um som abafado de trombetas na rua, o clope-clope de cascos.

Os músicos que apareceram eram homens idosos trajando terno preto empoeirado. Atrás deles vinham os homens do féretro carregando nos ombros um estrado forrado de flores. Sob as flores entrelaçadas o rosto pálido de um jovem morto recentemente. Os braços repousavam ao longo do corpo e o corpo se sacudia rígido na prancha mortuária sobre os ombros dos homens que o portavam e os sons dissonantes das trombetas ciganas denteadas iam e voltavam das vitrinas das lojas pelas quais os músicos passavam e das fachadas antigas de barro ou estuque e mulheres de *rebozos* pretos passavam em grupos aos prantos e crianças e homens de preto ou com braçadeiras pretas e entre eles seguia o *maestro* cego guiado pela filha caminhando com seus passos curtos e desajeitados e uma expressão de espanto doloroso. Atrás deles vinham dois cavalos inconciliáveis puxando uma carreta velha de madeira em cuja carroçaria ainda suja da palha e do palhiço havia um caixão de tábuas aplainadas à mão e sem pregos, presas apenas com cavilhas de madeira como um antigo caixão sefardim e a madeira enegrecida por chamuscadura e vedada com cera de abelha e óleo de candeia imitando ferro polido, exceto pelo veio da madeira inconfundível. Atrás da carreta vinha um homem carregando a tampa do caixão sobre as costas como um penitente da morte e ele e suas roupas estavam enegrecidos pela cera da tampa. O motorista de táxi fez o sinal da cruz em silêncio. A moça fez o sinal da cruz e beijou as pontas dos dedos. A carreta passou chocalhando e as rodas de raios foram se afastando bamboleantes vagarosamente pelo outro lado da rua e os observadores solenes, um leque de rostos variados debaixo das fachadas das lojas e das fileiras compridas de luzes na rua interrompidas pelos giros dos raios das rodas e pelas sombras dos cavalos que andavam a prumo mas oblíquos diante das sombras alongadas que as rodas formavam nas pedras e giravam e giravam.

Ela levantou as mãos e pressionou a cabeça contra o encosto mofado do banco do táxi. Recostou-se, uma mão cobrindo os olhos e o rosto voltado para o ombro. Em seguida se aprumou com os braços estendidos ao longo do corpo e chorou e o motorista se virou para trás torcendo o corpo no banco. *Señorita?*, chamou. *Señorita?*

O teto do quarto era de concreto e eram visíveis as marcas das tábuas usadas para moldá-lo, as junções do concreto e as cabeças dos pregos e o arco fóssil da lâmina da serra circular de alguma serraria das montanhas. Havia uma única lâmpada elétrica suja de fuligem que ardia com uma luz laranja detestável e uma mariposa que a rondava da direita para a esquerda em órbitas aleatórias.

Estava deitada presa com correias a uma mesa de aço. Sentia o aço frio nas costas através da curta camisola branca que usava. Olhou para a luz. Virou a cabeça e olhou para o quarto. Pouco depois uma enfermeira entrou pela porta de metal cinza e ela virou o rosto sujo e manchado na direção da enfermeira. *Por favor*, murmurou. *Por favor.*

A enfermeira soltou as correias e afastou os cabelos que lhe cobriam o rosto e disse que voltaria com algo para ela beber, mas quando a porta se fechou ela se soergueu na mesa e desceu. Procurou com os olhos um lugar onde poderiam ter colocado as roupas mas o quarto estava vazio exceto por uma outra mesa de aço encostada contra a parede do fundo. Quando ela abriu a porta deparou com um corredor verde longo e pouco iluminado e que terminava em uma porta fechada. Ela percorreu o corredor e tentou abrir a porta. Dava para uma escadaria de concreto, um corrimão de tubo de metal. Desceu três lanços e saiu na rua escura.

Não sabia onde estava. Pediu orientação para *el centro* a um homem na esquina e o homem olhou fixamente para seus seios e continuou a fazê-lo mesmo enquanto falava. Ela seguiu pela calçada acidentada.

Olhava atenta para o calçamento para não pisar em vidro ou pedra. As luzes dos faróis dos carros que passavam projetavam toda a nudez de seu corpo franzino e os ossos salientes naquela camisola leve nas sombras das paredes e depois a lançavam na direção oposta em um carrossel até desaparecer mais uma vez na escuridão. Um homem aproximou o carro do meio-fio, e prosseguiu dirigindo ao lado dela e falando com ela em um linguajar obsceno. Ele fez o carro avançar e esperou. Ela entrou em um beco imundo entre dois prédios e se agachou toda trêmula atrás de alguns tambores de petróleo amassados. Esperou um longo tempo. Fazia muito frio. Quando retornou à rua o carro não estava lá e ela prosseguiu. Passou por um terreno onde um cão investiu contra ela silenciosamente ao longo de uma cerca e depois se deteve no canto da cerca envolto em seu próprio bafo silenciosamente observando-a se afastar. Ela passou por uma casa às escuras e por um pátio onde um velho que também vestia roupas de dormir urinava em uma parede de barro e os dois se cumprimentaram com um movimento de cabeça silencioso naquele lugar escuro como figuras que se encontram em um sonho. A calçada se interrompeu e ela continuou caminhando na areia fria da margem da estrada e parava de quando em quando para tirar cambaleante os pequenos ouriços das solas dos pés que sangravam. Caminhou por um longo tempo seguindo o halo de luzes da cidade. Quando atravessou o Boulevard 16 de Septiembre manteve os braços dobrados bem apertados contra o peito e abaixava os olhos na luz ofuscante dos faróis dianteiros dos carros, atravessando seminua sob um apupo de buzinas como um fantasma em farrapos expulso da treva habitual e perseguido por algum tempo através do mundo visível para de novo desaparecer na história dos sonhos dos seres humanos.

Percorreu os *barrios* do norte da cidade, encostada às paredes velhas de barro e às laterais de zinco de armazéns onde as ruas arenosas eram iluminadas apenas pelas estrelas. Alguém estava cantando na estrada uma canção que lhe lembrava a infância e logo passou por uma mulher que caminhava na direção da cidade. Cumprimentaram-se com um boa-noite e cada uma seguiu seu caminho mas a mulher parou e se virou e a chamou.

Adónde va?, perguntou.

A mi casa.

A mulher ficou em silêncio. A moça perguntou se a conhecia mas a mulher respondeu que não. Perguntou se a moça morava no *barrio* e ela respondeu que sim e a mulher perguntou como era possível que não a conhecesse. Como a moça não respondeu a mulher começou a aproximar-se dela lentamente.

Qué pasó?, perguntou.

Nada.

Nada, a mulher repetiu. Andou em um semicírculo em volta da moça, que tiritava parada com os braços cruzados sobre o peito. Como se para encontrar uma inclinação favorável na luz azul das estrelas do deserto para revelar-lhe quem ela era realmente.

Eres del White Lahe, disse.

A moça confirmou abaixando a cabeça.

Y regresas?

Sí.

Por qué?

No sé.

No sabes.

No.

Quieres ir conmigo?

No puedo.

Por qué no?

Ela não sabia. A mulher perguntou de novo. Disse que poderia ir com ela e morar em sua casa junto com seus filhos.

A moça sussurrou que não a conhecia.

Te gusta tu vida por allá?, a mulher perguntou.

No.

Ven conmigo.

Ela tiritava. Respondeu que não com um meneio da cabeça. O sol logo sairia. Na escuridão acima delas passou uma estrela cadente e papéis galopavam e se enroscavam e tornavam a galopar no vento frio que antecedia o amanhecer. A mulher olhou na direção leste do céu do deserto. Olhou para a moça. Perguntou-lhe se sentia frio e ela respondeu que sim. Perguntou de novo: *Quieres ir conmigo?*

Ela respondeu que não podia. Disse que dali a três dias o moço que ela amava chegaria para se casarem. Agradeceu-lhe a bondade.

A mulher ergueu o rosto da moça com uma mão e olhou para ela. A moça esperou que ela falasse mas a mulher apenas lhe sondou o rosto como se quisesse uma lembrança dela. Talvez para ler indiretamente dos caminhos que a tinham levado até aquele lugar. O que estava perdido ou o que estava arruinando. Ou o que restara.

Como se llama?, a moça perguntou, mas a mulher não respondeu. Ela tocou o rosto da moça e afastou a mão e se virou e seguiu pelo escuro da estrada que saía do *barrio* às escuras e não olhou para trás.

O carro de Eduardo não estava. Ela se esgueirou pelo beco junto à parede do armazém e tentou abrir a porta mas estava trancada. Bateu de leve e esperou e bateu de novo. Esperou muito tempo. Pouco depois voltou para a rua. A respiração se exalando na luz ao longo da parede de zinco corrugado. Tornou a olhar para o beco atrás de si e depois deu a volta até a frente da construção e passou pelo portão e subiu o caminho.

A porteira de rosto pintado não se mostrou surpresa ao vê-la ali em pé de camisola e a apertar os braços em torno do peito. Recuou e manteve a porta aberta e a moça entrou e agradeceu à mulher e se dirigiu para o salão. Dois homens no bar se viraram para vê-la. Uma vagabunda suja e pálida que chegara do frio lá fora carregada pela má sorte e que atravessara o salão de olhos baixos e com os braços cruzados sobre os seios. Deixando pegadas ensanguentadas no tapete como se uma penitente tivesse passado.

Ele parecia ter se vestido com esmero para a ocasião embora fosse possível que tivesse tratado de algum negócio em outro lugar da cidade. Arregaçou o punho da camisa com abotoadura dourada e consultou o relógio. Vestia um terno de xantungue cinza-claro e usava uma gravata de seda da mesma cor. A camisa era de um amarelo-limão pálido e no bolso do paletó havia um lenço de seda amarelo e as botas pretas de cano curto com zíper por dentro haviam sido engraxadas há pouco, ele sempre deixava os calçados do lado de fora da porta, vários pares por vez, como se o saguão do prostíbulo fosse um vagão dormitório.

Ela estava sentada trajando o robe cor de açafrão que ele lhe dera.

Na cama antiquada onde seus pés não alcançavam o soalho. Estava sentada com a cabeça curada de modo que o cabelo caía em cascata sobre as coxas e com as mãos apoiadas na cama nos dois lados do corpo como se tivesse receio de cair.

Ele falava com entoações racionais as palavras de um homem razoável. Quanto mais razoavelmente falava mais frio o vento na cavidade do coração dela. A cada ponto crítico na situação dela ele fazia uma pausa para lhe dar oportunidade para falar porém ela não falava e o silêncio só conduzia inexoravelmente à acusação imediata até que essa estrutura composta apenas de palavras ditas e que deveriam ser extintas no momento da declaração sem deixar vestígio ou resíduo ou sombra no mundo dos vivos, essa estrutura incorpórea sustentava no quarto um ser ponderável e no interior de seu corpo espectral a vida da moça estava contida.

Quando terminou ele ficou observando-a. Perguntou-lhe o que tinha a dizer. Ela meneou a cabeça.

Nada?, ele perguntou.

No, ela respondeu. *Nada.*

Qué crees que eres?

Nada.

Nada. Pero piensas que has traido una dispensa especial a esta casa? Que Dios te ha escogido?

Nunca creí tal cosa.

Ele se virou e ficou olhando para fora pela pequena janela gradeada. Para toda a extensão dos limites da cidade onde as estradas se dissipavam no deserto em depósitos aluviais de areia e monturos, para além nos perímetros brancos ao meio-dia onde a fumaça das queimas de lixo ardiam no horizonte como a rubrica de hordas de vândalos saídas de ermos inescrutáveis nos longes. Ele falou sem se virar. Disse que fora estragada com mimos naquela casa. Por causa da juventude. Disse que sua doença era apenas doença e que era uma tola em acreditar nas superstições das mulheres da casa. Disse que era duas vezes tola em confiar nelas pois lhe comeriam a carne se estivessem convencidas de que isso as protegeria de doenças ou de que lhes asseguraria o carinho do amante com o qual sonhavam ou lhes limpasse a alma à visão do deus sangrento e bárbaro para quem rezavam. Disse que sua doença era apenas doença e que provaria isso quando a matasse por fim como o faria em breve.

Virou-se para sondá-la. A inclinação e o movimento dos ombros com o subir e o baixar da respiração. O pulsar do sangue na artéria do pescoço. Quando ergueu o olhar e viu o rosto dele ela soube que ele compreendera o que lhe passava no coração. O que era verdadeiro e o que era falso. Ele deu um sorriso duro. Teu amante não sabe, disse. Não contou para ele.

Mande?

Tu amado no lo sabe.

No, ela murmurou. *Él no lo sabe.*

Espalhou as peças no tabuleiro a esmo e começou a posicioná-las. Jogo mais uma com o senhor, disse.

Mac meneou a cabeça. Segurou o charuto e soltou a fumaça devagar sobre a mesa e depois pegou a caneca e bebeu o café até a última gota.

Para mim chega, retrucou.

Sim senhor. Jogou um bom jogo.

Não acreditei que você ia sacrificar um bispo.

Esse era um dos gambitos do Schönberger.

Você lê muito livro sobre xadrez?

Não senhor. Não muito. Li o dele.

Você me disse que jogava pôquer.

Um pouco. Sim senhor.

Por que pensa que isso significa uma outra coisa?

Nunca joguei muito pôquer. Meu pai era jogador de pôquer. Ele sempre dizia que o problema do pôquer é que se joga com dois tipos de dinheiro. O que você ganha é pepineira mas o que você perde é duro de ganhar.

Ele era bom jogador de pôquer?

Sim senhor. Era um dos melhores, acho. Mas me aconselhava a ficar longe. Dizia que não é um tipo de vida que se leve.

Por que que ele jogava se pensava isso?

Era a única outra coisa que sabia fazer bem.

E qual era a primeira coisa?

Ele era vaqueiro.

Imagino que muito bom vaqueiro.

Sim senhor. Ouvi falar de uns que deviam ser melhores e tenho certeza que tinha melhores. Só que eu nunca vi nenhum deles.

Ele estava na fronteira da morte, não estava?

Sim senhor.

Tinha um monte de rapazes desta parte do país que estava lá. Uma porção deles mexicanos.

Sim senhor. Tinha.

Mac tragou o charuto e soprou a fumaça na direção da janela. O Billy já fez as pazes ou você e ele ainda estão brigados?

Está tudo bem com ele.

Ele ainda vai ser a tua testemunha?

Sim senhor.

Mac meneou a cabeça. Ela não tem ninguém para ser a testemunha para ela?

Não senhor. A Socorro vai trazer a família.

Isso é bom. Faz três anos que eu não ponho aquele meu terno. Acho que é melhor eu experimentar para ver se ainda me serve.

John Grady guardou a última peça no estojo e encaixou a tampa corrediça e a fechou.

Acho que vou precisar da Socorro para ajustar o culote para mim.

Ficaram em silêncio. Mac fumava. Não é católico, é?, perguntou.

Não senhor.

Não vou ter que fazer nenhuma renúncia ou coisa assim?

Não senhor.

Então terça-feira é o dia.

Sim senhor. Dezessete de fevereiro. É o último dia antes da Quaresma. Ou perto do último, acho. Depois disso você não pode casar até a Páscoa.

Não vai ficar muito em cima?

Vai dar tudo certo.

Mac concordou com a cabeça. Prendeu o charuto entre os dentes e afastou a cadeira. Espera um pouco, disse.

John Grady o ouviu caminhar no corredor até o quarto. Quando voltou ele se sentou e pôs um anel de ouro sobre a mesa.

Faz três anos que está na gaveta da minha cômoda. Não está fazendo bem a ninguém guardado lá e não vai fazer nunca. A gente conversou sobre tudo e a gente conversou sobre esse anel. Ela não quis que enterrasse ele junto. Quero que você fique com ele.

Me desculpe senhor mas acho que não posso aceitar.

Pode aceitar sim. Já andei pensando em tudo que você podia dizer sobre isso e então em vez da gente falar tim-tim por tim-tim vamos pôr a cerimônia de lado e você guarda ele no bolso e quando a terça-feira chegar você põe ele no dedo da moça. Pode ser que precise ajustar o tamanho. A mulher que usou ele era uma mulher muito bonita. Pergunte para quem quiser, não é uma opinião só minha. Mas o que a gente via não chegava aos pés do que ela era por dentro. A gente bem que queria ter filhos mas a gente não teve. E olha que não foi porque a gente não tentou. Ela era uma mulher que tinha muito mas muito bom senso. Achei que queria que eu guardasse o anel como lembrança mas falou que eu ia saber o que fazer com ele quando chegasse a hora e é claro que tinha razão. Tinha razão em tudo. E não tem orgulho nenhum eu te dizer que ela dava mais valor para esse anel e para o que ele representava do que para qualquer outra coisa que tinha. E isso inclui cavalos muito bons. Então você fica com ele e guarda no bolso e não discute mais nada.

Sim senhor.

E agora eu vou dormir.

Sim senhor.

Boa noite.

Boa noite.

Do desfiladeiro na cadeia superior das Jerillas podiam ver o verde do socalco abaixo das nascentes e podiam ver a nuvem de fumaça do fogão subindo verticalmente no ar azul e sereno da manhã. Billy indicou a vista com um sinal de cabeça.

Quando eu era menino crescendo que nem vara de bambu eu e o meu irmão costumávamos subir no socalco no lado sul da fazenda indo para as montanhas e a gente olhava para a casa lá embaixo. No inverno às vezes estava nevando ou tinha neve no chão e sempre o fogão estava aceso e a gente via a fumaça saindo da chaminé e ela estava bem longe e parecia diferente lá de cima. Sempre parecia diferente. Era diferente. Às vezes a gente subia nas montanhas e ficava reunindo as vacas assustadas nas ravinas o dia inteiro e trazendo elas para baixo até o posto de ração onde a gente comia o bolo. Acho que não tinha uma vez que a gente não parava e não olhava de volta naquela direção antes de cavalgar por aqueles campos. A gente nunca estava a uma hora de distância de onde parava e o café ainda estava quente no fogão mas a gente estava a mundos de distância. Mundos de distância.

Ao longe viam a linha reta da estrada de rodagem e um caminhão que parecia de brinquedo rodando por ela silenciosamente. Para além daquele ponto a linha verde das curvas do rio e uma sobre outra cadeia das montanhas remotas do México. Billy o observou.

Acha que volta um dia para lá?

Para onde?

Para o México.

Não sei. Gostaria. E você?

Penso que não. Penso que acabou para mim.

Saí de lá correndo. Cavalgando de noite. Com medo de acender fogueira.

De ser morto.

De ser morto. Aquela gente te acolhia. Te escondia. Mentia por você. Ninguém nunca me perguntou o que é que eu tinha feito.

Billy estava sentado com as mãos cruzadas e as palmas sobre o arção dianteiro da sela. Curvou-se e cuspiu. Fiz três viagens para lá. Nunca voltei nem uma vez com o que buscava.

John Grady concordou com a cabeça. O que é que você ia fazer se não fosse caubói?

Não sei. Acho que ia pensar em alguma coisa. E você?

Não sei no que é que eu ia pensar.

Bom, todos nós temos que pensar em alguma coisa.

É.

Acha que podia viver no México?

Acho que sim. Talvez.

Billy concordou com a cabeça. Você sabe quanto é que um vaqueiro ganha.

Sei.

Com sorte você arruma trabalho como capataz ou coisa assim. Mas cedo ou tarde vão expulsar todos os brancos daquelas terras. Nem a Babícora vai sobreviver.

Sei disso.

Acho que se tivesse dinheiro você ia fazer um curso de veterinária. Não ia?

É. Ia.

Você escreve para tua mãe?

O que é que a minha mãe tem a ver com isso?

Nada. Me pergunto se você sabe que você é um desterrado.

Por quê?

Por que me pergunto?

Por que que eu sou um desterrado.

Não sei. É que você tem coração de desterrado. Vi isso antes.

Porque eu disse que podia viver no México?

Não é só isso.

Não acha que se resta alguma coisa dessa vida é por lá que está?

Pode ser.

Você também gosta de lá.

É? Eu nem sei o que é essa vida. Com certeza não sei o que é o México. Acho que está na tua cabeça. México. Viajei um bom bocado por lá. Na primeira *ranchera* que você ouve cantar você entende o país inteiro. Depois de ouvir umas cem você não sabe nada. Nunca vai saber. Concluí meu negócio lá faz muito tempo.

Dobrou a perna sobre o arção da sela e ficou enrolando um ci garro. Eles tinham soltado as rédeas e os cavalos inclinavam a cabeça e comiam com tristeza os poucos tufos de capim que tremulavam ao vento que soprava da ravina. Ele se arqueou dando as costas para o vento e riscou um fósforo com a unha do polegar e acendeu o cigarro e voltou à posição anterior.

Não sou o único. É um outro mundo. Todo mundo que conheci que voltou para lá estava atrás de alguma coisa. Ou pensava que estava.

É.

Tem uma diferença entre desistir e saber quando a gente é derrotado.

John Grady concordou com a cabeça.

Imagino que não acredita nisso. Acredita?

John Grady estudou as montanhas distantes. Não, respondeu. Acho que não.

Ficaram em silêncio por um bom tempo. O vento soprava. Há muito Billy terminara de fumar o cigarro e o apagara na sola da bota. Desdobrou a perna passando-a sobre o arção da sela e apoiou a bota no estribo e se inclinou e recolheu as rédeas. Os cavalos se movimentaram e pararam.

O meu pai uma vez me falou que as pessoas mais infelizes que ele conheceu na vida eram as que no fim conseguiram o que sempre quiseram.

Bom, John Grady retrucou. Estou disposto a arriscar. Eu sem dúvida tentei de outro jeito.

É.

A gente pode falar qualquer coisa para qualquer pessoa, mano. Mas na verdade é só uma maneira de falar para a gente mesmo. E a gente não consegue nem mesmo fazer isso. A gente só tenta e usa o melhor juízo que tem e é só.

É Bom. O mundo não sabe nada do teu juízo.

Sei disso. E até pior que isso. Não me importo.

Na escuridão que precedia a alvorada no domingo da Quinquagésima ela acendeu uma vela e pôs o castiçal no chão ao lado da cômoda de onde a luz não se projetaria por baixo da porta até o corredor lá fora. Lavou-se na pia com sabonete e se enxugou com a toalha e se curvou e deixou a cabeleira preta cair diante de si e esfregou-a com a toalha molhada de cima a baixo vezes incontáveis e a penteou também vezes incontáveis. Verteu umas poucas gotas de perfume na palma da mão e pressionou as palmas das mãos e perfumou o cabelo e a nuca. Depois recolheu a cabeleira e a torceu como corda e a enrolou e a prendeu no alto com grampos.

Vestiu com esmero um dos três vestidos que possuía e se observou no espelho fracamente iluminado. O vestido era azul-marinho com faixas brancas na gola e nas mangas e ela se virou diante do espelho e estendeu o braço por cima do ombro e fechou os botões do alto e tornou a se virar. Sentou-se na cadeira e calçou os sapatos de salto baixo e se levantou e foi à cômoda e pegou a bolsa e colocou os poucos artigos de toalete que caberiam nela. *No coja nada*, murmurou. Pôs nela a calcinha limpa e a escova e os pentes e fechou o fecho à força. *No coja nada.* Pegou o suéter do espaldar da cadeira e o jogou sobre os ombros e se voltou para olhar o quarto que jamais tornaria a ver. O santo tosco entalhado estava como antes. Segurando o cajado que fora colado torto. Ela tirou uma toalha do armário ao lado da pia e embrulhou o santo na toalha e depois se sentou na cadeira com o santo no colo e a bolsa pendurada em um ombro e esperou.

Esperou muito tempo. Não tinha relógio. Costumava escutar os sinos dobrarem na cidade distante mas às vezes quando o vento soprava do deserto não era possível ouvi-los. Dali a pouco ouviu um galo cantar. Por fim ouviu os passos da criada de chinelas ao longo do corredor e se levantou assim que a porta se abriu e a velha olhou à procura dela e se voltou e olhou o corredor e então entrou com a mão aberta diante de si e um dedo sobre os lábios e fechou a porta silenciosamente atrás de si.

Lista?, sussurrou.

Sí. Lista.

Bueno. Vámonos.

A velha contraiu um ombro e empinou a cabeça rapidamente. Como uma madrasta empoada saída de um livro de fábulas. Como uma conspiradora maltrapilha gesticulando em um palco. A moça segurou a bolsa e se levantou e pôs o santo debaixo do braço e a velha abriu a porta e inspecionou o corredor e depois a chamou com a mão para seguir adiante e ambas saíram no corredor.

Os sapatos dela estalavam nos ladrilhos. A velha olhou para eles e a moça se curvou ligeiramente e ergueu um pé e tirou um sapato e em seguida o outro e os enfiou debaixo do braço junto com o santo.

A velha fechou a porta atrás delas e seguiram pelo corredor, a velhota segurando a mão da moça como a de uma menina e tateando o avental para achar as chaves presas na tira de correia amarrada ao toco de cabo de vassoura.

A moça parou na porta da rua e calçou novamente os sapatos enquanto a velha abafava com o *rebozo* o som do pesado trinco e o girava com a chave. A porta então se abriu para o frio e a treva.

Entreolharam-se. *Rápido, rápido*, a velha sussurrou e a moça pôs nas mãos dela o dinheiro que lhe prometera e depois lhe abraçou o pescoço e lhe beijou a face seca e coriácea e se virou e saiu pela porta. Voltou-se no degrau para receber a bênção da velha mas a criada estava perturbada demais para responder e antes que ela se afastasse da luz do limiar da porta a velha estendeu a mão e lhe segurou o braço.

No te vayas, sussurrou. *No te vayas.*

A moça puxou o braço com força para libertá-lo das garras da velha. A manga do vestido se rasgou ao longo da costura no ombro. *No*, sussurrou, dando um passo atrás e voltando as costas. *No.*

A velha estendeu uma mão. Chamou-a roucamente. *No te vayas*, gritou. *Me equivoqué.*

A moça prendeu o santo e a bolsa sob o braço e seguiu pelo beco. Antes de chegar ao fim se virou e olhou para trás pela última vez. La Tuerta ainda parada na porta observando-a. Segurando o punhado de pesos contra o peito. Depois o olho piscou lentamente na luz e a porta se fechou e a chave girou e aquele mundo foi trancado para sempre.

Ela percorreu o beco até a rua e tomou o rumo da cidade. Cães latiam e havia no ar a fumaça das fogueiras de carvão de lenha dos baixos casebres de adobe das *colonias*. Ela caminhou pela estrada arenosa do deserto. As estrelas em cascata acima dela. O baixo firmamento recortado nos contornos negros das montanhas e as luzes das cidades ardendo na planície como estrelas refletidas em um lago. Enquanto seguia ela sussurrava uma canção de outrora. Faltavam duas horas para o raiar do dia. Uma para a cidade.

Não havia carros na estrada. De uma colina ela pôde ver a leste no outro lado do deserto a quase oito quilômetros de distância as luzes eventuais de caminhões que se movimentavam lentamente na rodovia que ligava a Chihuahua. O ar estava parado. Ela via a respiração no escuro. Observou as luzes de um carro que passou da esquerda para a direita em algum lugar à frente dela e observou as luzes seguirem adiante. Em algum lugar naquele mundo estava Eduardo.

Ao chegar à encruzilhada olhou para os dois lados para se certificar de que não havia sinal de luz de carros que se aproximavam e então atravessou. Continuou caminhando pelas ruas estreitas nos *barrios* nos arredores afastados da cidade. Já havia janelas iluminadas à luz de lampião atrás das paredes de *ocotillo* ou ripas trançadas. Ela começou a encontrar trabalhadores ocasionais que carregavam lanches em latas de banha pela alça, assobiando suavemente enquanto partiam no frio da madrugada. Seus pés começavam a sangrar de novo dentro nos sapatos e ela podia sentir o sangue úmido e gelado.

A luz do café era a única de toda a Calle de Noche Triste. Um gato estava sentado muito quieto entre os sapatos na vitrina escura da sapataria ao lado observando a rua vazia. Virou a cabeça para olhá-la fixamente enquanto ela passava. Ela abriu a porta de vidro coberta de vapor do café e entrou.

Dois homens a uma mesa junto da janela ergueram o olhar quando ela entrou e a seguiram com os olhos. Ela foi até o fundo e se sentou a uma das mesas pequenas de madeira e pôs a bolsa e o embrulho na cadeira ao lado e pegou o cardápio do suporte de arame cromado e ficou olhando para ele. O garçom atendeu. Ela pediu um *cafecito* e ele assentiu e retornou ao balcão. Estava quente no bar e pouco depois ela tirou o suéter e o colocou na cadeira. Os homens continuavam observando-a. O garçom levou o café e o colocou diante dela com uma colher e um guardanapo. Ela ficou surpresa ao ouvi-lo perguntar de onde vinha.

Mande?, perguntou.

De dónde viene?

Ela lhe disse que era de Chiapas e ele se pôs a estudá-la por um momento como se para ver como aquela pessoa podia ser diferente das que conhecia. Disse que tinha perguntado a pedido de um dos homens. Quando ela virou o rosto e olhou na direção dos homens eles sorriram mas não havia alegria no sorriso. Ela olhou para o garçom. *Estoy esperando a un amigo*, disse.

Por supuesto, disse o garçom.

Ficou tomando o café durante muito tempo. A rua lá fora foi se acinzentando no amanhecer de fevereiro. Os dois homens na frente do estabelecimento tinham terminado de tomar o café havia muito tempo e tinham partido e outros haviam entrado e ocupado o lugar deles. As lojas permaneciam fechadas. Alguns caminhões passavam na rua e as pessoas chegavam do frio lá fora e uma garçonete estava agora atendendo de mesa em mesa.

Pouco depois das sete horas um táxi azul parou na frente da porta e o motorista desceu e entrou e inspecionou as mesas com os olhos. Foi até o fundo do bar e olhou para ela.

Lista?, perguntou.

Dónde está Ramón?

Ele palitou os dentes pensativamente. Disse que Ramón não pôde vir.

Ela olhou na direção da frente do bar. O táxi continuava na rua com o motor ligado no frio.

Está bien, disse o motorista. *Vámonos. Debemos darnos prisa.*

Ela lhe perguntou se conhecia John Grady e ele concordou com a cabeça e agitou o palito. *Sí, sí*, respondeu. Disse que conhecia todo mundo. Ela olhou novamente para o táxi que lançava fumaça na rua.

Ele recuara um passo para que ela pudesse se levantar. Olhou para a cadeira onde ela colocara a bolsa. O santo embrulhado na toalha do bordel. Ela pôs a mão sobre essas coisas. Que ele poderia desejar carregar para ela. Ela lhe perguntou quem era a pessoa que o pagara.

Ele pôs o palito de volta na boca e ficou olhando para ela. Por fim respondeu que ninguém o pagara. Disse que era primo de Ramón e que Ramón recebera quarenta dólares. Descansou a mão sobre o espaldar da cadeira vazia e continuou a fitá-la. Os ombros dela subiam e desciam com a respiração. Como alguém prestes a tentar um feito de resistência. Ela disse que não sabia.

Ele se curvou. *Mire*, disse. *Su novio. Él tiene una cicatriz aquí.* Passou o dedo indicador ao longo da face para traçar o caminho da lâmina que fizera a cicatriz que o amante portava como resultado de uma briga havia três anos no *comedor* do *cárcel* de Cuellar na cidade de Saltillo. *Verdade?*, perguntou.

Sí, ela murmurou. *Es verdad. Y tiene mi tarjeta verde?*

Sí. Tirou o visto de permanência do bolso e o pôs sobre a mesa. No visto estava impresso o nome dela.

Está satisfecha?, perguntou.

Sí, murmurou. *Estoy satisfecha.* E se levantou e recolheu as coisas e deixou o dinheiro na mesa para pagar o café e o seguiu até a rua.

Todo aquele mundo meio sórdido voltava à luz na manhã fria e enquanto seguia em silêncio no banco de trás do táxi pelas ruas que despertavam ela se agarrava à relíquia de madeira mal talhada e dizia um adeus silencioso a tudo o que conhecia e a cada coisa que não tornaria a ver. Disse adeus a uma velha de *rebozo* preto que saíra à porta para ver como estava o dia e disse adeus a três moças da mesma idade a caminho da missa que se desviavam com cuidado das poças de água formadas na calçada pelas chuvas recentes e disse adeus a cães e a velhos nas esquinas e a mascates que puxavam as carretas na rua para começar o dia e a comerciantes que abriam as portas e às mulheres que se ajoelhavam com balde e pano para lavar os ladrilhos do chão. Disse adeus aos passarinhos enfileirados que haviam dormido sobre os fios elétricos e estavam despertando e cujo nome ela jamais saberia.

Atravessavam os subúrbios da cidade e ela podia ver o rio à esquerda por entre as árvores da margem do rio e além os prédios altos da cidade de um outro país e as montanhas áridas onde o sol logo surpreenderia as rochas. Passaram pelos velhos prédios municipais abandonados. Por caixas-d'água enferrujadas em um terreno entulhado de papéis sujos deixados pelo vento. Por uma cerca de arame farpado inesperada que oscilava da direita para a esquerda da janela silenciosamente e esse movimento começou a evocar o feiticeiro latente dentro dela antes que ela pudesse afastar o olhar. Ela cobriu os olhos com as mãos, respirando profundamente. No escuro das palmas das mãos em concha ela se viu deitada em uma mesa branca e fria em um cômodo branco e frio. Os vidros das portas e das janelas desse cômodo estavam entrelaçados por arame pesado e bradava lá dentro uma multidão de prostitutas e criadas de prostitutas e todas chamando por ela aos gritos. Ela se soergueu na mesa e lançou a cabeça para trás como se fosse gritar ou como se fosse cantar. Como uma jovem prima-dona recolhida em um manicômio. Nenhum som foi emitido. O frio pneuma passou. Deveria invocá-lo de volta. Quando abriu os olhos o táxi havia saído da estrada e seguia aos solavancos por uma vereda de terra escalvada e o motorista a observava pelo retrovisor. Olhou para fora mas não conseguia ver a ponte. Via o rio por entre as árvores e a névoa que subia do rio e as montanhas rochosas e brutas mais além mas não conseguia ver a cidade. Avistou um vulto andando entre as árvores à margem do rio. Perguntou ao motorista se estava para atravessar naquele ponto para o outro lado e ele respondeu que sim. Disse que agora ela iria para o outro lado. Em seguida o carro adentrou a clareira e parou e quem ela viu caminhando em sua direção através da clareira à primeira luz da manhã foi o sorridente Tiburcio.

Partira da fazenda por volta das cinco horas e se dirigira para a frente escura do bar, de onde pôde ver o mostrador do relógio pouco iluminado lá dentro. Manobrou o caminhão no pátio de cascalhos até um lugar de onde poderia observar a estrada e procurou não se virar para trás para olhar o relógio a cada minuto mas acabou fazendo-o.

Eram raros os veículos que passavam. Pouco depois das seis horas os faróis dianteiros de um veículo se aproximaram a pouca velocidade e ele se endireitou no banco inclinando-se sobre o volante e esfregou o vidro com a manga da jaqueta para desembaçá-lo porém os faróis passaram e o carro não era um táxi mas uma radiopatrulha do xerife. Pensou que poderiam voltar e lhe perguntar o que estava fazendo ali mas não voltaram. Fazia muito frio no caminhão e então ele desceu e perambulou e se golpeou com os braços e bateu os pés. Em seguida voltou para dentro do caminhão. O relógio do bar marcava seis e meia. Quando ele olhou para leste pôde ver os contornos cinzentos da paisagem.

As luzes do posto de gasolina a quase um quilômetro da rodovia se apagaram. Um caminhão passou na rodovia. Ele pensou consigo mesmo se daria tempo de dirigir até lá e comprar café antes da chegada do táxi. Às oito e meia decidiu que se o táxi estava demorando tanto assim para chegar então era isso que faria e ligou o motor. Em seguida desligou-o de novo.

Meia hora depois avistou o caminhão de Travis passando na rodovia. Poucos minutos depois o caminhão retornou e diminuiu a velocidade e entrou no estacionamento. John Grady abaixou a janela do caminhão. Travis estacionou e ficou olhando para ele. Curvou-se para fora e cuspiu.

O que acontece, te dispensaram?

Ainda não.

Achei que o caminhão tinha sido roubado. Não encrencou não, né?

Não. Só estou esperando alguém.

Está aqui faz quanto tempo?

Faz um tempo.

Tem aquecedor nesse teu caminhão?

Tem um mais ou menos.

Travis meneou a cabeça. Olhou na direção da rodovia. John Grady se inclinou e desembaçou o vidro com a manga novamente. É melhor eu ir indo, disse.

Está com algum problema?

É. Talvez.

Por causa de uma garota, imagino.

É.

Elas não valem a pena, mano.

Já me falaram.

Bom. Não vai fazer nenhuma bobagem.

Acho que é tarde demais.

Não é tarde demais se ainda não fez.

Está tudo certo comigo.

Estendeu a mão e girou a chave e apertou o botão do motor de arranque. Voltou-se e olhou para Travis. Até mais, disse.

Saiu do estacionamento e tomou o rumo da rodovia. Travis ficou olhando o caminhão até este desaparecer de vista.

IV

Quando chegou ao bar na Calle de Noche Triste o lugar estava lotado e a garçonete ia e voltava a toda a pressa com pedidos de ovos e cestas de *tortillas*. Ela não tinha conhecimento de nada. Chegara ao trabalho há apenas uma hora. Ele a seguiu até a cozinha. O cozinheiro afastou o olhar do fogão e olhou para a garçonete. *Quién es*?, perguntou. A garçonete deu de ombros. Olhou para John Grady. Equilibrou pratos no braço e empurrou a porta com as costas e saiu. O cozinheiro não tinha conhecimento de nada. Disse que o nome do garçom era Felipe mas que não estava. Só voltaria no final da tarde. John Grady o observou por alguns instantes enquanto ele virava as *tortillas* na grelha com os dedos. Depois empurrou a porta e atravessou o restaurante e saiu.

Seguiu em busca do paradeiro do motorista de táxi visitando os vários bares das ruas onde fazia ponto. Bares onde os fregueses da noite anterior carregavam as bebidas consigo e piscavam os olhos na luz da porta que se abria como suspeitos sob interrogatório. Mal evitou duas brigas por se recusar a aceitar um drinque. Foi ao Venada e bateu à porta mas ninguém atendeu. Parou no lado de fora do Moderno e espiou dentro mas tudo estava fechado e escuro.

Foi ao salão de sinuca na Mariscal Street que era frequentado pelos músicos e onde seus instrumentos estavam encostados na parede, violões e bandolins e trompas de latão ou argentão. Uma harpa mexicana. Pediu informações sobre o *maestro* mas ninguém o vira. Ao meio-dia já não havia outro lugar para ir exceto o White Lake. Sentou-se em um bar e ficou bebendo um café preto. Ficou durante muito tempo. Havia um outro lugar mas também relutou em ir lá.

Um homem nanico de avental branco o conduziu pelo corredor. O prédio cheirava a concreto úmido. Ele ouvia lá fora o tráfego da rua, uma britadeira.

O homem empurrou uma porta no fim do corredor e segurou-a aberta e o convidou a entrar com um movimento de cabeça e depois estendeu a mão e ligou o interruptor. O rapaz tirou o chapéu. Estavam em uma sala onde os mortos recentes, quatro, jaziam em mesas de refrigeração. Os tampos das mesas estavam assentados sobre pernas feitas de tubos de encanamento e os cadáveres haviam sido colocados sobre os tampos com os braços estirados ao lado do corpo e os olhos fechados e o pescoço apoiado sobre calços de madeira de cor escura. Nenhum deles estava coberto porém todos usavam as roupas com as quais a morte os encontrara. Tinham o aspecto de viajantes amarfanhados descansando em uma antessala. Ele passou devagar pelas mesas. As luzes no teto estavam protegidas por cestinhas de arame. As paredes pintadas de verde. No piso um escoadouro de latão. Fragmentos de fios de esfregão enroscados nos rodízios dos pés das mesas.

A moça a quem ele prometera amar para sempre jazia na última mesa. Jazia como os cortadores de junco a encontraram naquela manhã nos baixios sob os salgueiros cercados da névoa que subia do rio. O cabelo úmido e emaranhado. Tão preto. Crivado de lâminas de erva silvestre parda e morta. O rosto tão pálido. Na garganta o corte aberto incruento. O vestido azul bom retorcido em torno do corpo e as meias rasgadas. Perdera os sapatos.

Não havia sangue, que se esvaíra todo. Ele estendeu a mão e lhe tocou a face. Ah meu Deus, exclamou.

La conoce?, perguntou o servente.

Debruçou-se sobre a mesa, esmagando o chapéu. Pôs a mão sobre os olhos, agarrando o próprio crânio. Se ele tivesse força espremeria tudo o que ele continha. O que estava diante dele agora e tudo o mais que ele conteria para sempre.

Señor, disse o servente, mas o rapaz se voltou e o afastou para passar e saiu aos tropeços. O homem o chamou. Parou à porta e o chamou no corredor. Disse que se conhecia a moça ele precisava identificá-la. Disse que havia papéis para preencher.

As reses na extensa ravina de Cedar Springs a cujo cume ele cavalgara o observaram atentamente enquanto mastigavam e depois baixaram a cabeça de novo. O cavaleiro sabia que elas podiam adivinhar suas intenções pela postura do cavalo que ele montava. Passou e subiu até as colinas e galgou a crista da chapada e prosseguiu lentamente pela beira. Parou o cavalo de frente para o vento e observou o trem percorrer o vale a mais de trinta quilômetros dali. Ao sul a linha verde do rio se estendia como o traço a lápis de uma criança naquele ermo de cor malva e bistre. Para além as montanhas do México em claros matizes de azul e cinza esvaecendo na distância. As ervas que cobriam a chapada a seus pés dobravam-se no vento. Uma frente escura de chuva se formava ao norte. O cavalinho abaixou a cabeça e ele o volteou e continuou cavalgando. O cavalo parecia indeciso e olhou na direção oeste. Como se para se lembrar do caminho. O rapaz o instigou a avançar. Não precisa se preocupar com isso, disse.

Cruzou a rodovia e atravessou todo o lado oeste da fazenda de McGregor. Percorreu terras que não vira antes. No início da tarde encontrou um cavaleiro montado com as mãos cruzadas relaxadamente sobre o arção dianteiro da sela. O cavalo era um capão preto vistoso com um quê de sabedoria no olhar. Tinha uma cor ocre até os joelhos por causa da terra daquela região e um coldre de rifle antigo com estribos de *visalia* e um arção de sela achatado do tamanho de um pires como petrechos. O cavaleiro mascava fumo e inclinou a cabeça em um cumprimento quando John Grady se aproximou. Pois não?, perguntou.

John Grady se curvou e cuspiu. Está sugerindo que eu não devia estar nas suas terras, disse. Olhou para o cavaleiro. Um homem poucos anos mais velho do que ele. O cavaleiro o fitou com os olhos azuis-claros.

Trabalho para o McGovern, disse John Grady. Deve conhecer ele.

Sim, respondeu o cavaleiro. Conheço ele. O gado de vocês desgarra para estas bandas?

Não. Que eu saiba não. Eu é que mais ou menos desgarrei para estas bandas.

O cavaleiro empurrou a aba do chapéu com o polegar de leve para trás. Encontravam-se em uma planície aluvial árida sem capim ou qualquer outra coisa que crescesse e o único som produzido pelo vento provinha das suas roupas. As nuvens negras acumulavam-se em uma muralha alta ao norte e surgiu um fino e silencioso fio de raio lá e tremulou e tornou a desaparecer. O cavaleiro se curvou e cuspiu e esperou.

Era para eu casar daqui dois dias, o rapaz disse.

O cavaleiro concordou com a cabeça mas o rapaz não disse mais nada.

Imagino que você mudou de ideia.

O rapaz não respondeu. O cavaleiro lançou o olhar para o norte e tornou a olhar para ele.

Capaz que aquela chuva chegue aqui.

Capaz. Choveu na cidade nas últimas duas noites.

Já jantou?

Não. Jantei não.

Por que não vem para minha casa?

É melhor eu voltar.

Suponho que ela é que mudou.

O rapaz desviou o olhar. Não respondeu.

Logo aparece uma outra. Vai ver.

Não aparece não.

Por que não vem para casa e janta com a gente?

Agradeço. Mas tenho que voltar.

Você me lembra um pouco eu mesmo. Tem uma preocupação na cabeça e sai cavalgando.

John Grady ficou segurando as rédeas relaxadamente. Olhou as terras que se perdiam longe por um bom tempo antes de falar. Quando falou, o cavaleiro precisou se inclinar para ouvir as palavras. Bem que eu queria cavalgar, disse. Bem que eu queria.

O cavaleiro limpou os cantos da boca com o nó do polegar. Talvez seja melhor não voltar ainda não, disse. Talvez seja melhor só esperar um pouquinho.

Ia cavalgar e nunca mais olhar para trás. Ia cavalgar para onde não encontrasse um só dia que já vivi na vida. Mesmo que tivesse que voltar e cavalgar de novo cada palmo dessa terra. Então ia cavalgar mais chão.

Eu fui assim, disse o cavaleiro.

É melhor eu ir.

Tem certeza que não quer mudar de ideia? A nossa comida é muito boa.

Não. Obrigado.

Bom.

Tomara que aquela chuva chegue aqui.

Tomara.

Ele volteou o cavalo e partiu rumo à vasta planície aluvial ao sul. O cavaleiro também volteou o cavalo e começou a seguir em direção ao interior mas parou sem ter ido longe. Aquietou o cavalo e observou o rapaz percorrer o vale extenso e o observou por muito tempo. Quando não conseguiu mais avistá-lo se soergueu de leve nos estribos. Como se o fosse chamar. O rapaz não olhou para trás em momento algum. Quando desapareceu de vez o cavaleiro ainda continuou ali parado. Tinha largado as rédeas e estava sentado com a perna cruzada sobre o arção da sela e ele empurrou o chapéu para trás e se curvou e cuspiu e sondou as terras. Como se tivessem alguma coisa para lhe dizer por aquela pessoa ter passado por elas.

Era fim da tarde e estava quase escuro quando ele atravessou o vau a cavalo e apeou embaixo dos choupos na clareira no lado mais afastado. Largou as rédeas e caminhou até o casebre e empurrou a porta para abri-la. Estava escuro dentro e ele parou no limiar da porta e virou e olhou o anoitecer. A terra que ia escurecendo. O céu vermelho-sangue onde o sol se pusera e os pequenos pássaros escuros debandando antes da tempestade. O vento gemia no fumeiro com um som longo e seco. Ele entrou no quarto e parou. Pegou um fósforo e acendeu o lampião e abaixou a mecha e repôs a cúpula e se sentou na cama com as mãos entre os joelhos. O santo de madeira entalhada olhava de esguelha do meio das sombras. A própria sombra dele produzida pela luz do lampião se elevava na parede atrás. Uma forma vultosa que não guardava qualquer semelhança com ele. Pouco depois ele tirou o chapéu e o deixou cair no chão e enfiou o rosto entre as mãos.

Quando montou o cavalo novamente era noite e ventava e não havia estrelas e fazia frio e o capinzal de *sacaton* ao longo do riacho se debatia no vento e as pequenas árvores desfolhadas pelas quais ele passava zuniam feito arames. O cavalo tremia e pateava e erguia as chaminés das narinas ao vento. Como para distinguir o que poderia vir com a tempestade que não fosse apenas tempestade. Atravessaram o riacho e desceram a estrada velha. Ele pensou que ouviu uma raposa ladrar e a procurou com os olhos pelo contorno do rochedo acima da estrada à esquerda. Nas noites no México ele costumava vê-las aparecer e andar sobre as pedras caídas nas planícies por causa da vantagem da visão do alto. Para descobrir secretamente que vida menor se aventuraria na escuridão. Ou então simplesmente se sentavam sobre aquelas muralhas enormes erigidas por Deus em silhueta como ícones egípcios, silenciosas mas distintas contra o céu que enegrecia, o bastante para tudo o que se requeria delas.

Deixara o lampião ardendo no casebre e a janela pouco iluminada parecia quente e convidativa. Ou pareceria a outros olhos. Para ele mesmo tudo aquilo estava acabado e depois de ter atravessado o riacho e tomado a estrada que tinha de tomar ele não olhou mais para trás.

Quando entrou no pátio caía uma chuva fina e ele pôde ver que todos jantavam através do vidro da janela da cozinha que a água da chuva tornara turvo. Cavalgou até o celeiro e então parou o cavalo e olhou para trás. Sentiu que era como ver aquelas pessoas em uma época anterior a sua chegada à fazenda. Ou eram como pessoas em alguma outra casa sobre cujas vidas e histórias nada sabia. Todos pareciam sobretudo estar à espera de que as coisas fossem de um jeito que jamais seriam outra vez.

Entrou no celeiro e apeou e deixou ali o cavalo e foi para o alojamento. Os cavalos olharam por cima da porta nas baias e o observaram passar. Ele não acendeu a luz. Pegou a lanterna de cima da prateleira e se ajoelhou e abriu o baú e remexeu à procura da capa impermeável e de uma camisa seca e pegou do fundo do baú a faca de caçador que pertencera ao pai e o envelope marrom que continha seu dinheiro e colocou tudo sobre a cama. Depois tirou a camisa e vestiu a seca e pôs a capa e guardou a faca no bolso da capa. Tirou algumas notas de dentro do envelope e tornou a colocar o envelope no baú e fechou a tampa. Depois desligou a lanterna e a pôs de volta na prateleira e tornou a sair.

Ao chegar ao fim da estrada apeou e amarrou as rédeas sobre o arção da sela e conduziu o cavalo para uma trilha atrás da estrada escorregando na lama e depois desprendeu o arreio e recuou e deu uma palmada no lombo do cavalo e ficou observando enquanto o animal trotava subindo a estrada na lama densa até desaparecer na chuva e na treva.

As primeiras luzes que o encontraram parado na beira da rodovia diminuíram de velocidade e pararam. Ele abriu a porta do carro e olhou dentro.

As minhas botas estão muito sujas de barro, disse.

Entra, o homem disse. Não vai causar dano nenhum para essa geringonça.

Ele subiu no carro e fechou a porta. O motorista engrenou a marcha e se inclinou para a frente e olhou para a estrada com os olhos apertados. De noite não enxergo coisa nenhuma, disse. O que você está fazendo debaixo de uma chuva dessa?

O senhor quer dizer fora me molhar?

Fora se molhar.

Estou precisando ir para a cidade.

O motorista olhou para ele. Era um fazendeiro velho, chupado e ossudo. A coroa do chapéu que usava estava arredondada no modo como alguns velhos costumavam usar. Poxa, filho, exclamou. O teu caso é sério.

Não é nada disso. É só que tenho um negócio para tratar.

Bom, imagino que é coisa urgente porque senão não ia estar aqui, não é mesmo?

Não senhor. Não ia não.

Bom, eu também não ia. Já passou meia hora da hora de eu ir para cama dormir.

Sim senhor.

Missão de caridade.

Senhor?

Missão de caridade. Um animal doente.

Dirigia debruçado sobre o volante e o carro ia escarranchado na faixa branca do centro. Olhou para o rapaz. Passo para o lado se aparecer alguma coisa, disse. Sei dirigir. É que não enxergo.

Sim senhor.

Trabalha para quem?

Mac McGovern.

O velho Mac. Ele é um dos bons. Não é?

Sim senhor. Ele é.

Você ia fundir o motor de uma camionete Ford atrás de um melhor.

Sim senhor. Acredito que sim.

Uma égua doente. Novinha. Tentando parir.

Deixou alguém com ela?

A minha mulher está em casa. No celeiro, melhor dizendo.

Prosseguiram. A chuva fustigava a estrada nas luzes e os limpadores de para-brisas trepidavam de um lado para o outro sobre o vidro.

Dia vinte e dois de abril vai fazer sessenta anos que a gente está casado.

Isso é um tempão.

Tempão, é. Até que não parece, mas é. Ela veio com a família dela de Oklahoma para cá em um carroção. A gente tinha dezessete anos quando casou. Fomos para Dallas para a exposição na lua de mel. Não queriam alugar um quarto para a gente. Que nem eu nem ela tinha cara de ter idade para estar casado. Nesses sessenta anos não passou um dia que não agradeci a Deus por essa mulher. Eu nunca fiz nada para merecer ela, isso eu posso te dizer. Não sei o que é que podia fazer.

Billy pagou o pedágio na guarita e atravessou a ponte. Os meninos ao longo da margem do rio embaixo da ponte estendiam o balde pregado na ponta de uma vara e pediam dinheiro. Ele desceu a avenida Juárez entre os turistas, passou pelos bares e pelas lojas de antiguidades, os intrujões chamando-o das portas. Entrou no Florida e pediu um uísque e o bebeu e pagou e tornou a sair.

Subiu Tlaxcala até o Moderno mas estava fechado. Bateu e esperou debaixo do arco ladrilhado verde e amarelo. Deu a volta até a lateral do prédio e espiou por um canto quebrado de uma das janelas gradeadas. Viu uma luzinha acesa no fundo do bar. Ficou na chuva olhando o corredor estreito de lojas e bares e casas baixas na rua. O ar cheirava a fumaça de diesel e lenha queimada.

Retornou à avenida Juárez e tomou um táxi. O motorista olhou para ele pelo retrovisor.

Conoce el White Lake?

Sí. Claro.

Bueno. Vámonos.

O motorista aquiesceu e o carro arrancou. Billy se recostou no banco e observou as ruas sombrias da cidade fronteiriça passarem na luz da tarde chuvosa. Deixaram a estrada asfaltada e seguiram pelas estradas lamacentas dos *barrios* afastados. Os burros dos vendedores ambulantes sobrecarregados de lenha viravam a cabeça quando o táxi passava espadanando água dos buracos da estrada. Tudo estava coberto de lama.

Quando o carro estacionou defronte do White Lake Billy desceu e acendeu um cigarro e tirou a carteira do bolso da frente da calça de brim.

Posso te esperar, disse o motorista.

Não precisa não.

Posso voltar e esperar.

Pode demorar um pouco. Quanto é?

Três dólares. Não quer que eu te espere?

Não.

O motorista deu de ombros e pegou o dinheiro e girou a maçaneta para fechar a janela e partiu. Billy pôs o cigarro na boca e olhou para o prédio na periferia do *barrio* entre a lama e os casebres de madeira e as paredes de ferro laminado corrugado do armazém.

Caminhou até os fundos do prédio e seguiu pelo beco que ficava depois do armazém e bateu à primeira das duas portas e esperou. Jogou a ponta de cigarro na lama com um piparote. Ergueu a mão para bater mais uma vez quando a porta se abriu e a velha criada espiou fora. Assim que o viu ela tentou fechar a porta mas ele tornou a abri-la com um empurrão e ela se voltou e saiu correndo e gritando pelo corredor com uma mão na cabeça. Ele fechou a porta atrás de si e olhou para o corredor. As cabeças com papelotes das prostitutas surgiram rapidamente e rapidamente sumiram, como galinhas. Portas se fecharam. Ele não tinha andado três metros no corredor quando um homem de terno preto e um rosto fino que lembrava uma fuinha apareceu e tentou segurar-lhe o braço. Um momento, o homem disse. Um momento.

Billy libertou o braço bruscamente. Cadê o Eduardo?, perguntou.

Um momento, o homem repetiu. Tentou segurar o braço de Billy mais uma vez. Um erro. Billy o agarrou pelo colarinho e o jogou contra a parede. Ele era muito leve. Não tinha consistência alguma. Não opôs resistência e parecia estar apenas apalpando o corpo como se tivesse perdido alguma coisa e Billy soltou no momento exato o punhado de seda preta que prendera na mão. A lâmina fina da faca lhe raspou o cinto e ele saltou para trás e levantou os braços. Tiburcio se agachou e simulou um ataque com a faca diante de si.

Seu filho da puta, exclamou Billy. Esmurrou o mexicano em cheio na boca e o mexicano bateu contra a parede e caiu sentado no chão. A faca voou girando e caiu retinindo no corredor. A velha observava no fundo do corredor com os dedos entre os dentes. O olho se fechava e voltava a se abrir em uma piscadela enorme e obscena. Ele se voltou para o cafetão e se surpreendeu ao ver seu esforço para se pôr de pé segurando um pequeno canivete prateado ainda preso à corrente que pendia de través na frente da calça preta. Billy o golpeou de lado na cabeça e ouviu o estalo do osso. A cabeça do cafetão girou para o outro lado e ele deslizou alguns metros pelo corredor e ficou caído no soalho em uma pilha preta retorcida tal como um pássaro morto. A velha veio correndo titubeante e gritando pelo corredor. Ele a deteve assim que passou e a empurrou para um lado. Ela atirou as mãos no ar e fechou o olho bom. *Aiee*, gritou. *Aiee*. Ele lhe agarrou os pulsos e a sacudiu. *Dónde está mi compañero*?, perguntou.

Aiee, ela gritou. Ela procurou se desvencilhar e ir de encontro ao cafetão que jazia no soalho.

Dime. Dónde está mí cuate?

No sé. No sé. Por Dios, no sé nada.

Dónde está la muchacha? *Magdalena*? *Donde está Magdalena*?

Jesús Maria y José ten compasión no está. No está.

Dónde está Eduardo?

No está. No está.

Nenhuma droga de alma viva *está*, bem?

Soltou-a e ela se atirou sobre o cafetão caído e levantando sua cabeça até o peito dela. Billy balançou a cabeça desgostoso e avançou no corredor e recolheu a faca e fincou a lâmina entre a porta e o batente e quebrou a lâmina e jogou o cabo longe e se virou e retornou. A criada se amedrontou e levou uma mão acima da cabeça mas ele esticou o braço para além dela e arrancou a corrente de prata do colete do cafetão e partiu também a lâmina do canivete.

Esse filho da puta tem mais alguma faca escondida?

Aiee, choramingou a criada, balançando-se para a frente e para trás com a cabeça gordurosa do cafetão no peito. O cafetão voltara a si e estava olhando para ele com um olho escondido entre os cabelos viscosos da mulher. Um braço se debatia frouxo inutilmente. Billy estendeu a mão e lhe agarrou o cabelo e lhe ergueu o rosto.

Dónde está Eduardo?

A criada lamuriava e se debulhava em lágrimas e tentava desprender os dedos de Billy do cabelo do cafetão.

En su oficina, o cafetão disse ofegante.

Ele o soltou e endireitou o corpo e limpou a mão engordurada na perna da calça e caminhou para o fundo do corredor. Não havia maçaneta na porta laminada de Eduardo e ele examinou-a alguns instantes e depois ergueu uma perna e a chutou. A madeira se lascou de tal forma que a porta se desprendeu completamente das dobradiças e oscilou de lado e tombou no chão. Eduardo estava à escrivaninha. Parecia estranhamente imperturbado.

Cadê ele?, Billy perguntou.

O amigo misterioso.

Ele se chama John Cole e se você arrancou um só fio de cabelo dele que seja pode se considerar um filho da puta morto.

Eduardo se recostou. Abriu a gaveta da escrivaninha.

Tomara que você tenha uma caixa de sapatos cheia de revólver aí dentro, Billy disse.

Eduardo pegou um charuto da gaveta da escrivaninha e a fechou e pegou no bolso o cortador de charuto de ouro e ergueu o charuto e o aparou e pôs o charuto na boca e guardou o cortador no bolso de novo.

Por que eu ia precisar de um revólver?

Vou te dar uma porção de motivo se não conseguir tirar alguma coisa de você.

A porta não estava trancada.

Quê?

A porta não estava trancada.

A droga da tua porta não me interessa.

Eduardo concordou com a cabeça. Tinha tirado o isqueiro do bolso e estava flutuando a chama em torno da ponta do charuto e girando o charuto na boca com os dedos lentamente. Olhou para Billy. Depois olhou para trás de Billy. Quando Billy se voltou o *alcahuete* estava parado no limiar da porta, uma mão apoiada no batente lascado, respirando devagar e com regularidade. Um olho inchara e estava semifechado e a boca estava intumescida e sangrava e a camisa estava rasgada. Eduardo o mandou embora com uma breve contração do queixo.

Você não acredita, disse, sem dúvida, que a gente não tem condição de se proteger; a gente, a ralé e os bêbados que vêm aqui.

Guardou o isqueiro no bolso e ergueu o olhar. Tiburcio continuava parado no limiar da porta. *Ándale pues*, disse ele. Tiburcio olhou para Billy por um instante sem muito mais expressão do que uma víbora e depois se virou e voltou pelo corredor.

O teu amigo está sendo procurado pela polícia, disse Eduardo. A moça está morta. O corpo dela foi encontrado no rio hoje cedo.

Quero que você vá para o inferno.

Eduardo estudou o charuto. Olhou para Billy. Você vê no que deu.

Você não podia simplesmente libertar ela, podia?

Você se lembra da nossa conversa na última vez que a gente se encontrou.

Sim. Me lembro.

Você não acreditou em mim.

Acreditei em você.

Falou com o teu amigo?

Sim. Falei com ele.

Mas as tuas palavras não tinham importância nenhuma para ele.

Não. Não tinham.

E agora eu não posso te ajudar. Entende?

Não vim aqui para pedir a tua ajuda.

Talvez seja bom você refletir sobre a tua própria implicação nesse caso.

Não sou responsável por nada.

Eduardo deu uma longa tragada no charuto e soprou a fumaça lentamente no centro vazio do cômodo. Que figura estranha você faz, ele disse. Apesar de qualquer ponto de vista que você tenha, tudo o que aconteceu foi resultado de o teu amigo cobiçar a propriedade de outro homem e da teimosia dele em converter essa propriedade para uso próprio sem pensar nas consequências. Mas claro que isso não faz as consequências desaparecerem. Faz? E agora você está na minha frente esbaforido e meio arrebatado depois de destruir o meu estabelecimento e desdenhar a minha ajuda. E depois de quase com certeza ter colaborado para levar embora uma das moças sob a minha responsabilidade de uma maneira que causou a morte dela. E mesmo assim parece que você está me pedindo para eu te ajudar a resolver as tuas dificuldades. Por quê?

Billy olhou para sua mão direita. Já estava bastante inchada. Olhou para o cafetão sentado de lado à escrivaninha. As botas caras cruzadas diante de si.

Acha que eu não tenho recurso, não acha?

Não sei o que é que você tem ou não tem.

Eu também conheço este país.

Ninguém conhece este país.

Billy se voltou. Deteve-se no limiar da porta e olhou para o corredor. Depois tornou a olhar para o cafetão. Vá para o inferno, disse. Você e a tua corja.

Estava sentado em uma cadeira de aço em um cômodo vazio com o chapéu sobre o joelho. Quando a porta afinal se abriu novamente o oficial olhou para ele e o mandou se levantar gesticulando com as pontas dos dedos. Ele se levantou e seguiu o homem pelo corredor. Um preso estava limpando o linóleo gasto com um esfregão e quando passaram ele deu um passo atrás e esperou e depois continuou a limpar.

O oficial bateu à porta do capitão com o nó do dedo e depois abriu a porta e fez um sinal para Billy entrar. Ele entrou e a porta se fechou atrás dele. O capitão escrevia sentado à escrivaninha. Olhou para ele de relance. Em seguida continuou a escrever. Pouco depois fez um leve movimento de cabeça indicando as duas cadeiras à esquerda. Por favor, disse. Sente.

Billy se sentou em uma das cadeiras e pôs o chapéu sobre a cadeira ao lado. Depois o pegou de novo e o segurou. O capitão pôs a caneta de lado e colocou os papéis de pé e os bateu no tampo e os alinhou nos quatro cantos e os pôs de lado e olhou para ele.

Como posso ajudá-lo?, perguntou.

Vim ver o senhor a respeito de uma moça que foi encontrada morta no rio hoje cedo. Acho que posso identificar ela.

Sabemos quem ela é, o capitão retrucou. Recostou-se na cadeira. Ela era amiga sua?

Não. Vi ela uma vez e é só.

Ela era prostituta.

Sim senhor.

O capitão tinha juntado as mãos. Inclinou-se para a frente e pegou uma enorme fotografia lustrosa de uma bandeja de carvalho no canto da escrivaninha e a estendeu sobre a mesa.

É esta a moça?

Billy pegou a fotografia e a virou e olhou. Olhou para o capitão. Não sei, respondeu. É um pouco difícil dizer.

A moça na fotografia parecia ser feita de cera. Ela havia sido virada de lado de modo a favorecer a visão da garganta cortada. Billy segurou a fotografia cuidadosamente. Tornou a olhar para o capitão.

Penso que provavelmente é ela.

O capitão esticou o braço e pegou a fotografia e tornou a colocá-la na bandeja com a imagem voltada para baixo. Você tem um amigo, disse.

Sim senhor.

Qual era a relação dele com essa moça?

Ele ia casar com ela.

Casar com ela.

Sim senhor.

O capitão pegou a caneta e desenroscou a tampa. Como é que ele se chama?

John Grady Cole.

O capitão escreveu. Onde está o seu amigo?, perguntou.

Não sei.

Conhece-o bem?

Sim. Conheço.

Ele matou a moça?

Não.

O capitão enroscou de novo a tampa da caneta e se reclinou. Está bem, disse.

Como está bem?

O senhor tem a liberdade de ir embora.

Eu tinha a liberdade de ir embora quando vim aqui.

Ele o mandou?

Não, ele não me mandou.

Está bem.

É só isso o que o senhor tem para dizer?

O capitão tornou a juntar as mãos. Deu batidinhas nos dentes com as pontas dos dedos. Lá fora o som de pessoas conversando no corredor. Mais além o trânsito na rua.

Como é mesmo o seu nome?

Senhor?

Como é mesmo o seu nome.

Parham. É Parham.

Parham.

Não vai anotar?

Não.

Já tinha anotado.

Sim.

Bom.

Não vai me contar nada. Vai?

Billy olhou dentro do chapéu. Olhou para o capitão. O senhor sabe que aquele cafetão matou ela.

O capitão deu batidinhas nos dentes. Nós gostaríamos de falar com o seu amigo, disse.

O senhor gostaria de falar com ele mas não com o cafetão.

Nós já falamos com o cafetão.

É. E eu sei o que é que ele fala também.

O capitão meneou a cabeça enfarado. Olhou para o nome no bloco. Olhou para Billy.

Senhor Parham, disse. Três gerações de homens na minha família foram mortos na defesa desta república. Avôs, pais, tios, irmãos. Onze homens ao todo. Quaisquer convicções que possam ter tido agora são inerentes a mim. Quaisquer esperanças. Para mim esse é um pensamento sensato. Entende? Rezo por esses homens. O sangue deles escorre nas ruas e nas sarjetas e nos arroios e entre as pedras do deserto. Eles são o meu México e eu rezo por eles e atendo a eles e apenas a eles. Não atendo a nada mais. Não atendo a cafetões.

Se isso é verdade então retiro o que eu disse.

O capitão inclinou a cabeça.

Billy indicou a fotografia na bandeja com um sinal de cabeça. O que fizeram com ela? O corpo.

O capitão ergueu uma mão e a baixou de novo. Ele já fez a visita dele. Hoje de manhã.

Ele viu isso?

Sim. Antes de sabermos da identidade da moça. O... como se chama? O *practicante*. O *practicante* disse para o meu tenente que ele falava um espanhol excelente. Ele tem uma cicatriz. Um sinal. Aqui.

Isso não faz dele uma pessoa má.

Ele é uma pessoa má?

Ele sempre foi um rapaz bom. Ele é o melhor.

Não sabe onde ele está?

Não senhor. Não sei.

O capitão ficou em silêncio por um momento. Depois se levantou e estendeu a mão. Obrigado por vir, disse.

Billy se ergueu e eles apertaram as mãos e Billy pôs o chapéu. Virou-se à porta.

Ele não é dono do White Lake, é? Eduardo.

Não.

Acho que o senhor não ia me contar quem é o dono.

Não é importante. Um homem de negócios. Ele não tem nada a ver com isso.

O senhor não considera ele um cafetão, imagino.

O capitão o estudou. Billy esperou.

Sim, disse o capitão. É assim que o considero.

Fico satisfeito de ouvir isso, Billy disse. Pois eu também.

O capitão concordou com a cabeça.

Não sei o que aconteceu, Billy disse. Mas sei por que aconteceu.

Conte-me então.

Ele se apaixonou por ela.

O seu amigo.

Não. Eduardo.

O capitão tamborilou com os dedos ligeiramente na borda da escrivaninha. É?, perguntou.

É.

O capitão meneou a cabeça. Não vejo como um homem pode gerir um lugar desse se apaixonando pelas moças.

Também não vejo como.

Sim. Por que essa moça?

Não sei.

O senhor me disse que só a viu uma vez.

Foi.

Acha que o seu amigo não é tão tolo assim.

Eu disse na cara dele que ele é. Posso estar errado.

O capitão concordou com a cabeça. Eu também não sou tão tolo, senhor Parham. Sei que não o traria até mim. Mesmo que as mãos dele pingassem sangue. Principalmente nesse caso.

Billy concordou com a cabeça. Passe bem, disse.

Saiu e subiu a rua e entrou no primeiro bar que encontrou e pediu uma dose de uísque e levou o copo até o telefone público na parede dos fundos. Socorro atendeu e ele lhe contou o que acontecera e pediu para chamar Mac mas Mac já estava ao telefone.

Espero que você me explique o que significa tudo isso.

Sim senhor. Vou explicar. Se ele aparecer aí não deixa ele ir embora se puder.

Você bem que podia me dar uma sugestão de como segurar ele em um lugar que ele não quer ficar.

Vou chegar aí o mais depressa que eu posso. Só vou procurar em outros lugares.

Eu sabia que alguma coisa nessa história não soava bem.

Sim senhor.

Sabe onde é que ele está?

Não senhor. Não sei.

Me telefona de volta assim que souber de alguma coisa. Está me ouvindo?

Sim senhor.

Me telefona de qualquer jeito. Não vai me deixar sentado aqui a noite toda.

Sim senhor. Eu telefono.

Desligou o telefone e bebeu o uísque e levou o copo vazio para o balcão e se sentou. *Otra vez*, pediu. O barman serviu. O lugar estava vazio, exceto por um único bêbado. Ele bebeu a segunda dose e pôs uma moeda de vinte e cinco centavos sobre o balcão e saiu. Enquanto subia a avenida Juárez os motoristas de táxi o chamavam para ir ver o show. Para ir ver as garotas.

John Grady bebeu um uísque puro no Kentucky Club e pagou e saiu e acenou para o motorista de táxi parado na esquina. Entrou e o motorista se virou e olhou para ele.

Para onde está indo, meu amigo?

Para o White Lake.

O homem se voltou e ligou o motor e o carro seguiu pela rua. A chuva amainara e se transformara em uma garoa intermitente mas as ruas estavam alagadas e o táxi ia devagar e subia a avenida Juárez com as luzes berrantes refletidas na água preta como um barco se abaulando e tremulando e endireitando o prumo de novo.

O carro de Eduardo estava estacionado no beco junto à parede escura do armazém e ele caminhou até onde estava o carro e experimentou abrir a porta. Depois ergueu uma perna e chutou o vidro da porta. O vidro era laminado e se quebrou em cacos brancos na luz e cedeu para dentro. Tornou a chutá-lo e o vidro afundou no banco e ele esticou a mão e a assentou sobre a buzina e a tocou três vezes e recuou. O som ecoou no beco e passou. Ele tirou a capa impermeável e retirou a faca do bolso e se agachou e meteu a calça dentro dos canhões das botas e enfiou a faca na bainha dentro da bota esquerda. Depois colocou a capa sobre o capô do carro e tornou a apertar a buzina. O eco mal havia morrido quando a porta no fundo do prédio se abriu e Eduardo saiu e deu um passo atrás junto da parede fora da luz.

John Grady se afastou do lado do carro. Um fósforo flamejou e o rosto de Eduardo se inclinou na chama com um de seus *cigarillos* entre os dentes. O fósforo agonizante formou um arco ao cair no beco.

O noivo, disse ele.

Deu um passo à frente para a luz e se apoiou na balaustrada de ferro. Fumou e olhou para a noite. Baixou o olhar e olhou para o rapaz.

Você podia simplesmente ter batido à minha porta.

John Grady tinha recolhido a capa de cima do capô do carro e estava parado no beco, a capa dobrada embaixo do braço. Eduardo fumava.

Suponho que veio me pagar o dinheiro que me deve.

Vim para te matar.

O cafetão tragou lentamente o *cigarillo*. Pendeu a cabeça de leve e soprou a fumaça para cima em um fluxo fino que lhe escapava dos lábios finos.

Penso que não, retrucou.

Virou-se e desceu devagar os três degraus que levavam ao beco. John Grady se deslocou para a esquerda e parou à espera.

Acho que você não sabe nem mesmo por que veio aqui, disse Eduardo. O que é muito triste. Talvez eu possa te ensinar. Talvez ainda tenha tempo para aprender. Tragou de novo o *cigarillo* e depois o jogou no chão e o apagou esmagando-o com a bota.

John Grady não chegou a vê-lo tocar o canivete automático. Talvez ele o mantivesse na palma da mão o tempo todo. Houve um estalo agudo e uma cintilação de luz na lâmina. E de novo a cintilação. Como se ele o girasse na mão. John Grady retirou a faca do canhão da bota e enrolou a capa em torno do braço direito e segurou a extremidade solta. Eduardo caminhou pelo beco de modo que a luz incidisse sobre suas costas. Pisava com cautela para evitar as poças de água da chuva. A camisa de seda clara se ondulava na luz. Virou-se e olhou para o rapaz.

Mude de ideia, disse. Vá embora. Escolha a vida. Você é jovem.

Vim para te matar ou para ser morto.

Ah, fez Eduardo.

Não vim para conversar.

É apenas uma formalidade. Por causa da tua juventude.

Não precisa se preocupar com a minha juventude.

O cafetão se deteve no beco. A camisa aberta no pescoço. A cabeça oleosa com um brilho azul na luz. Segurando o canivete fino frouxamente em uma mão. Eu queria que você soubesse que eu ainda estava disposto a te perdoar, disse.

Ele se aproximara dando passos quase imperceptíveis. Parou. A cabeça ligeiramente virada para um lado. Esperando.

Vou te dar todo tipo de vantagem. Talvez não tenha se metido antes em muitas lutas. Penso que vai perceber que em uma luta em geral o último a falar é o perdedor.

Levou dois dedos aos lábios para aconselhar silêncio. Depois fechou a mão e fez um sinal para o rapaz avançar. Vem, disse. Tem que ter um começo. É como o primeiro beijo.

Ele o fez. Avançou e simulou um ataque e passou a faca de lado no cafetão e recuou. Eduardo arqueou as costas como um gato e ergueu os cotovelos no ar para que a lâmina passasse por baixo deles. Sua sombra na parede do armazém lembrava um maestro escuro a erguer a batuta para principiar. Sorriu e deu um giro de corpo. A cabeça lustrosa reluziu. Avançou por baixo e da esquerda para a direita e a lâmina passou três vezes diante dele, rápida demais para acompanhar e rápida demais para ver. John Grady rechaçou a lâmina com o braço direito protegido pela capa e recuou tropeçando e se recobrou mas Eduardo estava de novo andando em volta, sorrindo.

Pensa que não vi gente igual você antes? Vi gente igual você antes. Muitos e muitos. Pensa que não conheço os Estados Unidos? Conheço os Estados Unidos. Quantos anos você acha que eu tenho?

Parou e se agachou e simulou um ataque e investiu, rodeando. Tenho quarenta anos, disse. Um homem de idade, *no*? Que merece respeito, *no*? Não este tipo de luta com facas em um beco.

Tornou a investir e quando recuou o braço estava cortado bem abaixo do cotovelo e a camisa de seda amarela estava manchada de sangue. Parecia que ele não notara.

Não esta luta com um noivo. Com um vaqueiro. Vaqueiro é uma coisa que não vai ter fim.

Parou no mesmo lugar e se virou e começou a avançar pelo outro lado. Parecia um ator andando no palco compassadamente. Às vezes mal parecia notar o rapaz.

Vaqueiros desgarram do paraíso leproso como o teu buscando uma coisa que não existe mais entre eles. Uma coisa que talvez eles já nem sabem mais o nome. Sendo vaqueiros é claro que o primeiro lugar que eles pensam conhecer é um puteiro.

O sangue pingava da manga da camisa. As gotas escuras e vagarosas desapareciam na areia escura aos pés. Ele brandia o canivete para a frente e para trás diante de si enquanto andava devagar da direita para a esquerda. Como um homem cortando ervas silvestres a esmo.

Nesse momento, é claro, a saudade anuviou a cabeça deles. A cabeça que pode ser que eles tenham. Não veem as verdades mais simples. Parece que eles não são capazes de ver que o fato mais elementar a respeito de putas...

De repente estava bem baixo diante de John Grady. Quase se ajoelhando. Quase como um suplicante. O rapaz não sabia dizer como ele chegara ali mas quando ele se desviou de lado e começou a girar de novo havia um corte fundo aberto na coxa do rapaz e o sangue quente escorria na perna.

É que elas são putas, disse Eduardo.

Agachou-se e simulou um ataque e girou novamente. Depois investiu e com o canivete em um golpe oblíquo fez outro corte não mais do que dois centímetros acima do primeiro.

Pensa que ela não me implorava para procurar ela? Será que tenho que te contar as coisas que ela desejava que eu fizesse? Coisas que vão além da imaginação de um vaqueiro, posso te garantir.

Você é um mentiroso.

O noivo fala.

Deu uma estocada com a faca mas Eduardo se desviou e se empertigou todo pequeno e estreito e lançou a cabeça para o outro lado com desdém à maneira dos *toreros*. Eles giraram.

Antes que eu acabe com você vou te dar uma última oportunidade para se salvar. Te deixo ir embora, noivo. Se você quer.

O rapaz se desviou de lado, atento. O sangue gelara na perna. Passou no nariz a manga do braço direito com o qual segurava a faca. Se salve você, disse. Se puder. Se salve você, seu rufião.

Ele me injuria.

Giraram.

Não ouve a razão. Os amigos. O *maestro* cego. Todos. Não deseja nada tão credulamente senão se jogar dentro da cova de uma puta morta. E me injuria.

Voltara o rosto para o alto. Estendera uma mão como se para mostrar a inutilidade do conselho e parecia se dirigir a uma testemunha invisível.

Taí um vaqueiro tranquilo, disse. Taí um bom vaqueiro.

Simulou um ataque pela esquerda e cortou a coxa de John Grady pela terceira vez.

Vou te dizer o que vou fazer. O que na verdade já fiz. Porque você não vai ter o poder de impedir mesmo sabendo. Quer que eu te diga?

O noivo não diz nada. Pois bem. Eis o meu plano. Um transplante cirúrgico. Para pôr a inteligência do noivo dentro da coxa dele. O que é que acha disso?

Girou. O canivete oscilava devagar para a frente e para trás. Penso que já está lá. E como é pensar para um homem assim? Cuja inteligência foi submetida a uma tal transferência. Ele ainda espera viver. Claro. Mas está enfraquecendo. A areia está sugando o sangue dele. O que acha, noivo? Vai falar?

Simulou de novo um ataque com a lâmina do canivete e se desviou e continuou a girar.

Ele não diz nada. Entretanto quantas vezes ele foi avisado? E aí vai e tenta comprar a moça? Desde aquele momento tudo era certo como a noite e o dia.

John Grady simulou um ataque e investiu duas vezes com a faca. Eduardo se contorceu como um gato em queda. Eles giraram.

Você é como as putas do campo, vaqueiro. Acreditar que a loucura é sagrada. Uma graça especial. Um toque especial. Uma partilha da divindade.

Segurava o canivete diante de si na altura da cintura e o balançava para a frente e para trás lentamente.

Mas o que é que isso revela de Deus?

Movimentavam-se ao mesmo tempo. O rapaz tentou lhe agarrar o braço. Atracaram-se, brandindo as lâminas. O cafetão o rechaçou e recuou, girando. A frente de sua camisa estava esfatiada c havia um corte vermelho de um lado a outro no estômago. O rapaz manteve as mãos baixas, as palmas para baixo, esperando. Havia um corte no braço e ele largara a faca na areia. Não tirou os olhos de cima do cafetão. Fora ferido duas vezes de um lado a outro no estômago e cheirava a sangue. A capa se desenrolara e pendia do antebraço e lentamente ele tornou a enrolá-la e segurou a extremidade e parou.

Parece que o noivo perdeu a faca. Isso não é bom, é?

Virou-se, girou pelo outro lado. Olhou para a faca no chão.

O que é que a gente vai fazer agora?

O rapaz não retrucou.

O que é que você me dá em troca da faca?

O rapaz o observou.

Me faz uma oferta, disse Eduardo. O que é que você daria neste momento para ter a faca de volta?

O rapaz virou a cabeça e cuspiu. Eduardo se virou e recuou a passos lentos.

Me dá um olho?

O rapaz simulou se abaixar e esticar o braço para pegar a faca mas Eduardo advertiu que não o fizesse e pisou na lâmina com a fina bota preta.

Se deixar eu arrancar um olho da tua cabeça eu te dou a faca, disse. Senão eu simplesmente vou cortar a tua garganta.

O rapaz nada disse. Observava.

Pense nisso, disse Eduardo. Com um olho na cabeça você ainda podia me matar. Um escorregão por descuido. Uma facada de sorte. Quem sabe? Tudo é possível. O que me diz?

Andou a passos lentos para a esquerda e retornou. A faca jazia esmagada dentro do molde na areia.

Nada, é? Pois eu te digo. Vou te fazer uma oferta melhor. Me dá uma orelha. Que tal?

O rapaz investiu e lhe agarrou o braço. Ele se desvencilhou girando e passou a lâmina mais duas vezes ao longo da barriga do rapaz. O rapaz fez uma investida na direção da faca no chão mas Eduardo já estava pisando nela e ele recuou, com a mão no estômago, o sangue quente escorrendo entre os dedos.

Você vai ver as tuas tripas antes de morrer, disse Eduardo. Afastou-se. Pega, disse.

O rapaz o observou.

Pega. Pensou que eu estava falando sério? Pega.

Ele se curvou e pegou a faca e limpou a lâmina na perna da calça. Giraram. A lâmina de Eduardo rompera a fáscia dos músculos do estômago e ele sentia calor e se sentia nauseado e a mão estava pegajosa com o sangue mas receava retirar a mão. A capa tornou a se desenrolar e ele se desvencilhou dela e a deixou cair atrás de si. Giraram.

É duro aprender uma lição, disse Eduardo. Acho que você deve concordar comigo. Mas a esta altura o futuro não é tão incerto. O que é que você vê? Como um *cuchillero* para outro. Um *filero* para outro.

Simulou um movimento com o canivete. Sorriu. Giraram.

O que é que o noivo vê. Ele ainda espera um milagre? Talvez ele enfim verá a verdade nos próprios intestinos. Como fazem os velhos *brujos* no campo.

Avançou brandindo o canivete e simulou cortar o rosto do rapaz e em seguida a lâmina baixou como uma estrela cadente e ligou os três talhos com um corte vertical para formar a letra E na carne da coxa do rapaz.

Deslocou-se para a esquerda. Jogou o cabelo oleoso para trás.

Você sabe qual é o meu nome, vaqueiro? Sabe qual é o meu nome?

Deu as costas para o rapaz e se afastou lentamente. Dirigiu-se à noite.

Quem sabe o noivo vai compreender na agonia que foi a ânsia de conhecer os mistérios que desgraçaram ele. Putas. Superstição. Finalmente a morte. Porque isso é o que te trouxe aqui. Isso é o que você estava buscando.

Retornou. Mais uma vez passou a lâmina diante dele com um lento gesto de foice e olhou com ar interrogativo para o rapaz. Como se ele fosse responder por fim.

Isso é o que te trouxe aqui e o que vai trazer você aqui sempre. É o tipo de gente que não tolera que o mundo seja rotineiro. Que não contenha nada a não ser o que está diante de alguém. Mas o mundo mexicano é apenas um mundo de enfeite e por baixo é mesmo muito simples. Enquanto o teu mundo — passava a lâmina para a frente e para trás como uma lançadeira em um tear —, o teu mundo tropeça em um labirinto mudo de perguntas. E a gente vai te devorar, meu amigo. Você e todo o teu império pálido.

Quando tornou a se mover o rapaz não fez qualquer esforço para se defender. Simplesmente deu estocadas com a faca e quando Eduardo recuou havia novos cortes no braço e de um lado a outro no peito. Jogou a cabeça para trás mais uma vez para afastar do rosto as madeixas pretas e lisas. O rapaz ficou impassível, acompanhando-o com os olhos. Ele estava ensopado de sangue.

Não tenha medo, disse Eduardo. Não dói muito. Ia doer amanhã. Mas não vai ter amanhã.

John Grady continuou pressionando o estômago. O sangue reluzia na mão e ele sentia que algo crescia na palma da mão. Confrontaram-se de novo e Eduardo abriu um corte na parte posterior do braço do rapaz mas ele resistiu e não mexeu o braço. Giraram. Suas botas produziam um baixo som de pisar em poça.

Por uma puta, disse o cafetão. Por uma puta.

Tornaram a se confrontar e John Grady abaixou o braço que segurava a faca. Sentiu a lâmina de Eduardo deslizar da costela e passar de um lado a outro na parte superior do estômago e se retirar. Sua respiração ficou suspensa. Ele não fez nenhum esforço para dar um passo ou se defender. Ergueu furtivamente a faca que estava à altura do joelho e a fincou de súbito e em um ímpeto e recuou cambaleante. Ouviu o estalo dos dentes do mexicano quando a mandíbula se fechou batendo. A faca de Eduardo caiu espadanando de leve na pequena poça de água a seus pés e ele se virou para o outro lado. Depois olhou para trás. Do jeito que um homem olharia ao subir em um trem. O cabo da faca de caçador se projetava sob a mandíbula. Ele ergueu a mão e o tocou. A boca estava travada em um esgar. A mandíbula estava pregada ao crânio superior e ele segurava o cabo com as duas mãos como se fosse arrancá-lo mas não o fez. Afastou-se e se voltou e se apoiou contra a parede do armazém. Depois se sentou. Encolheu os joelhos contra o peito e ficou respirando por entre os dentes com estridência. Abaixou as mãos nos lados do corpo e olhou para John Grady e pouco depois inclinou o corpo para a frente e ficou curvado no beco encostado contra a parede do armazém e não tornou a se mover.

John Grady estava encostado contra a parede do outro lado do beco, abraçando-se com as duas mãos. Não sente, disse. Não sente.

Equilibrou-se e ofegou e recuperou a respiração e baixou os olhos. A camisa pendia em frangalhos ensanguentados. Um tubo cinzento de intestino escapava por entre os dedos. Cerrou os dentes e o segurou e o empurrou de volta para dentro e o tampou com a mão. Caminhou e recolheu o canivete de Eduardo na poça de água e atravessou o beco e ainda pressionando a barriga cortou a camisa de seda do inimigo morto com uma mão e a arrancou e passou a camisa em torno da barriga e a atou com firmeza apoiando-se contra a parede e com a faca entre os dentes. Depois largou a faca na areia e se virou e seguiu cambaleante pelo beco e tomou a estrada.

Procurou não se aproximar das ruas principais. O jato de luzes da cidade que o guiava pairava acima do deserto como uma aurora eternamente por vir. As botas iam se enchendo de sangue e ele deixava rastros de sangue nas ruas arenosas dos *barrios* e cães saíram nas ruas atrás dele farejando seu cheiro com os pelos eriçados e rosnando e depois se foram. Ele falava consigo mesmo enquanto caminhava. Começou a contar os passos. Ouvia sirenas a distância e a cada passo sentia o sangue quente se filtrar entre os dedos apertados.

Quando alcançou a Calle de Noche Triste sentia vertigens e os pés vacilavam. Encostou-se contra uma parede e concentrou as energias para atravessar a rua. Nenhum carro passava.

Você não comeu, disse. Nisso foi inteligente.

Afastou-se da parede com esforço. Parou no meio-fio e se adiantou tateando com um pé e procurou se apressar no caso de vir um carro mas receava cair e não sabia se conseguiria se levantar de novo.

Lembrou-se um pouco mais tarde de estar atravessando a rua mas parecia ter sido há algum tempo. Vira luzes à frente. Que vinham de uma fábrica de *tortilla*. Um estrépito de máquinas velhas movidas por correntes, alguns trabalhadores de avental coberto de farinha conversando debaixo de uma lâmpada amarela. Seguiu cambaleando. Passou por casas às escuras. Terrenos baldios. Paredes velhas de barro caídas meio enterradas em lixo acumulado pelo vento. Afrouxou o passo, parou cambaleando. Não sente, disse.

Mas se sentou. O que o acordou foi alguém remexendo em seus

bolsos ensopados de sangue. Ele agarrou um pulso fino e ossudo e ergueu os olhos e o que viu foi o rosto de um menino. O menino puxou o braço e se debateu e tentou se libertar. Gritou chamando os amigos mas eles estavam correndo pelo terreno baldio. Todos acharam que ele estava morto.

Puxou o menino contra si. *Mira*, disse. *Está bien. No te molestaré.*

Déjame, disse o menino.

Está bien. Está bien.

O menino relutou. Procurou os amigos mas eles tinham desaparecido na escuridão. *Déjame*, disse. Estava prestes a chorar.

John Grady falou com ele do jeito que falaria com um cavalo e pouco depois o menino parou de relutar e se aquietou. Disse-lhe que era um excelente *filero* e que acabara de matar um homem mau mas que precisava da ajuda do menino. Disse que a polícia o procuraria e que precisava se esconder. Falou por muito tempo. Contou para o menino suas proezas como lutador com faca e enfiou a mão no bolso da frente da calça com grande dificuldade e tirou a carteira e a deu para o menino. Disse que ele podia ficar com o dinheiro que ela continha e depois lhe disse o que tinha de fazer. Depois pediu ao menino que repetisse o que ele falou. Depois largou o pulso do menino e esperou. O menino deu um passo atrás. Ficou segurando a carteira suja de sangue. Depois se acocorou e olhou nos olhos do homem. Os braços prendendo os joelhos ossudos. *Puede andar*?, perguntou.

Un poquito. No mucho.

Es pelígroso aquí.

Sí. Tienes razón.

O menino o ajudou a se levantar e ele se apoiou naqueles ombros estreitos enquanto caminharam para o outro canto do terreno atrás de um muro onde havia uma casa de brinquedo feita de tábuas de engradados. O menino se ajoelhou e puxou um pano de aniagem e o ajudou a entrar se arrastando. Disse que havia uma vela e fósforos mas o *filero* ferido retrucou que era mais seguro ficar no escuro. Começara a sangrar de novo. Sentia-o sob a mão. *Vete*, disse. *Vete*. O menino fechou a cortina.

As almofadas nas quais se deitara estavam molhadas com água de chuva e fediam. Sentia muita sede. Procurou não pensar. Ouviu um carro passar na rua. Ouviu um cão latir. Estava enfaixado com a seda amarela da camisa do inimigo como uma faixa de ritual que se enegrecera de sangue e cobria a parede cortada do estômago com os dedos ensanguentados de uma mão. Agarrando-se com força para que não escapasse de si mesmo pois sentia repetidamente aquela leveza que ele entendia ser sua alma e que permanecia à porta de seu ser corpóreo a custo. Como um animal de patas ágeis que ficava aspirando o ar à porta aberta de uma jaula. Ele ouviu os repiques distantes dos sinos da catedral na cidade e ouviu sua própria respiração fraca e inconstante no frio e no escuro da casa de brinquedo do menino naquele terreno alheio onde ele jazia sobre o próprio sangue. Me ajude, disse. Se acha que eu mereço. Amém.

Quando encontrou o cavalo selado na baia do celeiro ele o levou para fora e montou e cavalgou na estrada velha no escuro rumo à pequena casa de adobe de John Grady. Esperava que o cavalo lhe dissesse alguma coisa. Quando chegou à casa e viu a luz na janela fez o cavalo avançar a trote e atravessou o riacho espadanando e entrou no pátio onde deteve o animal e apeou e chamou na direção do casebre.

Empurrou a porta para abri-la. Mano?, chamou. Mano?

Foi até o quarto.

Mano?

Não havia ninguém. Saiu e chamou e esperou e chamou de novo. Voltou para dentro e abriu a porta do fogão. Um fogo fora preparado com lenha e graveto e jornal. Fechou a porta e saiu. Chamou mas ninguém respondeu. Montou e afrouxou a rédea do cavalo e pressionou com o joelho para fazê-lo seguir adiante mas o cavalo quis apenas atravessar o riacho e retornar à estrada velha.

Ele volteou e cavalgou de volta e esperou montado no pequeno cavalo por uma hora mas ninguém apareceu. Quando retornou à fazenda era quase meia-noite.

Deitou-se no beliche e tentou dormir. Pensou que tinha ouvido o apito de um trem a distância, fraco e perdido. Devia ter adormecido porque teve um sonho no qual a moça morta surgiu escondendo a garganta com a mão. Estava ensanguentada e tentava falar mas não conseguia. Ele abriu os olhos. Ouviu muito vagamente o telefone tocar na casa.

Quando chegou à cozinha Socorro estava de roupão ao telefone. Ela gesticulou agitadamente para Billy. *Sí, sí,* disse. *Sí, joven. Espérate.*

Acordou gelado e suando e morrendo de sede. Sabia que era o dia seguinte porque estava em agonia. Quando se mexeu o sangue seco na roupa estalou como gelo. Depois ouviu a voz de Billy.

Mano, ele disse. Mano.

Abriu os olhos. Billy estava ajoelhado sobre ele. O menino segurava a cortina atrás dele e lá fora o mundo estava cinzento e frio. Billy se virou para o menino. *Ándale*, disse. *Rápido. Rápido.*

A cortina baixou. Billy acendeu um fósforo e o ergueu. Seu idiota de merda, disse. Seu idiota de merda.

Estendeu a mão para baixo e pegou um toco de vela grudada no pires na prateleira do engradado e acendeu a vela e a trouxe para perto. Merda, exclamou. Seu idiota de merda. Consegue andar?

Não mexe em mim.

Tenho que mexer.

Não vai conseguir me levar para o outro lado da fronteira de jeito nenhum.

Aqui que não vou.

Ele matou ela, mano. O filho da puta matou ela.

Eu sei.

A polícia está atrás de mim.

O JC está trazendo o caminhão. A gente passa por cima do portão se precisar.

Não mexe em mim, mano. Não vou.

Aqui que não vai.

Não vou aguentar. Por um momento achei que ia. Mas não.

Vê se relaxa por enquanto. Não quero escutar asneira. Droga, eu tive arranhão no olho pior que isso.

Estou cortado aos pedaços, Billy.

A gente vai te levar de volta. Não vai desistir agora, porcaria.

Billy. Escuta. Tá bem. Eu sei que não vou conseguir.

Eu já te falei.

Não. Escuta. Uf. Eu daria qualquer coisa por um copo de água.

Vou arrumar.

Começou a se mexer para assentar a vela mas John Grady lhe segurou o braço. Fica, disse. Talvez quando o menino voltar.

Tá bom.

Ele disse que não ia doer. O filho da puta mentiroso. Uf. Está amanhecendo, não está?

Está.

Vi ela, mano. Ela estava deitada e não parecia ela mas era. Encontraram no rio. Ele cortou a garganta dela, mano.

Eu sei.

Eu só queria pegar ele. Mano, eu queria pegar ele.

Você devia ter me falado. Não tinha nada que vir sozinho para cá.

Eu só queria pegar ele.

Relaxa. Eles vão chegar logo. Fica calmo.

Está tudo bem. Dói pra cachorro, Billy. Uf. Está tudo bem.

Quer que eu vá buscar a água?

Não. Fica aqui. Ela era danada de bonita, mano.

É, ela era.

Eu me preocupava com ela o dia inteiro. Sabe, a gente conversou sobre o lugar que as pessoas vão quando morrem. Eu acredito que a gente vai para algum lugar e eu vi ela deitada lá e eu achei que talvez ela não ia para o céu porque, você sabe, eu achei que ela não ia e eu pensei em Deus perdoando as pessoas e eu pensei se não podia pedir para Deus me perdoar por ter matado aquele filho da puta porque nós dois eu e você sabemos que não me arrependo disso e acho que isso parece ignorância mas eu não queria ser perdoado se ela não foi. Eu não queria fazer ou ser nada se ela não ia para o céu ou qualquer coisa assim. Sei que isso parece doidice. Mano, quando eu vi ela deitada lá eu não queria mais viver. Eu sabia que a minha vida tinha acabado. É quase um alívio para mim.

Fica quieto agora. Não tem nada acabado.

Ela queria fazer a coisa certa. Isso deve valer para alguma coisa, não é mesmo? Valeu para mim.

Vale para mim também.

Tem um recibo da casa de penhor na parte de cima do meu baú. Se você quiser pode ir buscar o meu revólver e ficar com ele.

A gente vai buscar.

Foi penhorado por trinta dólares. Tem algum dinheiro lá também. Dentro de um envelope marrom.

Não se preocupa com nada agora. Trata de relaxar.

O anel do Mac está na caixinha de lata. Devolve para ele. Uf. Dói pra cachorro, mano.

Fica calmo.

A gente fez a casinha ficar bem bonita, não fez?

É, a gente fez.

Acha que pode ficar com o filhote e cuidar dele com carinho?

Você mesmo vai. Não se preocupa agora.

Dói, mano. Pra cachorro.

Eu sei. Fica calmo.

Eu acho que eu preciso de um gole de água.

Fica calmo. Vou buscar. Não vou demorar nada.

Assentou o toco de vela no pires na prateleira e recuou e fechou a cortina. Olhou para trás enquanto corria pelo terreno baldio. O quadrado de luz amarela que brilhava através do pano de saco parecia um porto de esperança ali na praia do mundo que esfacelava mas seu coração o deixava apreensivo.

No meio do quarteirão havia um café que estavam acabando de abrir. A moça que arrumava as mesinhas de metal se sobressaltou quando o viu, perturbado e insone, os joelhos da calça vermelhos de sangue porque se ajoelhara na esteira ensopada de sangue.

Agua, disse. *Necesito agua.*

Ela foi para trás do balcão sem desviar os olhos de cima dele. Pegou um copo da prateleira e o encheu com água de uma garrafa e o pôs sobre o balcão e recuou.

No hay un vaso más grande?, ele perguntou.

Ela olhou fixamente para ele emudecida.

Dame dos, disse. *Dos.*

Ela pegou um outro copo e o encheu e pôs no balcão. Ele depositou uma nota de um dólar no balcão e pegou os copos e partiu. Era um amanhecer cinzento. As estrelas se obscureciam e os vultos escuros das montanhas se estendiam ao longo do céu. Ele carregou os copos com cuidado, um em cada mão, e atravessou a rua.

Quando chegou à casinha de engradado a vela ainda queimava e ele segurou os dois copos em uma mão e afastou a cortina de pano de aniagem e se abaixou sobre os joelhos.

Trouxe a água, mano, disse.

Mas já tinha visto. Assentou devagar os copos de água no chão. Mano, disse. Mano?

O rapaz jazia com o rosto virado para o lado oposto ao da luz. Os olhos estavam abertos. Billy o chamou. Como se ele não pudesse ter ido longe. Mano, disse. Mano? Oh desgraça. Mano?

Não é de dar pena, disse. Não é de dar uma pena desgraçada? Não é? Oh, meu Deus. Mano. Oh, desgraça.

Ele o colheu nos braços, se levantou e se virou. Putas malditas, disse. Estava chorando e as lágrimas escorriam no rosto furioso e ele bradou contra todas elas para o dia que raiava e ele bradou para que Deus visse o que tinha diante de seus olhos. Olha para isso, gritou. Está vendo? Está vendo?

O domingo passara e uma procissão de escolares de uniformes azuis todos iguais estava sendo guiada ao longo do caminho areento na manhã cinzenta da segunda-feira. A mulher descera do meio-fio à frente para que atravessassem no cruzamento quando viu um homem subindo a rua todo negro de sangue carregando nos braços o corpo morto do amigo. Ela ergueu a mão e as crianças pararam e se agruparam pressionando os livros contra o peito. Ele passou. Elas não conseguiam afastar o olhar de cima dele. A cabeça do rapaz morto nos braços pendia para trás e aqueles olhos semiabertos contemplavam nada da paisagem da rua que passava ou do muro ou do céu empalidecido ou dos corpos das crianças que faziam o sinal da cruz na luz cinzenta. Aquele homem passou com seu fardo para sempre por aquele cruzamento sem nome e a mulher mais uma vez pisou na rua e as crianças a seguiram e todos prosseguiram para os lugares designados que segundo a crença de alguns haviam sido escolhidos há muito tempo e até mesmo desde a origem do mundo.

EPÍLOGO

Partiu três dias depois, ele e o cão. Um dia frio e ventoso. O filhote tremendo e ganindo até que ele o pôs junto com ele no arção anterior da sela. Acertara com Mac na noite anterior. Socorro não olhou para ele. Pôs o prato na frente dele e ele ficou olhando para o prato e depois se levantou e seguiu pelo corredor deixando-o intacto na mesa. E ainda estava ali quando saiu de novo pela cozinha dez minutos mais tarde pela última vez e ela ainda estava lá junto do fogão, exibindo na testa a impressão digital do polegar em cinzas que o padre deixara naquela manhã para que ela se lembrasse da mortalidade. Como se ela tivesse algum pensamento contrário. Mac o pagou e ele dobrou o dinheiro e o guardou no bolso da camisa e o abotoou.

Quando vai embora?

De manhã cedo.

Não é obrigado.

Só sou obrigado a morrer.

Não quer mudar de ideia?

Não senhor.

Bom. Nada é para sempre.

Algumas coisas são.

É. Algumas coisas são.

Sinto muito, senhor Mac.

Eu também, Billy.

Eu devia ter cuidado melhor dele.

Nós todos devíamos.

Sim senhor.

Aquele primo dele chegou aqui faz uma hora. Thatcher Cole. Ligou da cidade. Disse que localizaram a mãe finalmente.

O que foi que ela falou?

Ele não disse. Disse que não tinham notícia dele fazia três anos. O que você entende disso?

Não sei.

Eu também não.

O senhor vai para San Angelo?

Não. Talvez devia ir. Mas não vou.

Sim senhor. Bom.

Esquece, filho.

Bem que gostaria. Acho que vai demorar um pouco.

É o que eu também acho.

Sim senhor.

Mac indicou a mão roxa e inchada com um movimento de cabeça. Não acha que seria bom um médico dar uma examinada?

Ela está bem.

Você vai sempre ter trabalho aqui. O exército vai tomar este lugar, mas a gente vai encontrar alguma coisa para fazer.

Eu agradeço.

Que horas que você vai partir?

De manhã cedinho.

Falou para o Oren?

Não senhor. Ainda não.

Suponho que vá ver ele na refeição da manhã.

Sim senhor.

Porém não viu. Partiu de madrugada muito antes de o dia raiar e continuou a cavalgar quando o sol nascia e continuou a cavalgar quando o sol se punha. Nos anos seguintes uma terrível seca assolou o oeste do Texas. Ele tomou o rumo. Não havia trabalho em parte alguma no país. Porteiras de pastos permaneciam abertas e a areia era soprada nas estradas e passados alguns anos era raro ver animais de criação de qualquer espécie e ele prosseguiu cavalgando. Dias do mundo. Anos do mundo. Até que ele envelheceu.

Na primavera do segundo ano do novo milênio ele estava morando no Gardner Hotel em El Paso, no Texas, e trabalhando como figurante em um filme. Quando terminou o trabalho ele ficou no quarto. Havia um aparelho de televisão no saguão e os homens de sua idade e mais jovens se sentavam no saguão à noite nas cadeiras velhas e assistiam à televisão mas ele ligava muito pouco para isso e os homens tinham pouco para lhe dizer ou ele para eles. O dinheiro acabou. Três semanas depois ele foi despejado. Há muito tinha vendido a sela e ele foi para a rua com o saco de viagem militar e o cobertor enrolado.

Havia uma loja que consertava sapatos alguns quarteirões acima na rua e ele entrou para ver se sua bota tinha conserto. O sapateiro a examinou e meneou a cabeça. A sola estava fina feito papel e a costura se soltara do couro. O homem a levou para os fundos e a costurou na máquina e voltou e a colocou em cima do balcão. Não quis cobrar pelo serviço. Disse que não ia durar e não durou.

Uma semana depois ele estava em alguma parte no centro do Arizona. Desabara uma chuva vinda do norte e esfriara. Ele se sentou embaixo de uma ponte de concreto e observou as pancadas de chuva castigando os campos. Os caminhões passavam na rodovia cobertos pela chuva com as luzes dos faróis ardendo e as rodas enormes girando feito turbinas. O tráfego leste-oeste passava acima dele com um estrondo abafado. Ele se embrulhou no cobertor e tentou dormir sobre o concreto frio mas o sono demoraria muito a chegar. Os ossos doíam. Estava com setenta e oito anos de idade. O coração que deveria tê-lo matado muitos anos atrás segundo disseram os médicos do recrutamento militar ainda chocalhava dentro do peito, sem a vontade dele. Ajeitou o cobertor em volta do corpo e adormeceu depois de um tempo.

À noite sonhou com a irmã falecida há setenta anos e enterrada perto de Fort Summer. Via-a com muita nitidez. Nada havia mudado, nada fenecido. Ela caminhava devagar ao longo da estrada de terra adiante da casa. Usava um vestido branco que a avó costurara para ela com pano para lençol e nas mãos da avó o vestido ganhara um corpete pregueado e debruns de renda de espiguilha entremeada com fita azul. Isso é o que ela usava. Isso e o chapéu de palha que ganhara para a Páscoa. Ele soube quando ela passou pela casa que ela jamais tornaria a entrar lá nem ele tornaria a vê-la e ele a chamou no sono porém ela não se virou nem respondeu mas simplesmente continuou andando por aquela estrada vazia em uma tristeza infinita e em uma perda infinita.

Ele acordou e ficou deitado no escuro e no frio e pensou nela e pensou no irmão morto no México. Em tudo o que alguma vez pensou acerca do mundo e acerca de sua vida no mundo em que estivera errado.

Nas primeiras horas da madrugada o trânsito na autoestrada diminuiu e a chuva parou. Sentou-se tremendo de frio e puxou o cobertor sobre as costas. Tinha posto no bolso do casaco algumas bolachas que pegara em um carro-restaurante de beira de estrada e as comeu enquanto olhava o jato de luz cinzenta que vinha dos campos molhados e incultos adiante da rodovia.

Pensou ter ouvido os guinchos distantes das garças azuis no lugar de onde tomariam o rumo norte para as terras estivais no Canadá e pensou nelas adormecidas em um campo alagado no México em um amanhecer remoto, com os bicos cobertos, apoiando-se em uma única perna nos alagados, figuras cinzentas alinhadas em fileiras como monges de capuz em prece. Quando olhou para o outro lado da ponte no fim da autoestrada avistou outro homem assim como ele, sentado sozinho e solitário.

O homem ergueu a mão em um cumprimento. Ele ergueu a dele em resposta.

Buenos días, o homem gritou.

Buenos días.

Qué tiene de comer?

Unas galletas, nada más.

O homem concordou com a cabeça. Olhou em outra direção.

Podemos compartirlas.

Bueno, gritou o homem. *Gracias.*

Allí voy.

Mas o homem se pôs de pé. Eu vou até aí, gritou.

Desceu a rampa de concreto e atravessou a pista e saltou a barreira e atravessou a pista do meio entre os pilares redondos de concreto e atravessou as pistas que levavam para o norte e subiu até o lugar onde Billy estava sentado e se acocorou e olhou para ele.

Não tem muito, Billy disse. Tirou do bolso os poucos pacotinhos de bolacha que restavam e os ofereceu.

Muy amable, o homem disse.

Está bien. Eu estava achando que você era uma outra pessoa.

O homem se sentou e esticou as pernas diante de si e cruzou os pés. Abriu um pacotinho rasgando-o com o dente canino e tirou uma bolacha e a ergueu e olhou para ela e depois a mordeu partindo-a em dois e ficou mastigando. Tinha um bigode fino, uma pele lisa e morena. Uma idade não calculável.

Quem você achou que eu fosse?, perguntou.

Uma outra pessoa. Uma pessoa que eu mais ou menos estava esperando. Acho que vi ele de relance umas duas vezes nos últimos dias. Nunca deu para olhar direito para ele.

Como é ele?

Não sei. Acho que ele parece cada vez mais com um amigo.

Você pensou que eu fosse a morte.

Pensei nessa possibilidade.

O homem concordou com a cabeça. Mastigou. Billy o observava.

Não é, é?

Não.

Ficaram comendo as bolachas secas.

Adónde vas?, Billy perguntou.

Al sur. Y tú?

Al norte.

O homem concordou com a cabeça. Sorriu. *Qué clase de hombre comparta sus galletas con la muerte*?

Billy deu de ombros. Que tipo de morte ia comer elas?

Pois é, que tipo, disse o homem.

Eu não estava querendo imaginar nada. *De todos modos el compartir es la ley del camino, verdad?*

De veras.

Pelo menos foi assim que eu fui criado.

O homem concordou com a cabeça. No México em determinados dias do calendário é o costume arrumar um lugar na mesa para a morte. Mas talvez você saiba disso.

Sim.

Ela tem um apetite enorme.

É, tem.

Talvez umas bolachinhas pudessem ser tomadas como um insulto.

Talvez devia aceitar o que está à disposição. Como a gente aceita.

O homem concordou com a cabeça. Sim, disse. Pode ser.

O trânsito se intensificara na autoestrada. O sol nascera. O homem abriu o segundo pacote de bolachas. Disse que talvez a morte tivesse uma visão mais ampla. Que talvez em seu modo igualitário a morte pesasse as dádivas dos homens à luz delas mesmas e que aos olhos da morte as oferendas dos pobres eram iguais a qualquer uma.

Como Deus.

Sim. Como Deus.

Nadie puede sobornar a la muerte, Billy disse.

De veras. Nadie.

Nem Deus.

Nem Deus.

Billy observou a luz trazer à baila as formas da água nos campos no outro lado da rodovia. Para onde a gente vai quando a gente morre?, perguntou.

Não sei, o homem respondeu. Onde é que estamos agora?

O sol se elevou sobre a planície abaixo deles. O homem lhe estendeu o último pacote de bolachas.

Pode ficar com ele, Billy disse.

No quieres más?

A minha boca está muito seca.

O homem concordou com a cabeça, guardou as bolachas no bolso. *Para el camino*, disse. Nasci no México. Faz muitos anos que não volto para lá.

Está voltando agora?

Não.

Billy concordou com a cabeça. O homem observou o dia que começava. Na metade da minha vida, disse, tracei um caminho dela em um mapa e estudei esse caminho por muito tempo. Procurei ver o desenho que ele formava na terra porque pensava que se conseguisse ver esse desenho e identificar a forma dele então eu saberia como continuar. Eu saberia qual deveria ser o meu caminho. Eu veria o futuro da minha vida.

E qual foi o resultado?

Diferente do que eu esperava.

Como sabia que era a metade da tua vida?

Tive um sonho. Foi por isso que desenhei o mapa.

Como é que parecia?

O mapa?

É.

Era interessante. Parecia com coisas diferentes. Tinha perspectivas diferentes que se podia adotar. Fiquei surpreso.

Você lembra todos os lugares que esteve?

Ah sim. Você não?

Não sei. Teve um monte deles. É. Suponho que sim. Se eu pensar bem. Se era para tomar nota e fazer um exame.

Sim. Claro. Esse era o meu método. Uma coisa leva a outra. Duvido que a gente possa perder o rastro da nossa viagem. Para o bem ou para o mal.

Que tipo de coisas ele parecia? O mapa.

No começo vi um rosto mas depois eu o virei e olhei para ele de outras maneiras e quando o virei de novo o rosto havia desaparecido. E não o encontrei de novo.

O que aconteceu com ele?

Não sei.

Você viu ele ou simplesmente pensou que viu?

O homem sorriu. *Qué pregunta*, disse. Que diferença ia fazer?

Não sei. Penso que tem que ter uma diferença.

Pois eu também. Mas qual é?

Bom. Não ia ser como um rosto real.

Não. Era uma sugestão. *Un bosquejo. Un borrador*, *quizás*.

Sim.

Em todo o caso é difícil ficar fora dos nossos desejos e ver coisas com vontade própria.

Penso que a gente só vê o que tiver na frente da gente seja lá o que for.

Sim. Não penso assim.

Qual foi o sonho?

O sonho, o homem disse.

Não precisa me contar.

Como sabe disso?

Não precisa me contar seja o que for.

Talvez. Entretanto havia um homem que estava viajando pelas

montanhas e ele deu em um lugar nas montanhas onde alguns peregrinos costumavam se reunir muito tempo atrás.

Esse é o sonho?

Sim.

Ándale pues.

Gracias. Onde alguns peregrinos costumavam se reunir muito tempo atrás. *En tiempos antíguos.*

Você já contou esse sonho antes.

Sim.

Ándale.

En tiempos antíguos. Ele deparou com um desfiladeiro alto nas montanhas e aqui e ali havia uma pedra horizontal e a pedra horizontal era muito antiga e havia caído nos primeiros tempos da terra de um *peñasco* elevado nas montanhas e ficado no solo do desfiladeiro com o lado plano e voltado fendido para as intempéries e para o sol. E na superfície dessa pedra ainda havia para ser vistas as manchas do sangue dos que tinham sido sacrificados nela para aplacar os deuses. O ferro no sangue desses seres desaparecidos havia enegrecido a pedra e podia ser visto nela. Junto as marcas de talhos de machados ou as marcas de espadas na pedra para mostrar onde a oferenda fora feita.

Esse lugar existe?

Não sei. Sim. Existem lugares assim. Mas esse não era um deles. Esse era um lugar de sonho.

Ándale.

Então o viajante chegou a esse lugar no anoitecer quando as montanhas em volta estavam ficando escuras e o vento no desfiladeiro ia esfriando com o começo da noite e ele pôs o fardo no chão para descansar e tirou o chapéu para refrescar a cabeça e então os olhos dele caíram sobre o altar de pedra manchada de sangue que as intempéries e as tempestades da *sierra* nesses milênios todos não foram capazes de limpar. E ali ele escolheu passar a noite, tal a imprudência daqueles para quem Deus foi bastante bom a ponto de os proteger da partilha justa da adversidade neste mundo.

Quem era o viajante?

Não sei.

Era você?

Acho que não. Mas também se não nos conhecemos no mundo mesmo despertos que dirá nos sonhos?

Acho que eu ia saber se era eu.

Sim. Mas você não encontrou pessoas nos sonhos que você nunca viu antes? Nos sonhos ou fora deles?

Claro.

E quem eram essas pessoas?

Não sei. Pessoas de sonho.

Você pensa que inventou essas pessoas. No seu sonho.

Penso. É.

É capaz de fazer isso acordado?

Billy ficou com os braços sobre os joelhos. Não, respondeu. Acho que não.

Não. De qualquer maneira eu penso que o seu ser nos sonhos ou fora deles é só o ser que você decide ver. Estou imaginando que todo homem é mais do que o que ele supõe.

Ándale.

Bom. Esse viajante era um homem assim. Pôs no chão o fardo e examinou o lugar que ia ficando escuro. Não havia outra coisa a não ser rocha e cascalho naquele desfiladeiro alto e como ele pensava em pelo menos ficar acima dos caminhos possíveis das serpentes durante a noite ele se dirigiu para o altar e pôs as mãos nele. Hesitou, mas não hesitou por um tempo suficiente. Desenrolou o cobertor sobre a pedra e colocou seixos nos cantos dele para o vento não o levar embora antes que tirasse as botas.

Ele sabia que tipo de pedra era essa?

Não.

Então quem sabia?

O sonhador sabia.

Você.

Sim.

Bom então eu entendo que você e ele tinham que ser duas pessoas diferentes.

Como assim?

Porque se vocês eram a mesma pessoa então uma ia saber o que a outra sabia.

Como no mundo.

Sim.

Mas isso não é o mundo. Isso é um sonho. No mundo a dúvida não poderia ser levantada.

Ándale.

Antes que tirasse as botas. Quando tirou as botas subiu na pedra e se envolveu no cobertor e naquele catre frio e terrível ele se preparou para dormir.

Que tenha boa sorte.

Sim. Entretanto ele adormeceu.

Ele dormiu no teu sonho.

Sim.

Como sabe que ele estava dormindo?

Eu o via dormindo.

Ele sonhou?

O homem ficou olhando para os próprios sapatos. Descruzou as pernas e tornou a cruzá-las do outro lado. Bom, disse. Não sei direito como responder. Alguns fatos aconteceram. Algumas coisas sobre eles continuam obscuras. É difícil saber, por exemplo, quando foi que esses eventos ocorreram.

Por quê?

Eu tive o sonho em uma certa noite. E o viajante apareceu no sonho. Que noite foi essa? Na vida do viajante quando foi que ele passou a noite naquela *posada* rochosa? Ele dormiu e aconteceram os fatos que eu vou contar, mas quando foi? Dá para perceber o problema. Digamos que esses fatos foram um sonho desse homem cuja própria realidade continua hipotética. Como estimar o mundo dessa mente hipotética? E o que se passava com ele dormindo e o que com ele acordado? Como é que ele chega a ter um mundo noturno? As coisas precisam de um fundamento para se sustentarem. E toda alma precisa de um corpo. Um sonho dentro de um sonho impõe mais asserções do que um homem pode supor.

Um sonho dentro de um sonho pode não ser um sonho.

É preciso considerar a possibilidade.

Para mim parece mera superstição.

E o que é isso?

Superstição?

Sim.

Bom. Eu acho que é quando você acredita em coisas que não existem.

Como o amanhã por exemplo? Ou o ontem?

Como os sonhos de alguém que você sonhou por exemplo. O ontem se foi e o amanhã vai vir.

Talvez. Mas de qualquer maneira os sonhos desse homem eram os sonhos dele mesmo. Não se confundiam com o meu sonho. No meu sonho o homem estava deitado na pedra dele dormindo.

Ainda assim você podia ter inventado eles.

En este mundo todo es posible. Vamos a ver.

É como o desenho da tua vida naquele mapa.

Cómo?

Es un dibujo nada más. Não é a tua vida. Um desenho não é uma coisa. É só um desenho.

Bem dito. Mas o que é a sua vida? Pode vê-la? Ela desaparece na própria aparição. Momento após momento. Até que desaparece para nunca mais aparecer. Quando você olha para o mundo existe um ponto no tempo em que o visto se torna o lembrado? Como é que são separados? É aquilo que a gente não tem como mostrar. É aquilo que está faltando do nosso mapa e do desenho que ela faz. E entretanto é tudo o que temos.

Você não falou se o teu mapa teve ou não serventia para você.

O homem bateu no lábio inferior com o dedo indicador de leve. Olhou para Billy. Sim, disse. Vamos chegar a isso. Por enquanto só posso dizer que eu esperava conseguir um tipo de cálculo que somaria a convergência do mapa e da vida quando a vida estivesse completa. Porque dentro das limitações delas deve haver um ponto em comum ou domínio compartilhado entre o narrar e o narrado. E se for esse o caso então o desenho também deve ter uma direção para isso, seja lá qual for a forma parcial, e se tiver então seja lá o que vier deve se situar nesse caminho. Você diz que a vida de um homem não pode ser representada. Mas talvez estejamos falando de coisas diferentes. Um desenho procura reter e imobilizar dentro das suas próprias configurações aquilo que ele nunca possuiu. O nosso mapa não tem conhecimento do tempo. Não tem o poder de falar nela mesmo das horas implícitas na própria existência dele. Não das que passaram, não das que vão vir. Entretanto na forma final o mapa e a vida que ele traça devem convergir porque ali termina o tempo.

Então se eu estou certo ainda é pelos motivos errados.

Talvez devêssemos voltar ao sonhador e ao sonho dele.

Ándale.

Você gostaria de dizer que o viajante acordou e que os fatos que aconteceram não eram um sonho de modo algum. Mas eu penso que o caminho mais sensato é encarar os fatos como um sonho. Porque se esses fatos fossem uma outra coisa que não um sonho o homem não acordaria de modo algum. Como você vai ver.

Ándale.

O meu próprio sonho é uma outra questão. O meu viajante dorme um sonho perturbado. Será que devemos acordá-lo? As reivindicações do sonhador como proprietário do sonhado têm seus limites. Não posso roubar o viajante de sua própria autonomia para que ele não desapareça inteiramente. Você percebe o problema.

Acho que estou começando a perceber vários problemas.

Sim. O viajante também tem uma vida e tem uma direção para essa vida e se ele mesmo não aparecesse nesse sonho o sonho seria bem o contrário e não se poderia falar do viajante de modo algum. Você pode argumentar que ele não tem substância e que portanto não tem história mas o meu ponto de vista é que ele não pode existir sem uma história não importa o que ele seja ou do que seja feito. E a base dessa história não é diferente da sua ou da minha pois que é a vida predicativa dos homens que nos assegura da nossa própria realidade e da que nos rodeia. O nosso ponto de vista privilegiado dessa noite em especial na história desse homem exige de nós a percepção de que todo conhecimento é um empréstimo e cada fato uma dívida. Pois cada fato nos é revelado apenas na restituição de cada curso alternado. Para nós, a vida inteira do viajante converge para esse lugar e essa hora, não importa o que sabemos dessa vida ou do que ela possa ser feita. *De acuerdo*?

Ándale.

Pois. Ele se preparou para dormir. E na noite houve uma tempestade nas montanhas e o raio estalava e o vento uivava no desfiladeiro e o repouso do viajante foi um repouso insatisfatório de fato. Os picos escalvados à volta dele se projetavam repetidamente da escuridão iluminados pelo raio e ele ficou surpreso de ver no clarão desse raio um grupo de homens que carregavam tochas debaixo da chuva descendo pelos arroios pedregosos e entoavam algum cântico grave ou oração à medida que seguiam. Ele se levantou na pedra para vê-los melhor. Não pôde ver muito mais do que cabeças e ombros oscilando na luz das tochas mas pareciam usar uma variedade de adornos, capacetes primitivos feitos de plumas de aves ou de couro de felinos. Pelos de sagui. Usavam colares de contas ou pedras ou conchas marinhas e xales de um material tecido que poderia ser musgo. Ele pôde ver pela luz fumarenta que chiava na chuva que carregavam nos ombros uma maca ou uma catafalco e agora ele podia ouvir as notas flutuantes de um clarim e a batida lenta de um tambor ecoando entre as rochas.

Pôde vê-los melhor quando chegaram à estrada. Um homem com uma máscara feita com carapaça de tartaruga entalhada toda incrustada com ágate e jaspe ia à testa. Ele portava um cetro em cujo topo estava seu próprio retrato e o retrato também portava um cetro em miniatura e também esse cetro no que devemos imaginar ser algum infinito desconhecido de ser e parecença alternados.

O homem do tambor feito de couro de vaca curado esticado sobre uma armação de freixo vinha atrás e ele batia no couro com uma espécie de mangual feito de uma esfera de madeira de lei amarrada com corda a uma vara. O tambor produzia uma nota grave de grande ressonância e ele o percutia com um movimento ascendente do mangual e curvava a cabeça a cada batida para ouvir como talvez o fizesse um homem que afinasse um tambor. Um homem que portava uma espada embainhada sobre uma almofada de couro seguia-o e os homens que carregavam as tochas atrás dele e a maca e os homens que a carregavam depois. O viajante não sabia dizer se a pessoa transportada estava viva ou se aquilo não fosse talvez uma espécie de cortejo fúnebre atravessando as montanhas na chuva e na noite. No fim da fileira vinha o homem do clarim portando um instrumento feito de bambu amarrado com fios de cobre e do qual pendiam borlas. Ele o tocava soprando através de um tubo três notas que flutuavam no ar amortalhado da noite acima deles como se elas próprias fossem um corpo ponderável.

Quantas pessoas como essas estavam lá?

Creio que oito.

Continua.

Eles caminharam pela estrada e o viajante se sentou e balançou as pernas na lateral da pedra sacrifical e cobriu os ombros com o cobertor e esperou. Aproximaram-se até um lugar em frente onde ele estava sentado e pararam e ficaram ali. O viajante os observava. Se estava curioso também estava com medo.

E você?

Eu estava apenas curioso.

Como sabe que ele estava com medo?

O homem estudou a autoestrada vazia abaixo deles. Disse pouco depois: Esse homem não era eu. Se era alguma parte de mim que não reconheço então da mesma forma você poderia ser. Recorro ao meu argumento de histórias comuns.

E onde é que você está esse tempo todo?

Dormindo na minha cama.

Não estava no sonho.

Não.

Billy se curvou e cuspiu. Bom, disse, estou com setenta e oito anos de idade e nesse tempo tive um monte de sonho. E tanto quanto eu lembro eu estava em cada um deles. Não lembro de alguma vez ter sonhado com outras pessoas, mas que eu não estava em outros lugares. A minha ideia é que a gente sonha é com a gente mesmo. Uma vez sonhei até que estava morto. Mas eu estava lá em pé olhando para o cadáver.

Entendo, o homem disse.

O que é que você entende?

Entendo que você pensou um bocado sobre sonhos.

Não pensei sobre eles de jeito nenhum. Só sonhei eles.

Podemos voltar a essa questão?

Você faz o que bem quer.

Obrigado.

Tem certeza que não está inventando tudo isso?

O homem sorriu. Olhou para o outro lado da autoestrada e para os campos e meneou a cabeça mas não respondeu.

Ou você não quer voltar àquela questão?

O problema é que a sua pergunta é exatamente a questão sobre a qual essa história está embasada.

Um trator-reboque passou acima da cabeça deles na ponte e as andorinhas aninhadas nos abrigos de concreto levantaram voo e circularam e retornaram.

Tenha paciência comigo, o homem disse. Essa história como todas as histórias tem os princípios em uma pergunta. E essas histórias que nos falam com a maior ressonância têm uma tendência a girar em torno do narrador e de eliminá-lo e a seus motivos de toda a memória. Assim a questão de quem está contando a história é bastante *consiguiente*.

Toda história não é sobre uma questão.

É sim. Nenhuma narrativa é possível onde tudo é conhecido.

Billy se curvou e cuspiu de novo. *Ándale*, disse.

Esse viajante estava curioso e com medo e ele gritou para o cortejo algum tipo de saudação que ecoou entre as rochas. Perguntou-lhes para onde iam porém não responderam. Ficaram parados em grupo na estrada velha que cortava o desfiladeiro, essa gente emudecida da meia-noite com as tochas e os instrumentos e o cativo, e esperaram. Como se ele fosse um mistério para eles. Ou como se esperassem que ele dissesse uma coisa em especial que ainda deveria dizer.

Estava realmente dormindo.

Esse é o meu ponto de vista.

E se ele tivesse acordado?

Então o que ele viu ele não veria mais. Nem eu.

Por que é que você não fala que ia desvanecer ou desaparecer?

Qual?

Qual o quê?

Desaparecer o desvanecerse.

Hay una diferencia?

Sí. Lo que desvanece es simplesmente fuera de la vista. Pero desaparecido? Deu de ombros. Para onde vão as coisas? Em um caso como o do viajante e de suas aventuras — em que se está em um terreno incerto até mesmo para dizer de onde vieram — parece haver pouco para se dizer quanto a onde poderiam estar depois de se irem. Em um caso como esse não se encontra base firme nem mesmo para começar.

Posso dizer uma coisa?

Claro.

Eu acho que você tem o costume de tornar as coisas muito mais complicadas do que elas precisam ser. Por que simplesmente não contar a história?

Bom conselho. Vejamos o que pode ser feito.

Ándale pues.

Apesar de que devo chamar a sua atenção para o fato de que é você que levanta as questões.

Não deve não.

Sim. Claro.

Trata só de continuar.

Sim.

Aqui de bico calado.

Cómo?

Nada. Vou parar de fazer perguntas, só isso.

Foram boas perguntas.

Você não vai contar a história, vai?

Então talvez tenha se esforçado para acordar. Mas ele não conseguiu, apesar da noite fria e da cama de pedra. Nesse ínterim tudo era silêncio. A chuva parara. O vento. Os homens do cortejo se consultaram e depois os carregadores se adiantaram e depositaram a maca no solo pedregoso. Jazia na maca uma moça jovem de olhos fechados e com as mãos cruzadas sobre o peito como se estivesse morta. O sonhador olhou para ela e para o grupo reunido em volta dela. A noite estava fria e mais frio devia ter estado nas distâncias castigadas pelo vento das quais eles desceram, no entanto vestiam poucas roupas e mesmo as capas e os mantos que usavam nos ombros eram de um material tecido frouxamente. Seus rostos e seus torsos brilhavam com o suor sob a luz das tochas. E por mais peculiar que fosse sua aparência e a missão a que eles pareciam se aplicar eram também estranhamente familiares. Como se ele tivesse visto tudo aquilo antes em algum lugar.

Como em um sonho.

Se o desejar.

Não cabe a mim.

Você pensa que sabe como esse sonho termina.

Tenho umas duas ideias.

Veremos.

Continua.

Havia no grupo uma espécie de farmacêutico que carregava as drogas de sua profissão em um cinto e ele e o chefe do grupo conferenciavam. O chefe empurrou a carapaça de tartaruga para o alto da cabeça com o polegar tal como um soldador afastaria a sua máscara mas o sonhador não conseguiu ver seu rosto. O resultado da conversa foi que os três homens seminus do grupo se separaram e se aproximaram do altar. Carregavam um frasco e uma taça e assentaram a taça na pedra e a encheram até a boca e a ofereceram ao sonhador.

É melhor ele pensar duas vezes.

Tarde demais. Ele pegou a taça com as duas mãos com a mesma gravidade com que ela fora oferecida e a ergueu até os lábios e bebeu.

O que tinha nela?

Não sei.

Que tipo de taça era?

Uma taça de chifre aquecido no fogo e moldado de modo a ficar em pé.

Que efeito a bebida teve para ele?

Fê-lo esquecer.

Esquecer o quê? Tudo?

Esqueceu a dor de sua vida. Tampouco entendeu o castigo por tê-lo feito.

Continua.

Ele bebeu até a última gota e devolveu a taça e tudo lhe foi tomado quase que de imediato de tal modo que ele como que voltou a ser criança e uma grande paz reinou dentro dele e seus temores abrandaram a ponto de ele vir a se transformar em um cúmplice de uma cerimônia sangrenta que era então e ainda é hoje uma afronta a Deus.

Foi esse o castigo?

Não. Houve um custo ainda maior do que esse.

Qual foi?

Que também isso ele esqueceria.

Mas foi isso uma ideia tão má assim?

Espere para ver.

Continua.

Ele bebeu da taça e se entregou aos caprichos secretos daqueles antigos serranos. E eles por sua vez o conduziram da pedra até a estrada e caminharam com ele para cima e para baixo. Davam a impressão de instigá-lo a contemplar o que se encontrava ao redor dele, as rochas e as montanhas, as estrelas que brilhavam acima deles contra a treva eterna da natividade do mundo.

O que é que eles falavam?

Não sei.

Não conseguia ouvir eles?

O homem não respondeu. Ficou observando as formas do concreto no alto. Os ninhos das andorinhas se aderiam aos cantos elevados como colônias de pequenos *hornos* de barro invertidos. O trânsito se intensificara. As sombras em forma de caixas que estremeciam quando os caminhões entravam debaixo da ponte aguardavam que eles emergissem de novo no sol no outro lado. O homem ergueu uma mão como em um arremesso lento. Não há como responder à sua pergunta. Não se trata de existirem homenzinhos conversando dentro da sua cabeça. Não há som. Portanto, que linguagem é essa? Em todo o caso esse era um sonho profundo para o sonhador e em sonhos assim há uma linguagem que é muitíssimo mais antiga do que a palavra falada. O idioma é uma outra espécie e não pode haver mentira ou disfarce da verdade com ele.

Pensei que você disse que eles estavam conversando.

No meu sonho talvez eles estivessem conversando. Ou talvez eu estivesse apenas acrescentando a ele a melhor construção que eu conhecia. O sonho do viajante é uma outra questão.

Continua.

O mundo antigo exige de nós prestar contas. O mundo dos nossos antepassados...

Me parece que se eles estavam conversando no teu sonho eles tinham de conversar no dele. É o mesmo sonho.

E a mesma pergunta.

Qual é a resposta?

Estamos chegando a ela.

Ándale.

O mundo dos nossos antepassados reside dentro de nós. Dezenas de milhares de gerações e mais. Uma forma sem uma história não tem o poder de se perpetuar. O que não tem passado não pode ter futuro. No núcleo da nossa vida está a história de que ela é composta e não há idiomas nesse núcleo mas somente o ato do conhecimento e é isso o que compartilhamos nos sonhos ou fora deles. Antes de o primeiro homem falar e depois de o último silenciar para sempre. Entretanto ele falou de fato no fim, como veremos.

Está bom.

Então ele caminhou com seus raptores até que sua mente acalmou e ele soube que sua vida estava agora em outras mãos.

Parece que ele não tinha muita disposição para lutar.

Você se esquece da refém.

A moça.

Sim.

Continua.

É importante entender que ele não se entregou de boa vontade. O mártir que almeja as chamas não pode ser o justo candidato a elas. Onde não há castigo não pode haver recompensa. Você entende.

Continua.

Pareciam aguardar que ele chegasse a alguma decisão. Que lhes dissesse alguma coisa talvez. Ele estudou tudo o que pudesse ser estudado ao seu redor. As estrelas e as pedras e o rosto da moça adormecida na maca. Os raptores. Os capacetes e a indumentária. As tochas que carregavam feitas de tubos ocos cheios com óleo e pavios de corda e as chamas que eram protegidas do vento por placas de mica nos lados e providas de cobertura e fumeiro de lâmina de cobre batido. Ele tentou olhar nos olhos deles mas aqueles olhos eram escuros e eles os tinham sombreado com tinta preta como homens chamados a percorrer extensões de neve. Ou areia. Ele tentou ver que calçados traziam nos pés mas seus mantos cobriam as pedras em volta deles e não conseguia vê-los. O que ele viu foi a estranheza do mundo e quão pouco era conhecido e quão precariamente um ser podia se preparar para o que estava por vir. Ele viu que a vida de um homem é um pouco mais do que um instante e que uma vez que o tempo é eterno todo homem está sempre e eternamente no meio da viagem, não importa a idade que tenha ou a distância percorrida. Ele pensou ter visto uma grande conspiração no silêncio do mundo e compreendeu que ele próprio devia ser uma parte dessa conspiração e que tinha já ido além dos raptores e dos planos deles. Se teve alguma revelação foi a seguinte: a de que ele é um repositório desse conhecimento com que deparou exclusivamente pelo abandono de toda visão anterior. E assim se dirigiu aos raptores e disse: Não vou lhes dizer nada.

Não vou lhes dizer nada. Foi o que disse e foi tudo o que disse. No momento seguinte o levaram para a pedra e sobre ela o deitaram e ergueram a moça da maca e a carregaram para adiante. Seu peito palpitava.

O que palpitava?

O peito dela palpitava.

Continua.

Ela se inclinou e o beijou e recuou e depois o *arcatron* se adiantou com a espada e a ergueu com as duas mãos acima dele e separou a cabeça do corpo.

Imagino que acabou aí.

De modo algum.

Suponho que você vai me dizer que ele sobreviveu com a cabeça cortada fora.

Sim. Despertou do sonho e ficou sentado tremendo de frio e medo. No mesmíssimo desfiladeiro desolado. Na mesmíssima cadeia de montanhas escalvadas. No mesmíssimo mundo.

E você?

O narrador sorriu pensativamente, como um homem recordando-se da infância. Esses mundos revelam o mundo também, disse. Acordamos nos lembrando dos fatos de que ele é composto enquanto a narrativa é frequentemente fugidia e difícil de ser lembrada. Entretanto a narrativa é a vida do sonho enquanto os fatos são frequentemente intercambiáveis. Os fatos do mundo desperto por outro lado impõem-se a nós e a narrativa é o eixo imaginado em torno do qual eles devem estar amarrados. Cabe a nós pesar e separar e ordenar esses fatos.

Somos nós que os montamos na história que é nós. Cada homem é o bardo de sua própria existência. É assim que ele se une ao mundo. Pois escapar do sonho do mundo dele isso é ao mesmo tempo seu castigo e sua recompensa. Pois. Eu mesmo devo ter acordado então mas assim como o mundo se estreitava da mesma forma o viajante começou a enfraquecer em cima da pedra e eu o chamei, uma vez que eu ainda não desejava me despedir dele.

Ele tinha um nome?

Não. Nome nenhum.

O que é que você chamou?

Simplesmente lhe pedi para ficar e ele ficou e continuei desse modo a dormir e o viajante se voltou para mim e esperou.

Imagino que ficou surpreso de te ver.

Uma boa questão. Ele de fato deu a impressão de estar surpreso e entretanto em sonhos as maiores extravagâncias parecem privadas do poder de abismar e as quimeras mais improváveis aparecem como lugares-comuns. O nosso desejo da vida desperta de moldar o mundo segundo a nossa conveniência convida a toda sorte de paradoxo e dificuldade. Tudo em nossa custódia fervilha com uma inquietação interior. Mas nos sonhos estamos nesta grande democracia do possível e há de fato peregrinos corretos. E lá vamos nós encontrar o que haveremos de encontrar.

Tenho uma outra pergunta.

Você quer saber se o viajante sabia que estava sonhando. Se de fato estava sonhando.

Como você disse, você contou esta história antes.

Sim.

Qual é a resposta?

Talvez você não goste.

O que não é motivo para te impedir.

Ele me fez a mesma pergunta.

Quis saber se estava sonhando?

Sim.

O que ele falou?

Ele me perguntou se eu os tinha visto.

Aquela gente com mantos e velas e tudo o mais.

Sim.

E.

Bom. Eu tinha. Claro.

Então foi isso que você falou para ele.

Falei a verdade.

Bom, ela bem que podia servir tanto quanto uma mentira não é?

Por quê?

Se fez ele acreditar que o que ele sonhou era real.

Sim. Você percebe a dificuldade.

Billy se curvou e cuspiu. Estudou a paisagem ao norte. É melhor eu ir indo, disse. Tenho um caminho longo pela frente.

Tem gente esperando por você?

Espero que sim. Eu gostaria de ver eles com certeza.

Ele quis que eu fosse testemunha dele. Mas não pode haver testemunha nos sonhos. Você mesmo afirmou isso.

Foi só um sonho. Você sonhou com ele. Ele pode fazer o que você bem quiser.

Onde ele estava antes de eu ter sonhado com ele?

Me diz você.

Estou convencido disto, e repito: a história dele é a mesma que a sua ou a minha. Esta é a natureza de que ele é feito. Que outra natureza? Se eu o tivesse criado como Deus faz os homens eu não saberia o que ele diria antes mesmo de falar? Ou como se moveria antes de se mover? Não sabemos o que está por vir em um sonho. Nós nos surpreendemos.

Está bem.

Então de onde ele vem?

Não sei.

Dois mundos estão em contato aqui. Você acha que os homens têm o poder de invocar o que quer que desejam? Evocar um mundo, desperto ou adormecido? Fazê-lo respirar e depois introduzir nele figuras que um vidro reflete ou que o sol reconhece? Animar essas figuras com sua própria alegria e seu próprio desespero? Um homem pode se esconder tanto assim de si mesmo? E se puder quem está escondido? E de quem?

Você invoca o mundo que Deus formou e somente esse mundo.

Tampouco é esta sua vida pela qual você dá grande valor aos seus feitos, por mais que escolha contá-los. A forma desse mundo foi imposta ao vácuo desde o início e todo o discurso sobre o que teria sido de outro modo é um disparate porque não há um outro modo. Do que poderia ser feito? Onde esconder-se? Ou como criar sua aparência? A probabilidade do vigente é absoluta. O fato de que não temos o poder de pensá-lo de antemão não o torna menos certo. O fato de que podemos imaginar histórias alternativas não significa absolutamente nada.

Então esse é o fim da história?

Não. O viajante se pôs de pé na pedra e eram visíveis marcas de machado e espada e a escura oxidação do sangue dos que morreram ali e que as intempéries do mundo foram capazes de apagar. O viajante se deitara ali para dormir sem pensar na morte e entretanto ao acordar não tinha outro pensamento. A abóbada celeste que seus verdugos o convidaram a escrutar agora ostentava um aspecto diferente. A ordem de sua vida parecia alterada a meio caminho. Algum ponto solto na costura das coisas. Essa abóbada celeste em cujas formas os homens veem destinos comensuráveis cognatos aos seus próprios agora parecia pulsar com uma energia imprudente. Como se em seu girar as coisas tivessem perdido o eixo, a inscrição no calendário. Ele pensou que talvez houvesse até mesmo alguma falha temporal no registro. Que doravante não haveria uma forma de registrar novas coisas vistas. Isso teria importância?

Está me perguntando?

Estou.

Acho que para você ia importar. Para ele não tenho ideia. O que acha?

O narrador fez uma pausa, pensativo. Eu acho, disse, que o sonhador se imaginou em uma encruzilhada. Entretanto não há encruzilhada. As nossas decisões não têm alternativas. Podemos contemplar uma escolha mas perseguimos apenas um caminho. O registro do mundo é composto de seus apontamentos, mas não pode ser reconstituído com partes deles. E esse registro deverá estar em um determinado momento muito além de qualquer descrição possível e isso eu creio foi o que o sonhador vislumbrou. Porque uma vez que o poder de falar sobre o mundo se retira de nós assim também a história do mundo deve perder seu fio e portanto sua autoridade. O mundo por vir deve ser composto do que é passado. Não há qualquer outro material à mão. E entretanto penso que ele viu o mundo se desenredar aos seus pés. Os procedimentos que adotou para a viagem agora se assemelhavam a um eco das profundezas das coisas. Penso que ele viu uma terrível escuridão se avultando.

Preciso ir.

O homem não respondeu. Ficou contemplando as planícies férteis próximas da margem da estrada e as terras estéreis mais além que agora tremeluziam no sol mais recente.

Este deserto à nossa volta foi uma vez um mar vasto, disse. Uma coisa assim pode desaparecer? Do que são feitos os mares? Ou eu? Ou você?

Não sei.

O homem se levantou e esticou o corpo. Esticou o corpo vigorosamente, estirando o braço e se torcendo. Olhou para Billy sentado e sorriu.

E a história acaba aí, Billy disse.

Não.

Acocorou-se e ergueu uma mão, a palma estendida.

Erga a mão, disse. Assim.

É algum tipo de promessa?

Não. Você já fez a sua promessa. Fez sempre. Erga a mão.

Ele ergueu a mão como o homem pediu.

Está vendo a semelhança?

Sim.

Sim. Não faz sentido afirmar que as coisas existem apenas como exemplo. O modelo para o mundo e tudo o que há nele foi concebido há muito tempo. Entretanto a história do mundo, que é todo o mundo que conhecemos, não existe fora dos instrumentos de sua execução. Tampouco esses instrumentos podem existir fora de sua própria história. E assim por diante. Essa vida sua não é um retrato do mundo. É o próprio mundo e ele é composto não de osso ou de sonho ou de tempo mas de adoração. Nada mais pode contê-lo. Nada mais pode ser por ele contido.

Então o que aconteceu com o viajante?

Nada. Esta história não tem fim. Ele acordou e tudo era como antes. Ele estava em liberdade para ir embora.

Para outros sonhos dos homens.

Talvez. Quanto a tais sonhos e aos rituais deles também pode não haver fim. O objetivo pode ser completamente diferente. Jamais se ajustará por mais que seja explicado no interior dos sonhos dos homens ou por seus atos. Esses sonhos e esses atos são impelidos por uma fome terrível. Procuram satisfazer uma necessidade que jamais será satisfeita, e por isso devemos estar agradecidos.

E você ainda estava dormindo.

Sim. No fim do sonho nós caminhamos no amanhecer e havia um acampamento nas planícies abaixo do qual fumaça nenhuma subia apesar do frio e nós descemos até este lugar porém tudo estava abandonado. Havia tendas de pele fincadas no chão rochoso com piques de escória de ferro e com restos de antigas refeições intactas e gélidas em pratos de barro gélidos. Havia estoques de armas primitivas e obsoletas com partes de metal entalhadas e incrustadas com filigranas de ouro e havia roupões costurados com peles de animais do norte e baús de couro cru com fechos e cantoneiras de cobre batido e cheios de marcas resultantes das viagens e dos anos e havia dentro deles relatos antigos e livros-razão e registros da história daquele povo desaparecido, do caminho que tomaram no mundo e dos cálculos do custo daquela jornada. E à parte um esqueleto de ossos velhos cor de sépia costurados em uma mortalha de couro.

Caminhamos juntos através de toda aquela desolação e de todo aquele abandono e eu perguntei a ele se as pessoas tinham partido para cumprir alguma tarefa mas ele respondeu que não. Quando lhe pedi para me contar o que havia acontecido ele olhou para mim e disse: Estive aqui antes. Você também. Tudo está aqui para ser tomado. Não toque em nada. E então acordei.

Do teu sonho ou do dele?

Havia apenas um sonho do qual acordar. Acordei daquele mundo para este. Tal como o viajante, tudo o que eu abandonara eu tornaria a encontrar.

O que é que você tinha abandonado?

O mundo imapeável da nossa viagem. Um desfiladeiro nas montanhas. Uma pedra manchada de sangue. As marcas de aço nela. Nomes gravados na cal corrosível entre peixes fósseis e conchas antigas. Coisas obscurecidas e se obscurecendo. O leito seco do mar. As ferramentas de caçadores migrantes. Os sonhos encastoados nas lâminas delas. Os ossos peregrinos de um profeta. O silêncio. O término gradual da chuva. A chegada da noite.

Tenho que ir indo.

Tudo de bom, *cuate*.

Para você também.

Espero que os seus amigos o esperem.

Eu também.

A morte de cada homem é uma substituição de outro. E uma vez que a morte vem para todos não há como mitigar o medo dela exceto amar o homem que nos substitui. Não estamos esperando que a história dele seja escrita. Ele passou por aqui faz muito tempo. Esse homem que é todos os homens e que se senta no banco dos réus por nós até que chegue a nossa hora e devamos nos sentar por ele. Você ama esse homem? Honrará o caminho que ele tomou? Ouvirá a história dele?

Naquela noite ele dormiu no concreto junto à margem da autoestrada onde os obreiros estiveram trabalhando. Um caminhão amarelo enorme Euclid estava estacionado no lamaçal e os pilares de uma rampa que ligava leste e oeste se achavam adiante do caminhão, de viés, aos magotes, e ascendendo sem capitel ou frontão triangular como as ruínas de alguma ordem antiga que jazia na penumbra. Na noite soprou um vento que veio do norte e trouxe um gosto de chuva mas nenhuma chuva caiu. Ele sentiu o cheiro do creosoto molhado lá no deserto. Tentou dormir. Pouco depois se levantou e ficou na pequena abertura do piso de concreto como um homem dentro de um sino e fitou a escuridão. Lá no deserto a oeste se situava o que ele tomou por uma das antigas missões espanholas daquele país mas quando a examinou novamente percebeu que se tratava da cúpula branca e redonda do radar de um observatório. Ele viu vultos em fileira se debatendo e bradando silenciosamente no vento para além e também cobertos pela luz do luar. Parecia que trajavam roupões e alguns entre eles caíam no embate e se levantavam para cair de novo. Ele pensou que deviam estar se esforçando para prosseguir em sua direção através do deserto escuro e no entanto não faziam progresso algum. Tinham o aspecto de internos de um manicômio trajando roupas claras e batendo mudamente com os punhos contra o vidro que os retinha. Ele os chamou mas seu grito foi levado pelo vento e de qualquer modo se encontravam longe demais para ouvi-lo. Pouco depois ele se envolveu no cobertor no chão de concreto e pouco depois adormeceu. Na manhã a tempestade havia passado e o que ele viu no deserto na nova luz do dia eram apenas frangalhos de sacos de plástico que pendiam de uma cerca onde o vento os deixara.

Tomou o rumo leste até De Baca County, no Novo México, e procurou o túmulo da irmã mas não o encontrou. As pessoas do lugar foram gentis com ele e os dias esquentaram e ele precisava de pouca coisa na vida de estrada. Parava para conversar com crianças ou cavalos. Mulheres lhe davam de comer em suas cozinhas e ele dormia enrolado no cobertor debaixo das estrelas e observava os meteoritos caírem do céu. Uma noitinha bebeu de uma nascente embaixo de um choupo, curvando-se para inclinar a boca e sorver a água fria e sedosa e observar os guarus sendo carregados e se recobrando na corrente abaixo dele. Havia uma caneca de lata em cima de um cepo e ele a pegou e se sentou segurando-a. Fazia anos que não via uma caneca em uma nascente e a segurou com as duas mãos como mulheres antes dele e dele desconhecidos embora unidos no sacramento. Enfiou a caneca na água e a ergueu fria e gotejante e a levou à boca.

No outono desse ano quando chegou o tempo frio ele foi acolhido por uma família nos arredores de Portales, no Novo México, e ele dormia em um barraco adjacente à cozinha que era bem parecido com o quarto em que ele dormia quando garoto. Na parede do corredor pendia uma fotografia emoldurada que fora impressa a partir de uma placa de vidro quebrada em cinco pedaços e na fotografia alguns antepassados estavam perplexos por tornarem a se reunir em um gabinete que se coadunava com sua própria geometria ligeiramente inclinada. Atribuindo algum terceiro ou separado sentido a cada uma das figuras ali sentadas. A seus rostos. A suas formas.

Na família havia uma menina de doze anos e um menino de catorze e o pai deles lhes comprara um potro que eles abrigavam em um barraco atrás da casa. Não era lá um potro muito bom mas Billy saía à tarde quando eles desciam do ônibus escolar e lhes mostrava como lidar com o potro com corda e cabresto. O menino gostava do potro mas a menina era apaixonada por ele e ela saía à noite no frio depois do jantar e se sentava na palha do barraco e conversava com ele.

Ao anoitecer depois do jantar às vezes a mulher o convidava a jogar cartas com eles e às vezes ele e as crianças se sentavam à mesa da cozinha e ele lhes falava de cavalos e vacas e dos velhos tempos. Às vezes lhes falava do México.

Uma noite ele sonhou que Boyd estava no quarto com ele porém não falava por mais que lhe pedisse. Quando acordou a mulher estava sentada em sua cama com a mão sobre seu ombro.

Senhor Parham, o senhor está bem?

Sim dona. Desculpe. Eu estava sonhando, acho.

Tem certeza que está bem?

Sim dona.

Quer que eu traga um pouco de água?

Não dona. Agradeço. Vou voltar a dormir agorinha mesmo.

Quer que eu deixe a luz da cozinha acesa?

Se a senhora não se importa.

Claro que não.

Obrigado.

Boyd era o teu irmão.

Era. Faz tempo que ele morreu.

Mas ainda sente falta dele.

Sinto sim. O tempo todo.

Ele era o caçula?

Era. Dois anos mais novo.

Sei.

Ele era o melhor. Fugimos juntos para o México. Quando a gente era criança. Quando nossos pais morreram. A gente foi para lá para ver se conseguia trazer de volta uns cavalos que eles roubaram.

A gente era muito criança. Ele era muito bom para lidar com cavalo. Eu sempre gostei de ver ele montar. Gostava de ver ele junto com os cavalos. Eu dava tudo para ver ele mais uma vez.

Vai ver.

Tomara que esteja certa.

Tem certeza que não quer um copo de água?

Não dona. Estou bem.

Ela lhe afagou a mão. Enodada, marcada pelo uso da corda, manchada do sol e dos anos. As veias feito cordas que as atava ao coração. Nela havia um mapa suficiente para orientar um homem. Nela a plenitude de sinais e assombros de Deus para criar uma paisagem. Criar um mundo. Ela se levantou para sair.

Betty, ele disse.

Sim.

Eu não sou o que a senhora pensa que eu sou. Eu não sou ninguém. Não sei por que me tolera.

Bem, senhor Parham, eu sei quem o senhor é. E eu sei por quê. Vê se dorme agora. Até amanhã.

Até amanhã dona.

DEDICATÓRIA

Serei no colo teu filho
E serás eu quando eu for velho
O mundo se regela
O pagão vocifera
A história está contada
Vira a página.

ESTA OBRA FOI COMPOSTA POR ANASTHA MACHADO EM ADOBE GARAMOND
E IMPRESSA EM OFSETE PELA LIS GRÁFICA SOBRE PAPEL PÓLEN NATURAL
DA SUZANO S.A. PARA A EDITORA SCHWARCZ EM JANEIRO DE 2024

FSC
www.fsc.org
MISTO
Papel | Apoiando o manejo florestal responsável
FSC® C112738

A marca FSC® é a garantia de que a madeira utilizada na fabricação do papel deste livro provém de florestas que foram gerenciadas de maneira ambientalmente correta, socialmente justa e economicamente viável, além de outras fontes de origem controlada.